요도 김남재 신무협 장편소설

ORIENTAL FANTASY STORY & ADVENTURE

dream
books
드림북스

마왕 3

초판 1쇄 인쇄 2016년 8월 3일
초판 1쇄 발행 2016년 8월 16일

지은이 요도 김남재
발행인 오영배
기획 박성인
책임편집 이대용
표지 · 본문 디자인 권지연
일러스트 나래
제작 조하늬

펴낸곳 (주)삼양출판사 · 드림북스
주소 서울시 강북구 도봉로 173
대표 전화 02-980-2112 **팩스** 02-983-0660
편집부 전화 02-980-2116 **팩스** 02-983-8201
블로그 blog.naver.com/dreambookss
출판등록 1999년 3월 11일 제9-00046호

ⓒ 요도 김남재, 2016

ISBN 979-11-313-0510-2 (04810) / 979-11-313-0507-2 (세트)

드림북스는 (주)삼양출판사의 판타지 · 무협 문학 브랜드입니다.

마왕

3

요도 김남재 신무협 장편소설

ORIENTAL FANTASY STORY & ADVENTURE

dream
books
드림북스

목차

1장. 혈기조
— 우리도 시작하지

환영학관의 하루가 채 시작되지도 않은 이른 시각.

이제 막 해가 모습을 드러내려는 새벽녘에 환영학관 입구로 누군가가 걸어오고 있었다.

입구를 지키는 수문 위사는 길게 하품을 하다 이내 다가오는 인기척을 느끼고는 슬쩍 시선을 돌렸다. 수문 위사는 다가온 사내의 얼굴을 확인하고는 날카롭게 치켜떴던 눈의 힘을 풀었다.

수문 위사는 친근하게 말을 걸었다.

"며칠 동안 갑자기 안 보여서 그만둔 줄 알았는데 이리 돌아왔군그래."

"예. 오랜만에 뵙습니다."

웃으며 대답하는 사내, 오독귀 양우생의 인피면구를 뒤집어쓴 환야였다.

환야는 완벽하게 양우생이 되어 있었다.

얼굴은 인피면구로 속이고, 덩치는 원래 환야와 양우생이 큰 차이가 나진 않았지만 그래도 혹시 모를 상황에 대비해 역용술로 체형까지 완벽하게 일치하도록 만들어 둔 상태였다.

치밀하고 정교한 솜씨에 수문 위사 또한 환야에게 완벽히 속아 넘어갔다.

형식적으로나마 명패로 신분 확인까지 끝내자 수문 위사가 짧게 말했다.

"들어가게."

"그럼 실례하겠습니다."

양우생의 얼굴을 한 환야가 가벼운 미소를 머금은 채로 환영학관의 문턱을 걸어서 넘어왔다.

환영학관으로 들어선 환야가 씨익 웃었다.

양우생의 등장은 별다른 사건이 아니었다.

그는 청학이나 홍학의 학생도 아니다.

학관을 졸업하지 못한 학객의 신분인 양우생이다. 그런

자들이 견디고 견디다 어느 날부터 모습을 드러내지 않는 일은 무척이나 흔하다.

그랬기에 양우생이 며칠이나 학관을 비웠음에도 불구하고 그것에 관심을 가지는 이는 아무도 없었다.

하지만 그건 양우생의 진짜 정체를 모르는 이들에 한해서였다.

양우생이 오독귀라는 별호를 지닌 살수라는 걸 아는 환영학관의 몇몇 인물들 사이에서는 비상이 걸렸다.

특히나 그를 찾기 위해 애쓰던 팔환마의 일인인 남조양은 양우생이 돌아왔다는 말을 전해 듣고, 이른 새벽임에도 다른 팔환마 중 한 명인 유목진의 거처로 곧바로 쳐들어왔다.

유목진은 갑자기 찾아온 남조양을 잠이 덜 깬 얼굴로 맞았다.

이번에도 그는 짜증 가득한 얼굴이었다.

"이런 대낮부터 대체 무슨 일인가?"

불만 가득한 말을 토해 내는 유목진을 바라보는 남조양은 속으로 거친 욕설을 내뱉었다.

'노망난 영감탱이가 밤에 오면 늦은 시간에 왔다고 지랄이고, 낮에 오면 또 왜 이렇게 일찍 오냐고 염병을 떠는구나.'

거친 욕을 내뱉는 속과 달리 남조양의 얼굴엔 공손함이

묻어났다. 같은 팔환마라고는 하지만 엄연히 그가 선배인 탓이다.

남조양이 유목진을 향해 예를 갖추어 말했다.

"오독귀가 돌아왔답니다."

"정말인가?"

이른 아침인지라 힘없이 앉아 남조양을 맞고 있던 유목진의 두 눈에 생기가 돌았다. 유목진의 질문에 남조양은 고개를 끄덕였다.

유목진이 연달아 질문을 던졌다.

"어떻던가? 혹시 고문이라도 당한 흔적은? 뭐 이상한 낌새는 없던가?"

"전혀 없습니다. 너무 멀쩡하게 모습을 드러냈고, 생활도 평소랑 다를 게 없답니다. 오자마자 언제나처럼 화단을 가꾸고 있다더군요."

"화단을?"

갑작스러웠던 실종, 그리고 그동안 연락도 않던 오독귀 양우생이 갑자기 학관에 모습을 드러냈다. 오자마자 연락을 취해도 모자랄 판국에 평소처럼 화단이나 가꾸고 있단다.

이걸 대체 어떻게 받아들여야 할까?

'우리는 안중에도 없다 이건가?'

그렇지 않고서야 이렇게 대 놓고 자신들을 무시한다는

건 있을 수 없는 일. 허나 오독귀가 대체 무엇을 믿고 그같이 행동한단 말인가?

답은 하나밖에 없다.

새로운 뒷배가 생긴 것이다. 그게 누구인지는 모르겠지만 그렇지 않고서야 이처럼 행동할 순 없다.

남조양이 조심스레 물었다.

"어떻게 할까요?"

"원래 계획대로 죽여야지. 다만…… 아직은 아닐세."

애초부터 화근을 없애기 위해 오독귀를 제거하기로 마음먹지 않았던가. 상황이 조금 묘하게 흐르고 있긴 했지만 그 생각은 전혀 바뀌지 않았다.

아니, 오히려 더 반드시 죽여야 한다는 생각이 들고 있었다.

다만 그 전에 하나 알아야 할 게 있었다.

바로 오독귀의 뒤에 있는 자의 정체다.

유목진이 말을 이었다.

"우선은 회유하는 척하며 살살 달래서 누구와 접선했는지 알아내는 게 좋을 것 같네."

"과연 저희의 회유가 통할까요? 정말 다른 누군가와 손을 잡은 거라면……."

"힘들겠지. 그래도 혹시 모르니 할 수 있는 방법은 모두 동원해 봐야 할 것 아니겠는가. 만약 그 방법이 통하지 않는다면 잡아서 고문이라도 해서 사라진 동안 뭘 하고 다녔는지를 캐내야 하네. 혹여나 우리에 대한 이야기를 했는지, 만약 했다면 누구누구에게 이 같은 사실을 알렸는지도 파악해야만 해. 만약 그렇지 못한다면…… 우린 파멸일세."

소교주의 죽음과 관련된 것이 밝혀진다면 끔찍한 일이 벌어질 것이다.

그것만큼은 반드시 막아야 한다.

유목진의 말을 전해 들은 남조양이 고개를 끄덕였다.

"무슨 말인지 잘 알겠습니다. 명하신 대로 우선은 좋게 말해서 정보를 캐내는 쪽으로 진행해 보고, 그게 안 된다면 생포하도록 하지요."

대답하는 남조양을 향해 유목진이 재차 주의를 줬다.

"절대 다른 이들에게 수상하게 보여선 안 되네. 이미 학관 내에 그와 뜻을 같이하는 자가 있을 수도 있으니 말일세."

"알겠습니다. 그 점 주의해서 접근하도록 하겠습니다."

말을 마친 남조양이 자리에서 황급히 일어났다.

계획을 정한 이상 더는 머뭇거릴 여유가 없었으니까. 남조양이 사라지고 난 방에는 적막만이 감돌았다.

유목진이 주름진 자신의 이마를 어루만졌다.

골치가 아팠다. 상황이 점점 자신들에게 좋지 않게 흐르는 기분이다.

허나 그냥 멍하니 있을 생각은 없다.

유목진이 홀로 중얼거렸다.

"대체…… 무슨 속셈인지는 모르겠지만 우리도 쉬이 당해 주지는 않을 것이야."

*　　　*　　　*

'지겹네.'

환야는 땅을 파면서 지금 자기가 뭘 하는 건가 하는 생각이 들었다. 햇빛이 쨍쨍하게 찌는 이 오후에도 화단을 떠날 수가 없었다.

마음 같아서는 당장이라도 나무 그늘 아래로 가서 한숨 늘어지게 자고 싶었지만…….

지금의 자신은 환야가 아닌 양우생이었다.

그랬기에 그는 양우생의 평소 일과대로 하루를 보내고 있었다.

양우생의 하루 일과는 단조로웠다.

아침에 학관으로 오자마자 대부분의 시간을 화단 가꾸는 것에 쏟는다. 꽃에 물을 주고, 나무의 가지도 치고. 그렇게 하루를 보내다가 밖에 있는 자신의 거처로 돌아간다.

화단을 가꾸는 취미가 없는 환야로서는 정말 지겹기 그지없는 단순 작업의 반복.

'대체 이게 뭐가 재밌다고 종일 해 댔는지 모르겠네.'

속으론 연신 투덜거렸지만 그것과 달리 환야는 웃으며 계속해서 움직이고 있었다. 누가 봐도 양우생의 평소 모습을 떠오르게 하는 환야였다.

그는 양우생이 되기로 마음먹은 이후 그의 평소 일거수일투족에 대해 알아봤고, 또 그것을 몸에 익혔다. 그 덕분에 단 며칠 만에 환야는 양우생이라는 인물의 많은 특징을 몸에 익혔다.

쭈그려 앉은 채로 열심히 땅을 파던 환야는 자신에게 드리워지는 그늘을 느끼며 고개를 치켜들었다.

그곳엔 혁련휘가 있었다.

주변에 아무도 없음을 알고 있기에 혁련휘는 거리낌 없이 말을 걸었다.

"할 만해?"

"하아, 대체 꽃꽂이는 무슨 재미로 하는 걸까요?"

"안 맞아도 조금만 참아. 지금쯤이면 이미 학관 내부에 네가 왔다는 소문이 쫙 퍼졌을 테니까."

혁련휘가 나무에 기댄 채로 불만을 토해 내는 환야에게

말했다.

처음부터 양우생의 인피면구까지 제작해서 잠입한 것 자체가 숨어 있는 그들을 끌어들이기 위함이다. 얼마가 걸릴지 모르겠지만 아마도 학관 내부에서 오독귀를 움직이던 자들이 접근할 게 분명하다.

그때를 놓치지 않고 놈들의 정체를 파악해야 한다.

오독귀를 움직였다는 건 곧 동생인 혁리원의 죽음과 관련되었다는 걸 의미했으니까.

환야가 물었다.

"놈들이 어떻게 나올까요?"

"처음엔 아마 좋게 나오겠지. 어떻게든 살살 구슬려서 스스로 입을 열게 만들려고 할 테니까. 그게 편하고 확실한 방법이기도 하고."

"전 말을 할 생각이 없으니…… 역시나 무력으로 나오겠지요?"

"그렇겠지. 그래도 아마 학관 안에서는 일을 벌이려 하지 않을 거다. 이곳에는 보는 눈도 많고, 그렇게 행동하기엔 걸리는 게 많거든."

놀랍게도 혁련휘는 적들의 생각을 거의 완벽하게 파악하고 있었다.

그만큼 상대방의 입장을 이해하고 있고, 또 그렇게 행동하도록 혁련휘 쪽에서 상황을 만든 부분도 있다.

환야가 씩 웃었다.

"그렇다면 역시 밖으로 나갔을 때를 노리겠군요."

"아마 오래 참지는 못할 거야. 켕기는 게 많은 상황일 테니까."

"빨리 왔으면 좋겠습니다. 저도 이런 맞지도 않는 취미 생활 오래 하는 건 좀……."

흙이 잔뜩 묻은 손을 들어 보이며 환야가 고개를 절레절레 저었다.

막 둘이 몇 마디 대화를 주고받을 때였다.

갑자기 느껴지는 기척에 둘이 말을 멈추고 그쪽으로 시선을 돌렸을 때다.

멀리에서 비설이 빠른 걸음으로 다가오고 있었다.

비설이 혁련휘를 발견하고는 목소리를 높였다.

"형님!"

큰 소리로 자신을 부르는 비설을 혁련휘는 아무렇지 않게 바라봤다. 무척이나 익숙했으니까.

반면 이런 상황을 처음 보는 환야는 크게 당황했다.

분명 자신의 예상이 틀리지 않다면 지금 다가오는 저자가 부르는 형님이라는 자는 자신이 하늘처럼 모시는 눈앞에 있는 이 사내, 바로 혁련휘리라.

'혀, 형님이라니?'

혁련휘의 성격을 잘 아는 환야다.

그랬기에 그가 누군가와 형 동생을 할 사람은 절대 아니라는 걸 안다. 그런데 그렇게 부르며 다가오는 상대를 혁련휘는 별다른 싫은 기색 없이 맞았다.

혁련휘가 퉁명스레 말했다.

"또 왜 이렇게 쫓아다녀?"

"쫓아다니긴요. 오늘 오후 수업 때 필요한 물건 받으러 같이 가기로 하셨잖습니까. 그래 놓고 갑자기 사라져서 제가 얼마나 당황했는데요."

"아아, 그랬나."

혁련휘가 아무렇지 않게 중얼거렸다.

그리고 그런 두 사람의 대화를 환야는 놀란 듯 입을 벌린채 듣고만 있었다.

비설이 옆에 있는 환야를 곁눈질하다 이내 포권을 취하며 예를 갖췄다.

그런 비설의 행동에 퍼뜩 정신을 차린 환야는 어떻게 대응해야 하나 하고 혁련휘에게 시선을 줬다. 비설에 대한 정보가 아무것도 없는 탓이다.

혁련휘가 환야에게 빠르게 전음을 보냈다.

『단 한 번 만난 적은 있지만 말 한마디 해 본 적 없는 사이야. 적당하게만 예를 갖추면 돼.』

『그리하겠습니다.』

전음을 끝낸 환야가 웃는 얼굴로 인사했다.

"저희 구면이지요?"

"아, 전에 뵈었을 때 인사를 드리지 못했네요, 선배님."

"선배는요 무슨. 아직 졸업하지도 못한 학객일 뿐입니다."

"아직 때가 아니셨나 봅니다. 곧 좋은 결과 있으시겠지요."

"하하. 말이라도 감사합니다."

웃는 얼굴로 비설과 대화를 주고받는 환야의 눈이 빛났다.

'누구지? 대장에게 형님이라 부를 만한 자라면…….'

고민은 길지 않았다.

환영학관에 입관하기 무섭게 혁련휘의 잡일을 도와주기 시작했다는 인물, 비설이라는 자 말이다.

처음 이름을 들었을 때부터 내심 신경이 쓰였던 그가 분명했다.

환야가 웃는 얼굴로 물었다.

"성함이 어찌 되시는지요?"

갑작스러운 환야의 질문에 혁련휘가 팔짱을 낀 채로 그를 가볍게 노려봤다. 그런 눈빛을 알면서도 환야는 애써 모르는 척 비설과 눈을 마주하고 있었다.

비설이 아무렇지 않게 자신의 이름을 밝혔다.

"비설이라 합니다."

'역시!'

이름을 듣는 순간 환야는 자신의 예상이 맞았음을 확인할 수 있었다.

하지만 환야의 질문은 더 이어질 수 없었다.

혁련휘가 비설을 향해 가볍게 고갯짓했다.

"바쁘다며. 여기서 계속 이러고 있을 시간 있어?"

"아, 맞다. 지금 빨리 가야 그나마 좋은 걸로 받을 수 있다고요. 형님 때문에 구멍 송송 난 거 받으면 정말 원망할 겁니다."

"그러시든지."

짧게 대답한 혁련휘가 가만히 서 있는 환야를 향해 시선을 돌렸다.

"그럼 나중에 보지."

"알겠습니다."

환야가 고개를 끄덕이며 짧게 눈으로 서로 대화를 끝마쳤다. 그렇게 혁련휘는 비설과 함께 환야를 뒤로한 채로 걷기 시작했다.

혁련휘와 나란히 걸은 지 얼마 되지 않아 비설은 퍼뜩 생각나서 물었다.

"어라? 근데 형님 예전엔 분명 저분한테 엄청 공손하고 친근하게 말하셨는데⋯⋯."

혁련휘 또한 그것까진 생각하지 못했었는지 잠시 침묵하다 이내 대수롭지 않다는 듯 말했다.

"친구 하기로 했거든."

"그래요? 그런데 왜 저쪽은 형님한테 그렇게 존대를 한데요?"

"그게 편하다고 하더군."

"허기야 그런 사람이 있긴 있어요. 그죠?"

둘이 그렇게 대화를 나누며 멀어질 때였다.

멀리에서 그런 둘을 바라보던 환야는 저런 장면이 쉬이 믿기지 않는지 두 눈을 비볐다. 하지만 눈을 비비고 다시 봐도 바뀌는 건 없었다.

환상이 아닌 현실이었으니까.

환야가 두 사람이 사라진 방향을 보며 중얼거렸다.

"거참. 대장이 다른 사람하고 친하게 지내는 건 또 처음 보네."

혁련휘는 누군가와 가까이 지내는 인물이 아니다.

자신들을 제하고는 딱히 누군가와 이야기를 나누는 경우도 극히 드물었다. 그런 혁련휘가 다른 자와 저토록 친하게 말을 섞는 모습은 쉽사리 보기 힘든 장면이다.

"다시 봐도 신기하네."

환야가 이해가 안 간다는 듯 머리를 긁적거릴 때였다.

가만히 서 있던 환야의 신경이 꿈틀거렸다.

휘이이익!

날아드는 한 줄기의 섬광, 환야는 움직이지 않았다. 애초부터 그 섬광의 목표가 자신이 아니었음을 알았으니까.

환야의 어깨 너머로 날아간 그 무엇인가가 땅에 박혔다.

그가 가볍게 어깨 부분을 손으로 털며 몸을 돌렸고, 그곳에는 땅에 박힌 화살 하나가 자리하고 있었다.

환야의 눈에 화살 끝에 걸린 서찰 하나가 들어왔다.

피식.

환야의 얼굴에 조소가 스쳐 지나갔다.

그는 몇 걸음 걸어가 땅에 박혀 있는 화살을 들어 올렸다. 환야의 시선이 꼬리 부분에 걸린 서찰로 향했다.

굳이 확인하지 않아도 대충 어떤 내용일지 짐작이 된다.

'조만간 연락이 올 줄은 예상했지만 벌써 움직이는 걸 보니…… 어지간히 급했던 모양이야.'

환야가 화살에 걸린 서찰을 뽑아 들었다.

*　　　*　　　*

환야가 어딘가로 향하고 있었다.

그가 가는 곳은 다름 아닌 환영학관 내부에 있는 오래된 창고였다. 못 쓰는 고철들을 쌓아 두기 시작한 창고는 어느 순간부터 아무도 찾지 않는 장소가 되어 버렸다.

인적 드문 장소, 그랬기에 이곳에서 오독귀 양우생은 종종 윗선의 인물들과 만나곤 했었다. 그리고 그 장소를 오늘은 양우생의 얼굴을 한 환야가 방문하는 중이었다.

환야는 어지럽혀진 주변을 가볍게 눈으로 훑었다.

'다섯.'

보이지 않기 위해 최대한 기척을 감추고 곳곳에 숨어 있지만 환야에게 그들의 위치는 완벽하게 파악당해 있었다. 알면서도 그는 전혀 모르는 척 창고의 문을 밀었다.

끼이익.

낡은 쇳소리와 함께 열린 문.

그 안에는 어둠과 함께 눅눅한 냄새가 흘러나왔다.

창고 안에서는 먼저 와서 기다리고 있는 이가 있었으니 그자의 정체는 다름 아닌 팔환마의 하나인 남조양이었다.

남조양이 양우생의 얼굴을 하고 있는 환야를 향해 손을 들어 올렸다.

"여어. 왔는가?"

상대의 얼굴을 확인한 환야의 입가가 비틀렸다.

환영학관의 내부 조사를 끝마친 덕분에 직접 보는 건 처음임에도 불구하고 그가 누구인지 이미 알고 있었으니까.

'남조양이 뒤에 있었군.'

생각보다 거물이 걸려들었다는 생각에 환야는 유쾌했다. 잔챙이를 던져 대면 어쩌나 걱정했는데 팔환마라면 최소한 기대했던 것 이상이다.

환야가 딱딱한 말투로 말했다.

"무슨 일로 절 부르셨습니까?"

"······평소답지 않게 공손하군."

환야는 아차 했지만 그는 당황하지 않았다.

오히려 더 물러서지 않고 상황을 주도해 갔다. 여전히 존댓말로 환야가 말을 받았다.

"이제 서로 편하게 말할 사이는 아닌 것 같아서 말입니다."

평소엔 반존대나 반말로 대화를 했던 것 같지만 환야는 지금 이 한마디를 내뱉음으로써 자신의 말투로 인해 가질 수 있는 일말의 의심을 사라지게 만들었다.

그리고 동시에 이젠 다른 길을 걷게 됐다는 뜻도 은연중에 상대에게 내비친 것이다.

그리고 환야의 작전은 완벽히 먹혀들었다.

"역시······ 무슨 일이 있었군."

"글쎄요. 그걸 말씀드릴 이유는 없을 것 같군요."

"자네가 이러면 안 되지. 그동안 얼마나 우리가 자네의 뒤를 봐줬는가. 그런데 이렇게 안면 몰수하는 건 도의에 맞지 않는 행동으로 보이는데."

"도의? 하하하!"

환야가 웃자 남조양의 표정이 불쾌한 듯 일그러졌다. 그런 그를 향해 환야가 웃음을 거두며 말했다.

"도의를 논하시는 분이 소교주님에게 어찌 그런 짓을 하셨을까요."

말을 내뱉는 환야의 눈동자가 빛을 터트렸다.

그저 도발하기 위해 꺼낸 말이 아니다.

환야는 확인을 하려 했다.

이자가 혁리원의 죽음과 관련이 있는지 없는지를. 자신의 이런 말에 대한 남조양의 반응이면 그 모든 걸 알 수 있었다.

그리고 반응은 금방 돌아왔다.

"……할 말 못 할 말을 가릴 줄 모르는군."

웃고는 있지만 입꼬리가 떨린다. 화를 억지로 참고 있는 기색이 역력했다.

그의 말투, 행동 모든 것이 말해 주고 있었다.

'걸렸어.'

환야는 속으로 쾌재를 부르면서 겉으론 전혀 그런 기색

을 내비치지 않았다. 오히려 어깨를 가볍게 으쓱해 보이며 뭘 그런 걸 가지고 그러냐는 듯이 굴었다.

그리고 실제로 환야의 예상대로 남조양은 화가 머리끝까지 치민 상태였다.

'하찮은 살수 새끼 주제에 이제 대가리가 좀 컸다고 주인을 물려 하는구나.'

이를 부득부득 갈 정도로 화가 났지만 남조양은 애써 참았다. 당장에 죽이는 거야 일도 아니었지만, 지금은 그보다 이 일에 대해 뭔가 말하고 다닌 건 아닌지를 확인해야 했다.

남조양이 천천히 말했다.

"그 일이 밝혀지면 자네라고 무사할 성싶은가?"

"그거야 뭐 보면 알겠지요."

너무나 여유 있게 구는 환야를 보며 남조양은 머리가 아파 왔다.

'대체 뒤에 누가 있기에 저토록 당당하단 말인가.'

소교주 건이 세상에 알려지면 오독귀 양우생도 무사할 순 없다. 그런데도 불구하고 양우생은 너무나 태연했다.

남조양의 마음은 복잡했지만 환야는 반대였다.

오독귀의 뒤에 누가 있었는지 알게 된 이상 환야는 더 이곳에 있을 이유가 없었다.

마음 같아서야 더 캐내고 싶었지만, 너무 이것저것 물어 보는 식으로 대화를 진행한다면 의심을 사기 십상이다. 더군다나 이야기가 길어질수록 자신의 허점이 드러날 수도 있다.

'빠질 때는 망설이지 말고.'

두 마리 토끼를 잡으려다 모두 놓치는 법이다.

충분히 얻을 만큼 얻었다는 판단에 환야가 쌀쌀맞게 말했다.

"더는 이야기 나눌 건 없을 것 같군요. 아, 그리고 앞으로 이렇게 개인적으로 부르지도 말아 주셨음 좋겠군요. 이제 저희는 같은 편이 아니니까요."

"결국…… 이런 식으로 나오겠다 이건가?"

"제 할 말은 다했으니 이만."

말을 마친 환야는 휙 하니 몸을 돌려 고철을 쌓아 둔 창고를 걸어 나왔다. 환야의 모든 감각은 주변으로 퍼져 있었다. 혹시 모를 기습에 대비해서다.

하지만 혁련휘의 말대로 환영학관 내에서의 소란은 원치 않는지 몸을 감추고 있는 자들은 움직이지 않았다.

걸어가는 환야가 피식 웃었다.

뒤를 보지 않고 있지만, 홀로 남은 남조양이 어떤 표정을 짓고 있을지 뻔하다.

건드릴 만큼 건드렸다.

더는 같은 편이 아니라는 것도 강하게 말했다.

그렇게 남조양을 궁지로 몰아넣었으니, 그는 결국 선택할 수밖에 없으리라.

궁지에 몰린 쥐는 고양이를 무는 법.

하지만 아쉽게도 쥐에게 물려 줄 생각은 없었다. 오히려 자신을 물려고 모여든 쥐들을 일거에 싹 쓸어버릴 거다.

환야가 자신만만한 표정으로 걸었다.

'자, 떡밥은 다 뿌려 놨으니 어서 모여 보라고.'

환야의 예상대로 남조양은 화를 참지 못하고 부들부들 떨고 있었다. 그가 결국 주먹을 휘둘렀다.

쾅!

옆에 있던 고철에 선명한 주먹 자국이 생겼다. 그럼에도 불구하고 분이 풀리지 않는지 남조양은 주먹을 꽉 움켜쥔 채로 신음 소리를 흘렸다.

"으으으으!"

회유가 쉽지 않을 거라고는 생각했지만, 오독귀는 대 놓고 적의를 드러냈다. 어느 정도 살살 구슬릴 틈조차 보이지 않았던 것이다.

이번 만남으로 남조양은 확실히 알았다.

오독귀는 완전히 돌아섰다.

회유는커녕 말조차 꺼내기 힘들 정도로.

상황이 이렇게 되었으니, 남조양이 할 수 있는 선택은 하나뿐이었다. 그가 허공을 향해 말했다.

"혈기조(血期組) 전원 복귀시켜."

"알겠습니다."

음침한 목소리가 들려왔고, 그런 그를 향해 남조양이 말을 이었다.

"내일 오독귀를 친다."

*   *   *

환영학관의 통금 시간은 엄격하다.

그렇지만 그런 환영학관에서 보름에 한 번씩 통금에서 자유로운 날이 있었으니, 그것이 바로 오늘이었다.

환영학관의 많은 무인들이 밖으로 나와 술을 마시고, 또 놀 거리를 즐긴다. 평소보다 수입이 곱절은 뛰니 성도의 상인들에게는 무척이나 신바람 나는 날이 아닐 수 없다.

그런 성도의 거리를 걷는 한 사내가 있었으니, 그의 정체는 양우생의 얼굴을 한 환야였다.

환야는 혼잡스러운 사람들 사이를 지나쳐 가고 있었다.

어제 남조양과의 만남 이후 그들은 아무런 행동을 하고

있지 않았다. 혁련휘의 말대로라면 분명 그들이 금방 움직일 거라 했는데…….

홀로 걷고는 있지만 환야는 혼자가 아니었다.

제법 거리가 떨어진 곳에 몸을 감추고 있는 혁련휘와 달치가 있었으니까.

환야는 대충 먹을거리를 사고는 짐을 챙겨 들었다.

'대체 언제 오는 거야?'

얼굴에 뒤집어쓴 인피면구가 갑갑했는지 환야는 가볍게 목을 주물렀다.

시끄러운 성도의 거리, 그 거리를 빠져나온 환야는 번화가와 떨어진 장원을 향해 움직였다. 지금 환야가 향하고 있는 곳은 다름 아닌 오독귀 양우생의 거처였다.

환야가 번화가를 벗어난 지 얼마 되지 않아서였다.

스스슥.

바람 소리에 뒤섞였지만 환야의 귀에는 똑똑히 들렸다. 누군가가 숨어서 자신의 뒤를 쫓고 있었다.

그리고 환야가 알아차렸다는 말은 곧 혁련휘 또한 알고 있을 거라는 소리였다. 예상대로 혁련휘의 전음이 날아들었다.

『붙었군.』

『대장 말대로 안달이 나긴 난 모양입니다. 이렇게 금방 달려드는 걸 보면요.』

『실수 없이 진행해.』

『당연한 말씀을.』

날아드는 혁련휘의 전음에 환야는 걱정 말라는 듯 대답했다. 실력들이 어느 정도 되어 보이긴 했지만 환야에겐 전혀 위협거리가 되지 못했다.

환야는 모르는 척 그들을 계획대로 자신이 지내고 있는 오독귀의 거처로 유인했다.

거리가 조금 떨어진 오독귀의 거처에 도착하자 환야는 문을 밀고 안으로 걸어 들어갔다.

환야는 입구를 지나 자신의 방이 있는 곳까지 걸었다.

그렇게 장원 깊숙한 곳에 이른 환야는 사 가지고 온 먹을거리들을 휙 하니 던졌다. 그러고는 몸을 돌려 대청에 턱하고 걸터앉았다.

환야가 어둠만이 가득한 앞을 바라보며 입을 열었다.

"용무가 뭐냐?"

갑작스레 내뱉은 환야의 말. 하지만 대답 대신 돌아오는 건 바람 소리였다.

환야가 웃으며 말을 이었다.

"들켰으니까 그만 숨어 있지들? 내가 어디 있는지 손가락으로 가리켜 줘야 기어 나올래?"

환야의 말이 끝나는 그 순간이었다.

몸을 감추고 있던 이들 중 하나가 스르륵 모습을 드러냈다.

오른쪽 눈 부위를 대각선으로 긋고 지나간 흉터가 눈에 띄는 사내였다. 중년의 무인으로 거친 느낌이 물씬 풍겼다.

외눈의 무인인 그에게선 섬뜩한 기운이 흘러넘쳤다.

"용케도 알아냈군."

혈기조 조장 구겸은 자신들이 숨어 있는 걸 알아챈 환야에게 내심 놀랐다. 자신들이 파악한 오독귀라면 이 정도 추적술을 알아차릴 정도가 아니었으니까.

놀라긴 했지만 구겸은 전혀 그런 기색을 내비치지 않았다.

그리고 크게 동요하지도 않았다.

알아차렸다 해서 변하는 건 없었다.

"길게 이야기하지 않으마. 순순히 따라와라. 그렇지 않으면 네놈의 사지를 잘라서 데려가야 하거든."

구겸이 살기를 잔뜩 뿜어내며 협박했지만, 환야는 그쪽으론 시선도 주지 않았다. 그저 구겸의 뒤를 힐끔거리다가 입을 열었다.

"너 같은 잔챙이랑은 할 말 없으니 너희들 대장이나 불러와."

"무슨 소리냐? 내가 바로 혈기조의 조장인……."

"거 숨어 있는 거 다 아는데 안 나올 생각이냐?"

환야가 버럭 소리쳤다.

그럼에도 불구하고 어둠에선 아무런 동요도 없었고, 무시당했다 생각했는지 화가 난 구겸이 다가왔다.

환야를 향해 구겸이 한 발자국 내딛는 순간이었다.

스윽.

그 한 번이었다.

푸슈욱!

피가 터져 나오며 구겸의 목이 떨어져 바닥을 나뒹굴었다. 환야가 어느새 단도를 꺼내 번개처럼 구겸의 목을 잘라 버렸던 것이다.

환야가 재차 말했다.

"이제 이야기할 생각이 좀 드시나?"

조롱 섞인 말투, 그리고 가볍게 단도로 가리킨 방향까지.

환야의 단도가 가리킨 쪽에서 누군가가 모습을 드러냈다.

팔환마의 남조양, 그리고 그런 그의 뒤편에서 모습을 드러낸 늙은 노인. 다른 팔환마의 하나인 유목진이었다.

남조양이야 원래 이 일에 개입되어 있었던 걸 알았기에 대수롭지 않았지만 유목진의 얼굴까지 확인하자 환야가 만족스럽게 고개를 끄덕였다.

힘겹게 함정까지 파며 기다린 보람이 있었다.

"건방지게 감히⋯⋯!"

남조양이 버럭 소리치려고 할 때였다. 유목진의 차가운 눈동자가 환야를 향하고 있었다.

늙은 그의 눈동자에 섬뜩한 빛이 서렸다.

"너⋯⋯ 오독귀가 아니구나."

유목진의 말에 분노를 쏟아 내던 남조양이 당황한 듯 입을 닫았다.

환야가 유목진을 향해 웃으며 물었다.

"왜 그렇게 생각하지?"

"오독귀는 내가 키운 녀석이다. 그래서 잘 알지. 그 녀석은 너처럼 단도를 능숙하게 다루지 못하거든. 더군다나 구겸 저 녀석을 단 일격에 죽이는 건⋯⋯ 오독귀에겐 불가능한 일이지."

서로를 바라보며 대화를 주고받던 두 사람, 그 사이에 남조양이 끼어들었다.

"어르신 그게 무슨 말입니까? 그렇다면 지금 저 눈앞에 있는 놈은 대체 누구라는⋯⋯."

"내가 그걸 어찌 알겠는가."

답답하다는 듯이 유목진이 남조양을 쏘아붙였다.

이런 상황에서도 하나하나 떠먹여 줘야 하냐는 듯한 표정에 남조양은 입을 닫았다.

남조양이 입을 닫자 유목진이 환야에게 말했다.

"누구냐? 아니, 그보다 오독귀의 얼굴로 우리 앞에 나타난 이유가 뭔지를 먼저 물어야겠군."

"그 대답은…… 뒤에 계신 분이 해 주실 거다."

"뭐?"

놀란 유목진이 황급히 뒤로 시선을 돌렸을 때였다.

그곳에는 두 명의 사내가 자리하고 있었다. 혁련휘와 달치, 그 둘이.

유목진은 놀랐다.

'이렇게나 접근했는데 알아차리지 못했다니……!'

놀란 유목진이 갑자기 등장한 둘에게 정신이 쏠려 있을 때였다.

혁련휘가 짧게 말했다.

"환야. 고생했다."

"별말씀을요."

"달치. 네가 해야 할 일이 하나 있는데."

"주인이 달치에게 부탁한다. 달치 뭐든지 한다."

달치가 두 눈을 크게 뜨고 기다리자 혁련휘가 명령을 내렸다.

"입구 쪽으로 가서 이 안에 들어오려는 자가 있거나, 나가려는 자가 있다면 막아."

"알겠다. 달치한테 어렵지 않다."

크게 고개를 끄덕인 달치는 곧바로 임무를 수행하기 위해 달려 나갔다. 커다란 덩치의 그가 사라지자 그제야 혁련휘의 시선이 유목진과 남조양에게로 향했다.

한겨울의 서릿발과도 같이 서늘한 시선을 마주하는 순간 두 사람은 알 수 없는 기분에 휩싸였다.

혁련휘가 그런 둘을 향해 입을 열었다.

"자, 그럼 우리도 시작해 볼까?"

의미심장한 말과 함께 혁련휘가 다가오고 있었다.

혁련휘가 거리를 좁혀 오자 숨어 있던 혈기조가 모습을 드러냈다. 스무 명에 달하는 살수들이 순식간에 주변을 둘러쌌다.

두 사람을 보호하겠다는 듯한 혈기조의 모습을 보며 혁련휘는 짧게 명령을 내렸다.

"환야, 길 만들어."

"알겠습니다."

말을 마친 환야가 모습을 드러낸 혈기조를 바라보며 품속에 숨겨 두었던 비수를 꺼내어 손가락에 걸었다.

상대는 스물, 그리고 이쪽은 한 명.

숫자에선 압도적으로 밀리지만 과연 그들의 무게가 환야 한 명에게 비할 수 있을까?

빙글빙글 비수를 회전시키던 환야가 입을 열었다.

"상대를 보면서 쫓지 그랬어. 난 내가 쫓는 건 좋아해도, 다른 놈이 날 쫓는 건 절대 못 봐주거든."

환야의 몸이 혈기조 살수들의 눈에서 사라졌다. 그리고 그가 다시금 세상에 모습을 드러내는 순간 두 명의 숨이 끊어졌다.

하지만 그게 끝이 아니었다.

환야의 손에 들린 은빛 비수가 춤을 췄다.

비수가 흡사 끈에 달린 것처럼 사방으로 요동쳤다.

파라라락!

떨림과 함께 터져 나가는 기운에 주변에 있던 혈기조 살수들이 죽어 나자빠졌다. 순식간에 반수 가까운 숫자를 제거한 환야가 아직도 앞을 막고 있는 그들을 향해 웃으며 말했다.

"도망치는 게 좋을 텐데. 뭐 그럴 가능성은 정말 희박하지만 발바닥에 불이 나게 도망치면 한 놈쯤은 살 수 있을지 모르잖아?"

말을 내뱉던 환야가 이내 기억났다는 듯 자신의 손바닥을 마주치며 말을 이었다.

"아, 미안. 생각해 보니 밖으로 도망쳐도 거기엔 무식한 달치 녀석이 있지 참. 안에는 나, 밖에는 달치라…… 너희도 운 더럽게 없구나.”

장난인지 진지하게 하는 말인지 모를 말을 내뱉는 그를 향해 혈기조 살수들이 움직였다. 멀뚱멀뚱 서 있는 그 찰나 이미 엄청난 수의 동료들이 싸늘한 시체가 되었다.

더는 그걸 보고 있을 순 없었다.

그들은 빈틈이 가득한 혁련휘에게 달려들었다. 그렇지만 혁련휘는 그런 혈기조 살수들에게는 신경도 쓰지 않고 앞으로 걸었다.

달려드는 그들, 그리고 그 사이를 환야가 막아섰다.

“어딜.”

피잇!

비수로 한 명의 목을 그은 그가 빙글 돌면서 반대편 발로 허공에 떠 있는 자의 복부를 걷어찼다. 그리고 곧 혁련휘의 미간으로 날아드는 검을 손으로 받아 냈다.

그러고는 그대로 검을 쥔 손에 힘을 주어 상대의 목을 가격했다.

동시에 밀려드는 수많은 공격을 너무 쉽게 받아 낸 환야가 혁련휘의 옆에 서서 말했다.

“이 자식들이 누굴 욕 먹이려고.”

검이 옷깃이라도 스쳤다가 혁련휘에게 무슨 말을 들어야 했을지 상상하는 것만으로도 끔찍한 듯 보였다.

환야가 옷소매를 가볍게 털었다.

그 순간 손가락 사이사이마다 비수 하나씩이 걸려 있었다. 그는 더 이상 혈기조가 혁련휘의 걸음을 방해하지 못하도록 완벽하게 길을 막아섰다.

혈기조를 환야가 재차 막아서는 그 순간에도 혁련휘와 두 명의 팔환마의 거리는 좁혀지고 있었다.

그런 혁련휘를 바라보는 유목진의 표정은 복잡했다.

그저 다가오고 있을 뿐이다.

그는 아무것도 하지 않으면서, 수하로 보이는 사내가 확보해 놓은 길을 따라 천천히 걸어오고 있었다.

그런데 왜일까?

엄청난 무위를 선보이며 혈기조를 도륙하는 자보다, 그저 걸음을 옮기고 있는 저 사내에게 시선이 끌린다.

냉혹한 표정과 묘한 분위기가 기억 한 곳에 감춰져 있던 공포라는 감정을 슬금슬금 기어오르게 만든다.

이 기운, 이 분위기…… 누군가가 자꾸 저 젊은 사내와 겹쳐 보이려 하고 있었다.

그리고 이내 혁련휘와의 거리가 열 걸음 정도로 좁혀졌을 때였다.

골머리를 싸맨 채로 고민하던 유목진이 갑자기 두 눈을 부릅뜨며 고개를 치켜들었다.

알아 버렸다.

저 사내가 누구와 닮았는지를.

그리고 그 사실을 깨닫는 순간 유목진의 두 다리가 심하게 떨려 왔다.

유목진이 기억해 낸 존재가 그만큼 두려운 자였으니까.

'어찌…… 이런 일이 있을 수 있단 말인가.'

절대지존, 절세신마 등 수많은 명칭을 가진 천하제일인. 무림 역사상 단 한 번도 없었던 정사일통을 이뤄 낸 희대의 마인.

현 마교 교주 불패신마(不敗神魔) 혁무조.

그를 처음 만났을 때 느꼈던 바로 그 감정, 오랜 시간 잊고 살았던 당시의 공포심이 지금 자신을 감싸고 있었던 것이다.

멈추어 선 혁련휘가 천천히 입을 열었다.

"드디어 만났군. 뒤에 누가 있을까 많이 고민했는데…… 유목진과 남조양이라."

혁련휘가 차가운 목소리로 자신의 이름을 부르자 유목진은 움찔했다. 그렇지만 반면 남조양은 기분 나쁘다는 듯 나서고 있었다.

분명 환야의 무위는 놀라울 정도였다.

그렇지만 혈기조와 자신들을 비교하면 기분이 나쁘다.

살수인 그들과 마교의 제대로 된 무공을 익혀 지금 환영학관의 팔환마인 자신들이 같을 리 있겠는가.

기분 나쁜 티를 팍팍 내며 남조양이 말했다.

"이 자식이 수하 하나 믿고 까부는 모양인데 이걸 어떻게 요리해 줄까? 확 대갈통을 부숴 줄까?"

남조양이 슬쩍 소매를 걷으며 다가가려 할 때였다.

옆에 서 있던 유목진이 황급히 말했다.

"나서지 말게."

급히 말리는 유목진을 보며 남조양이 이해가 안 간다는 듯 말했다.

"뭘 그리 겁을 먹고 그러십니까. 그냥 당장에 달려가서 요절을 내 버리죠."

겁 없는 남조양의 말에 유목진은 목구멍까지 욕설이 치밀어 올랐다. 결국 유목진이 소리쳤다.

"야 이 멍청한 새끼야! 실력이 모자라면 눈치라도 좀 있든가!"

서로에게 속으로는 욕한 적이 있어도 이렇게 대 놓고 모욕한 적은 처음이다. 그랬기에 욕을 얻어먹은 남조양도 당황해서 말을 잇지 못하고 있었다.

속에 담긴 말을 토해 낸 유목진이 혁련휘에게 시선을 돌렸다.

다시금 확인해 봐도 혁무조와 묘하게 흡사한 분위기를 풍긴다.

눈을 마주치기도 힘들었던 그 강렬한 기운, 사람의 위에 군림하는 자만이 가질 수 있는 압도적인 기세까지도.

'닮았어.'

우연일까?

아니, 다른 이도 아닌 불패신마 혁무조를 떠올리게 하는 이가 흔할 리가 있겠는가.

유목진이 힘겹게 마른침을 삼키며 물었다.

"하나 여쭙고 싶은 게 있습니다."

너무나 공손한 말투에 남조양이 어처구니없다는 듯 유목진을 쳐다볼 때였다. 그런 남조양은 안중에도 없다는 듯 유목진이 말을 이었다.

"귀공께서 교주님과 무슨 사이신지 여쭈어 봐도 되겠습니까?"

남조양은 대체 유목진이 무슨 말을 하는지 이해할 수가 없었다. 갑자기 자신에게 욕설을 퍼붓질 않나, 자신들을 노리는 상대에게 예를 갖추는 걸로 모자라 갑자기 교주님과의 사이를 묻다니?

이곳에서 왜 교주인 혁무조에 대한 이야기가 나온단 말인가.

혁무조에 대해 묻는 유목진을 향해 혁련휘가 담담하게 대답했다.

"아무 사이 아니야."

혁련휘의 대답에 유목진이 인상을 찡그렸다.

분명 혁무조에게서 느꼈던 그 절대적인 기운을 이 사내에게서도 느꼈다 생각했거늘 자신의 착각이었던 모양이다.

'늙어서 감이 많이 떨어진 건가.'

괜히 뭣도 아닌 상대에게 존대를 한 지금이 창피하다는 생각이 들었다. 덩달아 옆에서 자신을 노려보는 남조양의 시선도 부담스러웠다.

'에잉, 괜히 겁을 먹었군.'

상대가 혁무조와 관련된 자가 아니라는 걸 알았으니 더는 겁먹을 필요가 없었다.

유목진이 허리에 차고 있던 검에 손을 가져다 댔다.

놈의 정체는 모르겠지만, 지금부터 알아 가면 될 일.

막 검을 뽑아든 유목진이 살벌한 웃음을 흘렸다.

"흐흐. 건방진 애송이. 팔환마에게 덤빈 대가를 톡톡히 치르게 해 주지. 신체가 갈가리 찢겨져 나가는 고통이라는 게 어떤 건지 이번 기회에 알게 될 테니까. 그리고 죽기 전에 이번 일에 대해서는 모두 불어야 할 게야. 묻고 싶은 게 아주 많거든."

살기 가득한 말과 함께 검에는 새하얀 검기가 맺혔다. 길게 끌거나 할 생각 없이 단번에 끝내려 하는 것이다.

당장이라도 죽이겠다는 듯 잔인한 미소를 짓고 있는 유목진을 향해 혁련휘가 대수롭지 않은 어조로 아까 했던 질문에 대한 대답을 이어 갔다.

"아, 지금은 아무 사이 아닌데 오래전에는 아버지라고 불렀던 사이라고 해 줬어야 했나."

가벼운 한마디.

하지만 그 말의 파장은 보통이 아니었다.

혁련휘를 향해 적의를 드러냈던 유목진이 딱딱하게 굳었다.

갑자기 돌변한 유목진의 모습에 이해가 가지 않는다는 듯 서 있던 남조양 또한 당황한 얼굴로 혁련휘에게 시선을 돌렸다.

남조양이 더듬거렸다.

"아, 아버지?"

유목진은 속이 뒤집혔다.

'망할 새끼! 아무 사이 아닌 게 아버지냐?'

그렇게 치면 세상에 아무 사이 아닌 자가 누가 있단 말인가.

유목진의 안색이 새파랗게 변했다.

혁련휘를 찢어 죽이겠다며 뽑아 든 검의 무게가 갑자기 천 근이라도 된 것처럼 무겁게 느껴졌다.

그런 유목진의 심적 변화를 눈치챈 혁련휘가 놀리듯 말했다.

"찢어 죽여 주겠다며? 왜? 그새 마음이 바뀌었나?"

*   *   *

같은 시각 비설은 성도의 번화가를 걷고 있었다. 그녀의 표정은 밝았다.

며칠 전 회수했던 천도인장을 북천회 소속인 곽 노야에게 맡기고 돌아오는 길이었다. 환영학관 내에서 지내는 그녀가 천도인장을 지니고 있을 수는 없는 노릇.

마침 밖으로 나갈 수 있는 때에 맞춰 오늘 천도인장을 바깥으로 빼돌린 참이었다.

천도인장을 건네받았을 때 곽 노야의 기뻐하는 표정을 보니 비설 또한 뿌듯했다. 나이 지긋한 그가 눈물까지 맺힌 채로 천도인장을 바라보다 비설에게 거듭 감사의 인사를 했다.

그만큼 천도인장 회수를 절실히 바랐다는 말이다.

그런 임무를 완수하였으니 어찌 좋지 않을 수 있으랴. 가볍게 기지개를 켜며 하늘을 올려다보던 비설의 시야에 낯익은 뭔가가 들어왔다.

"어라?"

저 멀리 허공에서 원을 그리며 돌고 있는 매.

흑풍이다.

그리고 흑풍이 주변을 맴돌고 있다는 말은 곧 혁련휘가 그 근처에 있다는 소리기도 했다. 비설은 방에 돌아온 이후에 줄곧 보지 못했던 혁련휘가 마찬가지로 밖에 나와 있다는 사실을 알 수 있었다.

'왠지 안 보이신다 했더니 그새 밖에 나와 계셨나 보네.'

가만히 흑풍을 올려다보던 비설이 이내 그쪽으로 방향을 틀었다.

최근 들어 보지 못했던 흑풍이 반갑기도 했고, 이왕 본 김에 같이 돌아가려는 생각이 들어서였다. 그녀는 흑풍이 맴도는 곳으로 향했다.

번화가를 벗어나 성도 외곽으로 들어서자 비설은 고개를 갸웃했다.

'여기 뭐 할 게 있었던가?'

딱히 기루가 있는 것도 아니고, 노점 같은 먹을거리가 있는 것도 아니다. 이상해하면서도 비설은 그저 흑풍이 보이는 곳으로 걸었다.

가벼운 마음으로 혁련휘를 향해 가던 비설의 귓가에 병장기 소리가 들렸다.

집중하지 않으면 듣기 어려운 소리기도 했고, 아주 단발적으로 들려왔지만 비설의 귀를 벗어날 수 있을 리 만무했다.

비설의 표정이 급변했다.

소리가 들려오는 장소, 그리고 흑풍이 맴도는 근처가 너무나 일치했으니까.

'설마……?'

혁련휘의 뛰어난 무공 실력을 본 이후 예전에 비해 걱정을 덜 하고 있긴 하지만 상대는 혈뢰주가의 주자악이다.

학관 내부에서는 불가능하지만 밖에서라면 그가 움직일 수 있는 엄청난 고수들이 즐비하다.

생각이 거기까지 미치자 비설은 여태까지와는 다르게 재빠르게 달리기 시작했다.

그녀의 몸이 순식간에 싸우는 소리가 들려왔던 장원까지 도달했다. 그리고 그 장원에 도착하기 무섭게 고개를 든 비설의 눈에 흑풍의 모습이 또렷이 들어왔다.

혹시나 하는 생각이 확신으로 변했다.

'형님이 위험해.'

혁련휘가 위험하다는 생각에 비설은 황급히 장원 안으로

뛰어들어 가려 했다.

그런데 누군가가 허공을 날며 빠르게 떨어져 내렸다. 안으로 몸을 움직이던 비설은 그 움직임을 눈치채고는 황급히 뒤로 물러섰다.

쿠웅!

일격에 땅이 폭발하듯 터져 나갔다.

비설은 황급히 소매를 들어 올려 흩날리는 흙으로부터 눈을 보호했다.

순식간에 주변을 휩쓸고 간 그곳에는 덩치 큰 사내 하나가 자리하고 있었다. 바로 혁련휘의 명으로 장원에 들어오는 이들을 막으라는 임무를 수행하고 있는 달치였다.

달치가 비설의 앞을 막아선 것이다.

단 한 번의 움직임.

그렇지만 그것만으로 비설은 달치가 무시 못 할 고수라는 걸 느낄 수 있었다. 엄청난 도약력, 거기다가 폭발적인 힘까지.

그녀가 자신의 쌍검에 손을 얹은 채로 말했다.

"저기 비켜 주지 않을래요? 저 안에 제가 아는 사람이 있는 것 같아서요."

비설의 말에 달치가 고개를 마구 저으며 대답했다.

"여기 못 들어간다. 주인이 아무도 못 들어오게 하라고

했다. 그래서 너도 못 들어간다."

어눌한 달치의 말투에 비설은 잠시 이상하다는 듯 그를 바라봤다. 모자라 보이는 말투. 그렇지만 실력만큼은 가늠하기 힘들다.

비설의 상황상 달치를 주자악과 관련된 자로 판단하는 것은 당연한 노릇이다.

'이 사람 정말 강해.'

마주 선 상대가 강하다는 걸 직감하고 있었다.

허나…….

비설의 시선이 달치의 뒤편에 있는 장원으로 향했다. 그곳에 있을 혁련휘의 모습이 눈에 아른거리자 비설은 마음을 정했다.

'형님을 죽게 할 순 없어.'

결정을 내린 이상 망설일 게 없었다.

비설이 팔을 교차시킨 채로 허리춤에 있는 쌍검을 움켜잡았다.

스르릉.

두 자루의 검을 동시에 뽑아 든 비설이 달치를 향해 말했다.

"비켜 주지 않는다면…… 뚫고 가겠습니다."

2장. 자격

— 멈춰!

남조양은 아무런 말도 하지 못한 채 옆에 있는 유목진을 바라봤다. 방금 전 갑작스러운 모욕에 기분이 상했었던 기억 따위는 이미 사라진 지 오래다.

　무슨 말이라도 해 보라는 듯 남조양은 유목진을 눈빛으로 재촉했다.

　남조양의 눈빛에서 그의 마음을 읽었을까?

　유목진은 입술을 깨물었다.

　'망할 새끼가 항상 이럴 땐 꿀 처먹은 벙어리가 되는군.'

　침묵은 길어지지 않았다.

　유목진이 천천히 입을 열었다.

"교주님의 아드님이시라고요?"

그의 말투는 재차 공손하게 변해 있었다.

혁련휘가 그런 유목진의 손에 들린 검을 힐끔 바라봤다. 혁련휘의 눈빛을 눈치챈 유목진이 황급히 검을 집어넣었다.

굽히고 들어가고 있지만 사실 유목진은 상대의 정체를 알지 못했다.

마교 교주 혁무조의 아들이 하나뿐이라는 건 모두가 아는 사실.

만약 혁련휘에게서 혁무조에게서나 느꼈던 그 감정을 느끼지 않았다면 결코 그 말을 믿지 않았을 것이다.

오래전 직접 눈으로 보았기에 기억할 수 있었던 힘.

그런 경험이 없는 남조양은 혁련휘의 말을 의심하고 있었지만 유목진은 아니었다.

정체는 모르지만 혁무조의 핏줄인 건 분명하다는 걸 직감하고 있는 것이다.

혁련휘가 유목진의 질문에 답했다.

"그게 중요한가?"

"제가 알기로 교주님의 아드님은 소교주님 한 분뿐입니다. 그런데 아드님이라 하시니…… 제가 쉬이 믿을 순 없지 않습니까."

"믿고 말고가 중요한 게 아닐 텐데?"

"허허. 그게 무슨……."

"혁리원. 이래도 모른 척할 거냐?"

그 한마디에 유목진의 속이 뒤흔들렸다.

혹시나 하고 있었던 것이 현실이 되자 당황스러운 건 당연했다.

하지만 이내 유목진은 마음을 다잡았다.

'증거는 아무것도 없다. 오독귀와 우리가 가까이했다는 건 알아냈을지 몰라도, 그것만으로 우리가 소교주에게 독을 먹인 범인으로 모는 건 불가능할 터. 모르는 척 우겨야 한다.'

유목진이 무슨 소리냐는 듯 웃으며 말했다.

"소교주님의 이름은 갑자기 왜 꺼내시는 건지 모르겠군요. 소교주님은 이미 환영학관을 떠나셔서 마교로 가신 지 꽤나 되셨는데요."

발뺌을 하려고 마음먹었는지 유목진은 표정 변화 하나 없이 말을 돌렸다.

나이를 먹으면서 늘어난 거라고는 이 철면피 같은 얼굴이다.

그때 막 혈기조 전원을 쓰러트린 환야가 혁련휘의 뒤편으로 다가오고 있었다. 그는 얼굴에 튄 피를 닦기도 귀찮았는지 인피면구를 휙 하니 벗어 던졌다.

인피면구를 벗자 환야의 얼굴이 드러났다.

"후우. 답답했는데 이제야 좀 살 것 같네."

말을 내뱉던 환야의 시선이 남조양으로 향했다.

그러고는 피식 웃으며 조롱하듯 말을 이었다.

"영감님. 모르는 척 잡아떼시려나 본데 이미 늦으셨어요. 저쪽에 있는 영감님 동료가 멍청하게도 제가 던진 미끼를 덥석 물었거든요."

환야의 말에 유목진이 남조양을 향해 다급히 고개를 돌렸다.

그는 당황하고 있는 남조양을 향해 전음을 날렸다.

『저게 무슨 소린가!』

『그, 그게……』

『지금이 어떤 상황인지 모르는가? 빨리 정확하게 말하게!』

『저놈이 오독귀인 줄 알고 소교주에게 왜 그런 짓을 했냐는 떠보기에 그만 반응을…….』

전음을 듣고 있던 유목진의 얼굴이 새빨갛게 변했다.

'저 멍청한 새끼가 끝까지 내 발목을 잡는구나.'

화가 치솟았다.

하지만 지금은 화나 내고 있을 상황이 아니었다. 이 난처

한 상황을 어떻게든 빠져나가야 했다.

남조양의 멍청한 행동에 분명 의심은 확신으로 변했을 거다. 그렇지만 눈에 보이는 물증이 없으니 우선은 아니라 우긴다면 이들이 당장에 자신에게 어찌하긴 힘들 거라 믿었다.

그렇게 시간을 벌고, 사건이 커질 것 같으면 모든 죄를 남조양에게 뒤집어씌우고 죽여야 한다.

그것만이 지금 자신의 목숨을 부지할 수 있는 유일한 방법이었다.

"허허. 정말 무슨 말인지 전혀……."

우기려고 마음먹은 이상 중요한 건 상대의 말에 밀리지 않는 거다. 어떻게든 이 위기를 피해야만 다음 기회를 잡을 수 있다.

그렇게 유목진이 말을 이어 나갈 때였다.

혁련휘가 말을 잘랐다.

"뭔가 착각을 하고 있나 본데."

"착각이라 하오면 무엇을 말씀하시는 건지요?"

"죄가 있고 없고는 네가 말해서 정해지는 게 아냐. 바로 내가 판단하는 거지."

"……."

오만하게까지 느껴지는 혁련휘의 말투.

그런 그의 모습을 보고 있자니 유목진은 다시금 마교 교주 혁무조를 떠올릴 수밖에 없었다. 지금은 병상에 누워 오늘내일할 정도로 약해졌지만 한참 그가 마교를 통치할 때의 모습이 환영처럼 혁련휘와 겹쳐진다.

'정말 무서운 핏줄이구나.'

소교주 혁리원은 교주인 혁무조와는 달랐다.

재능도 있고 영특했지만, 혁무조의 패도적인 기운과 성격은 닮지 않았다. 그는 따뜻한 사람이었고, 또 남의 말에도 귀 기울일 줄 알았다.

그런데 이 사내는 아니다.

마교를 쥐고 흔들었던 불패신마 혁무조의 젊었을 적의 모습을 그대로 보는 듯한 모습.

그랬기에 유목진은 알 수 있었다.

자신의 변명이 이 사내에게 통하지 않을 거라는 것을.

물증이 없다는 걸로 어떻게든 우기려 하던 유목진의 생각이 바뀌었다. 통하지 않는다는 걸 눈치챘으니 다른 방법을 강구할 수밖에.

그가 다시금 남조양에게 전음을 보냈다.

『살려면 이자를 죽여야 하네.』

『교주님의 아들이라는데 그래도 될까요?』

『교주의 아들이 아니라 교주 본인이라 해도 죽여야 우리가 사네. 소교주에게 독을 쓴 사실이 들통 나면 우리가 살 것 같은가? 더군다나 이자는…… 우리를 살려 줄 생각이 없는 듯하군.』

그냥 순순히 죽을 생각은 없다.

어차피 이곳에 있는 건 저 둘과, 밖으로 나간 덩치가 커다랬던 사내 하나. 이들만 죽인다면 오늘의 일은 영원히 어둠에 묻힐지도 모른다.

물론 이들이 자신들과 만났다는 사실을 다른 자들이 알 수도 있다는 생각은 했다. 그렇지만 그냥 죽어 주는 것보다는 일말의 희망에 걸어 봐야 했다.

변해 버린 눈빛.

적의를 확인한 혁련휘가 입을 열었다.

"이제야 상황 파악이 된 모양이군."

그런 혁련휘를 바라보며 유목진은 넣었던 검을 꺼내어 들었다.

스르릉.

동시에 옆에 서 있던 남조양 또한 자신의 무기인 커다란 도를 뽑았다.

그런 두 사람을 바라보던 혁련휘가 살짝 뒤에 서 있는 환야를 향해 말했다.

"내 무기."

"무기를요?"

혁련휘는 말없이 고개를 끄덕였고, 환야는 살짝 놀란 눈치였다. 자하도에서 나온 이후 혁련휘가 자신의 무기를 사용한 건 손으로 꼽을 정도로 적다.

하지만 명이 떨어졌으니 환야는 움직였다.

그가 손을 움직이자 소매 안에 있던 빛살 하나가 어딘가로 날았다. 그리고 그 빛의 정체인 얇은 줄 하나가 인근에 숨겨 두었던 뭔가를 잡아채며 되돌아왔다.

휘익!

환야의 손에 들린 것은 두꺼운 하얀 천에 감싸여 있는 커다란 물건이었다. 하얀 천에 감싼 물건을 든 채로 혁련휘에게 한 걸음 내디딘 환야가 그것을 그를 향해 조심스레 내밀었다.

혁련휘는 하얀 천에 감싸인 자신의 무기를 한 손으로 받고는, 이내 반대편 손으로 천을 잡아당겼다.

스르륵.

벗겨져 나간 천이 허공에서 펄럭였다.

그리고 모습을 드러낸 것은 검은색 도집에 감싸인 도였다. 일반 도에 비해 그 두께가 그리 두껍지 않은, 흡사 검 같은 느낌을 풍기는 도였다.

혁련휘가 말없이 도집을 벗겨 냈다.

츠츠츠.

기괴한 소리가 흘러나왔다. 그와 동시에 모습을 드러낸 도의 주변으로 뇌기가 흘렀다.

신기한 것은 날 또한 도집과 마찬가지로 묵빛을 띠고 있었고, 그 도신에는 새하얀 용이 수놓아져 있었다.

한눈에 봐도 그것이 보통 무기가 아니라는 걸 알 수 있을 정도였다.

뇌기에 감싸인 채 새카만 날을 드러내고 있는 도.

용기 있게 무기를 뽑아 들었던 두 사람은 그 기이한 모습에 당황했다.

머뭇거리던 유목진이 의식 너머에 남아 있던 오래된 기억 하나를 떠올렸다. 그것은 우연히 읽었던 고서(古書)에서 발견한 하나의 무기에 관한 기억이었다.

그가 설마 하는 얼굴로 물었다.

"설마…… 파멸혼(破滅魂)?"

파멸혼이라는 말에 남조양이 휙 하는 소리가 날 정도로 다급히 고개를 돌려 유목진을 바라봤다.

파멸혼이라니?

어릴 적 이야기에서나 들어오던 전설의 신병이기 중 하나가 아니던가.

영혼까지 부숴 버린다 하여 파멸혼이라는 이름을 지니게

됐다는 고대 오대신병(五大神兵)의 하나.

파멸혼은 전설로만 남은 무기의 이름이다.

그리고 그 파멸혼의 주인은 다름 아닌 마교의 창시자인 천마(天魔)였다.

천마가 사라지며 동시에 함께 사라졌다 알려진 전설의 무기.

유목진의 질문에 혁련휘가 짧게 대답했다.

"용케 알아보는군."

그 한마디에 두 사람은 혁련휘가 혁무조의 아들이라 말했을 때처럼 큰 충격을 받았다.

역대 마교 교주들을 비롯한 수많은 마인들이 수백 년이 넘는 긴 시간 동안 찾아 헤맸으나 찾을 수 없었던 물건이 어떻게 저 사내에게 있을 수 있단 말인가.

"어, 어떻게 그 물건이 네 손에……."

"주웠어."

혁련휘가 대수롭지 않게 말했지만 둘의 귀에도 그렇게 들릴 리가 없었다. 어찌 파멸혼을 주웠다는 말을 곧이곧대로 믿겠는가.

둘이 놀란 듯 주춤거릴 때였다.

혁련휘가 내공을 끌어모았다. 동시에 그의 단전에 있는 뇌신의 기운이 움직였다. 파멸혼을 감싸고 있던 뇌기가 보다 강해졌다.

혁련휘가 둘을 향해 파멸혼을 치켜들었다.

덩달아 오랜만에 모습을 드러낸 파멸혼이 자신의 위용을 마구 뿜어내기 시작했다.

사방으로 뿜어져 나가기 시작한 뇌기가 주변을 뒤덮었다.

그 압도적인 광경 속에서 혁련휘의 입이 나지막이 열렸다.

"뇌신강림(雷神降臨)."

* * *

쌍검을 뽑아 든 비설은 머뭇거리지 않았다.

그녀의 몸이 빠르게 움직였다.

휘익.

거리를 좁힌 비설의 검이 달치의 가슴을 노리고 날아들었다. 눈으로 좇기도 힘들 정도의 빠르기였지만 달치는 뒤로 한 걸음 물러나며 커다란 주먹을 휘둘렀다.

주먹이 검을 쳐 냈다.

비설이 바위처럼 단단한 달치의 주먹에 놀랐을 때다. 달치의 반대편 손이 비설의 얼굴로 날아들었다.

부우웅!

바람을 가르는 소리에 비설은 머리카락이 쭈뼛거렸다.

커다란 주먹이 코앞까지 다가왔다.

비설의 자그마한 팔목이 달치의 날아드는 주먹을 향해 다가갔다. 단순한 두께로 본다면 당장에 부러지고도 남을 것 같은 상황이었다.

그렇지만 놀랍게도 비설은 팔목으로 달치의 날아드는 주먹을 옆으로 밀어내며 오히려 앞으로 한 발자국 내디뎠다. 비설의 팔꿈치가 달치의 빈 가슴팍에 틀어박혔다.

퍼억!

커다란 달치의 몸이 뒤로 몇 발자국이나 밀려났다.

황급히 뒷걸음질 치며 균형을 잡은 달치가 분한 듯 주먹으로 자신의 가슴을 두드렸다.

그의 주먹이 재차 움직였다.

부웅! 붕!

엄청난 힘이 느껴지는 것답지 않게 민첩하기 그지없다. 비설은 황급히 몸을 비틀며 공격을 피해 내면서 마른침을 연달아 삼켰다.

'제대로 맞으면 뼈도 못 추리겠는데?'

가까스로 피하거나 힘을 흘리는 식으로 위기를 벗어나곤 있지만 한 방 한 방이 치명적이다.

번쩍!

엄청난 위력에 잠시 감탄하는 순간 날아든 발길질에 비설이 황급히 고개를 숙였다. 발이 비설의 머리를 스치고 지나가면서 커다란 나무를 걷어찼다.

우지끈!

장정 두어 명을 세워 놓은 듯한 크기의 나무가 발길질 한 방에 그대로 부러져 넘어진다.

비설에겐 놀라고 있을 시간이 없었다.

달치의 주먹이 비설의 머리를 노리고 연달아 날아들었다.

주먹이 얼굴에 닿기도 전, 권풍이 밀려든다. 그리고 그에 맞춰 비설은 몸을 틀며 공격을 아슬아슬하게 피해 냈다.

회전하는 반동을 이용한 비설의 검이 뒤편으로 움직였다.

좌르르륵!

떨리는 검 끝에서 검기가 쏟아졌다.

수십 개의 검기가 거짓말처럼 피어오르더니, 이내 하나를 목표로 날아들었다. 날아드는 검기를 눈치챈 달치는 황급히 양손을 교차시키며 급소를 막아 냈다.

그의 몸 주변으로 호신강기가 일었다.

그렇지만 비설의 검기 또한 녹록지는 않았다.

좌촤촤촤악!

날카로운 베는 소리와 함께 달치의 호신강기가 흔들렸다. 동시의 그의 두꺼운 팔뚝에 여러 개의 핏줄기가 터져 나왔다.

달치가 양손을 천천히 내려트렸다.

양손을 내리며 드러난 달치의 얼굴에서 순박함이 사라지고, 진지함이 감돌았다.

그리고 달치와 마주한 비설도 그건 마찬가지였다.

치명적인 일격이 될 거라 생각하고 펼친 공격이었다. 그런데 달치의 팔뚝에 자그마한 상처를 내는 것이 전부였으니 공격을 성공시키고도 찜찜한 건 어쩔 수 없었다.

달치가 입을 열었다.

"너 강하다."

달치는 감탄했다.

지능은 낮지만 무인으로서의 능력은 뛰어난 달치다. 그랬기에 그는 알 수 있었다. 지금 자신과 마주한 비설이 얼마나 강한지를.

상대를 인정한 달치가 허리춤으로 손을 내렸다.

스윽.

그가 허리춤에 달려 있는 엄청난 크기의 도끼를 뽑아 들었다.

"너 자격 있다. 내 도끼를 받을 자격."

핏빛을 머금은 도끼를 뽑아 든 달치의 몸 주변으로 아지랑이 같은 무형의 기운이 흘러넘치고 있었다. 도끼를 움켜쥔 달치의 손에 핏줄이 도드라지듯 솟았다.

부웅! 붕!

손가락에 걸린 도끼를 가볍게 회전시키고 있는 달치의 움직임을 보며 비설은 옆으로 천천히 걸음을 옮겼다.

그녀의 검 끝에 태극의 기운이 모여들었다.

유능제강(柔能制剛)이라는 말이 있다.

부드러움은 능히 강함을 이길 수 있다는 뜻.

그리고 그 묘리를 품고 있는 태청검법(太淸劍法)이 그녀의 손에서 펼쳐질 준비를 하고 있었다.

여러 개의 초식으로 이루어진 태청검법은 정도 무림의 양대산맥으로 불렸던 무당파가 자랑하는 검법이다.

비설이 결단을 내렸다.

'먼저 들어가야 해.'

그녀의 발이 빠르게 땅을 밟으며 달치와의 거리를 좁혔다. 태청검법이 곧바로 펼쳐졌다.

타앙!

쏘아져 나간 그녀의 검이 기묘한 변화를 보이며 달치에게 날아들었다. 그리고 그런 비설의 공격을 마주한 달치 또한 도끼를 움직였다.

꿈틀거리는 근육에서 터져 나오는 파괴적인 힘이 단숨에 주변을 휩쓸었다.

쿠카카캉!

땅이 터져 나가고, 바람이 사방으로 나부낀다.

그 안에서 비설의 몸이 하나의 점이 되어 쏘아졌다.

검이 커다란 원을 그렸고, 그것은 공격과 방어를 한 번에 하는 공방일체의 움직임을 완성시켰다.

날아드는 기운을 받아 낸 비설의 검이 달치의 어깨로 떨어져 내렸다. 그리고 그런 비설의 공격을 달치 또한 강하게 도끼로 받아쳤다.

까앙!

두 개의 무기 사이에 불꽃이 튀었다.

동시에 비설의 반대편 손에 들린 검이 달치의 비어 있는 허벅지 쪽을 파고들었다.

스윽.

허벅지를 베러 들어간 그 틈에 달치는 피하기는커녕 오히려 반대편 발로 허벅지를 조이며 검날을 잡아냈다.

생각지도 못한 행동에 비설이 당황했다.

쇠처럼 단단한 몸뚱이에 상처가 생겨나며 피가 나긴 했지만 베어 내기엔 무리가 따랐다.

엄청난 외공을 익히며 몸을 단단하게 만든 달치에게 보통 공격은 치명상이 될 수 없었다.

다리를 조이며 검을 옴짝달싹 못 하게 한 달치가 재빠르게 도끼를 내려쳤다. 그 모습에 비설은 황급히 정신을 추스르며 공격을 맞받아쳤다.

두둑.

뼈의 비명 소리가 들리며 비설의 몸이 땅으로 밀려들어가려는 찰나였다. 비설은 달치의 허벅지에 잡힌 검을 놓으며 재빠르게 장법을 펼쳤다.

달치 또한 지지 않겠다는 듯 비설을 향해 발을 내뻗었다.

비설의 장법이 달치의 명치를, 달치의 발이 비설의 어깨를 걷어찼다.

둘의 몸이 동시에 뒤로 밀려 나갔다.

흙먼지가 사방으로 일었다.

그리고 그 사방을 어지럽히는 흙먼지 사이에서도 둘의 눈동자는 여전히 빛나고 있었다. 먼지가 잔뜩 일었지만 둘의 시선은 상대에게 틀어박힌 채 미동도 하지 않았다.

달치의 입가에 미소가 돌았다.

신이 났다.

중원으로 나온 이후 이렇게 자신과 제대로 손을 겨룰 수 있었던 상대가 몇이나 됐던가.

자신의 실력을 아낌없이 쏟아 내고, 그것을 받아 줄 상대가 있다는 건 무인에게 큰 즐거움이었다.

달치가 도끼를 쥔 손에 강한 힘을 줬다.

"너 진짜 재미있다. 계속 재미있게 해 줘라."

바보 같은 어눌한 말투, 그런 그를 향해 비설 또한 대답했다.

"그렇게 나쁜 사람 같아 보이지 않아서 죽이고 싶지 않은데 그냥 비켜 주시면 안 될까요?"

"나 주인 말 따른다. 주인 아무도 못 오게 하라고 했다."

혁련휘가 위험할까 봐 안으로 들어가려는 비설, 그리고 혁련휘의 명을 받고 아무도 못 들어오게 하려는 달치의 싸움.

서로 같은 사람을 위해 싸우고 있다는 것을 모른 채 둘은 상대방과 마주했다.

이번에 먼저 움직인 건 달치였다.

달치가 도끼를 강하게 움켜잡았다.

그러고는 채 뭔가 하기도 전에 비설을 향해 쏜살같이 전력을 다해 도끼를 내던졌다.

부웅! 붕!

내공이 실린 도끼는 단번에 비설에게 날아들었고, 그녀는 손에 들린 검을 비스듬히 세우며 도끼를 옆으로 밀어내는 데 성공했다.

카앙!

그 순간 도끼 뒤편에서 벼락같이 한 사내의 몸이 모습을 드러냈다.

커다란 주먹, 그리고 바람을 가르는 소리.

비설은 눈을 크게 치켜떴다.

'늦었어!'

달치의 주먹이 날아들고 있었다. 비설은 황급히 양팔을 교차시켰다.

그리고 동시에 멀리에서 들려오는 한 줄기의 목소리.

"달치! 멈춰!"

혁련휘의 목소리였다.

하지만 이미 멈추기엔 너무 늦어 버렸던 달치의 주먹이 비설에게 틀어박혔다.

쿠와앙!

일격을 허용한 비설의 몸이 그대로 흙먼지를 일으키며 쭈욱 밀려 나가더니 담장에 처박혔다. 달치의 힘을 이겨 낼 리가 없는 담장이 비설 위로 쏟아져 내렸다.

"비설!"

모습을 드러낸 혁련휘가 그녀의 이름을 불렀다. 그리고 갑작스러운 상황에 달치가 당황한 듯 더듬거렸다.

"어, 어어?"

달치도 지금 상황이 뭔가 잘못됐다는 걸 어렴풋이 느낀 것이다.

다른 이도 아닌 달치에게 일격을 허용했다.

살았을 리가 없다.

쇳덩이마저도 두부처럼 으깨는 달치의 주먹이니까. 그런 그의 주먹에 맞은 이상 살아 있다는 건 불가능했다.

이상하게 답답함이 밀려왔다.

혁련휘는 치밀어 오르는 답답함을 참지 못하고 한 손으로 얼굴을 감쌌다.

우연인지 필연인지 모르겠지만, 자신을 형님이라 부르며 쫓아다니던 또 한 사람을 잃었다.

형님이라 부르는 비설의 목소리가 아직도 귓가에 생생한데…… 이제는 다시금 들을 수 없는 소리가 되어 버렸다.

그리고 그런 사실이 혁련휘의 마음을 묘하게 뒤흔들었다.

그때였다.

"형님?"

익숙한 목소리가 귓가에 울리자 혁련휘는 입술을 깨물었다.

자신의 나약한 마음이 만들어 낸 환청이라는 생각이 들어서였다.

"뭐, 뭐야?"

그렇지만 옆에 있던 환야의 입에서 터져 나온 비명에 가까운 소리에 혁련휘는 눈을 가리고 있던 손을 내렸다.

투두두둑.

무너진 담장, 그 돌들이 주변으로 밀려 나갔다. 그리고 그 안에서 누군가가 몸을 일으켜 세웠다.

항상 무표정했던 혁련휘의 얼굴에 놀람이라는 감정이 스쳐 지나갔다.

그곳에서 모습을 드러낸 건 다름 아닌 죽었다 생각한 비설이었으니까.

이마가 찢어져서 피가 조금 흘러내리곤 있었지만, 달치의 일격을 허용한 대가치고는 너무나 미미한 부상이다.

비설이 두 눈을 동그랗게 뜨고 입을 열었다.

"형님? 무사하셨어요?"

그녀가 살아 있다.

3장. 셋의 만남

— 또 만나네?

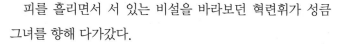

　피를 흘리면서 서 있는 비설을 바라보던 혁련휘가 성큼 그녀를 향해 다가갔다.

　살아 있다는 사실에 안도를 하면서도 마음속 한곳에서는 이상하게 화도 치솟았다.

　비설은 자신의 코앞까지 다가온 혁련휘를 올려다보며 웃었다. 웃고 있는 그녀를 보고 있자니 혁련휘는 목구멍까지 치밀었던 화를 도저히 쏟아 내지 못했다.

　혁련휘는 눈으로 보고도 지금 이 상황이 어찌 된 건지 이해가 안 간 탓에 그녀에게 물었다.

　"대체 네가 왜 여기 있는 거야?"

이곳에서 달치와 싸우고 있던 비설.

대체 어쩌다가 그녀가 여기에서 그 같은 일을 벌이고 있었는지 고민해 봐도 답이 나오지 않았다.

혁련휘의 질문에 비설이 하늘 위에 있는 흑풍을 가리키며 말했다.

"잠시 마을에 나왔는데 흑풍이 보이더라고요. 당연히 형님도 계신 줄 알고 왔는데, 장원 안에서 싸우는 소리가 나서 무슨 일에 휘말리신 게 아닌가 했죠. 그래서 들어가려 했는데……."

비설의 시선이 한쪽에 서서 우물쭈물하고 있는 달치에게로 향했다.

달치를 바라보며 비설이 말했다.

"저 사람 형님이 아는 사람인가 봐요?"

"어."

"그럼 입구에서 들어오는 사람을 전부 막으라고 했다는 사람이 혹시……."

"맞아, 나야."

"하아. 이거 괜히 죽어라 싸웠네요."

이제야 상황을 파악했는지 비설은 한숨을 쉬었다.

혁련휘가 위험할지도 모른다는 생각에 싸워 대던 상대가 오히려 그의 편일 거라고는 상상도 하지 못했다.

상황이 우습게 되긴 했지만 그래도 멀쩡한 혁련휘를 보니 비설은 안심이 됐다.

그녀가 이내 밝은 표정으로 말했다.

"그래도 형님이 별 탈 없어 보이셔서 다행이네요. 안에서 뭔가 싸우는 소리가 나던데 어디 다친 덴 없으시죠?"

"……지금 그게 네가 할 말이야?"

"제가 왜요? 저 완전 멀쩡한데요."

"피나."

"네?"

"너 머리에서 피 철철 난다고."

"에이. 그게 무슨……."

웃으며 손등으로 이마를 슥 닦아 내던 비설은 잔뜩 묻어나는 피를 보며 입을 크게 벌렸다.

달치의 일격을 가까스로 막아 내고 꼴사납게 처박히긴 했지만 별 타격을 입지 않았다 생각했다. 그런데 자신도 모르는 사이에 이마가 조금 찢어졌던 모양이다.

비설이 울상을 지은 채로 중얼거렸다.

"으으. 왠지 조금 따갑다 싶더니."

상처가 난 사실에 비설이 괴로운 듯 중얼거리고 있을 때였다. 그런 그녀를 바라보는 혁련휘의 머리는 복잡할 수밖에 없었다.

'조금 따갑다고?'

달치에게 일격을 맞았다.

절정 고수라고 해도 그에게 일격을 허용하면 팔다리 부러지는 것 정도로 끝나지 않는다. 그런데 너무나 멀쩡한 비설.

그런 달치의 공격을 받아 놓고도 조금 따갑다 말하는 비설을 향한 혁련휘의 시선에는 많은 생각들이 담겨 있었다.

허나 비설을 앞에 둔 혁련휘의 시선은 이내 다른 곳으로 향했다.

혁련휘가 살짝 찢어진 비설의 이마를 보며 말했다.

"상처 빨리 치료해야겠다."

"이 정도로 뭘요. 그냥 피나 이렇게 대충 슥슥 닦으면……."

비설이 소매로 이마를 닦으려 할 때였다.

혁련휘가 손을 뻗어 그녀의 손목을 움켜잡았다. 갑자기 손목이 잡힌 비설이 당황한 듯 어색한 표정으로 혁련휘를 올려다봤고, 그는 표정을 찡그린 채로 말했다.

"가만히 있어."

깨끗한 옷도 아니고 바닥을 나뒹굴던 흙 묻은 옷으로 상처를 닦으려는 비설의 행동에 혁련휘는 기가 막혔다.

혁련휘가 꽉 잡은 손목을 놓고는 슬쩍 환야를 바라보며

말했다.

"금창약 챙겨 온 거 가져다줘."

"그러지요."

말을 마친 환야는 품에서 동그란 하얀 통 하나를 꺼냈다. 그러고는 통을 든 채로 비설을 향해 다가왔다.

가까이 다가온 환야가 반갑다는 듯 손을 들어 올리며 아는 척을 했다.

"여, 또 만나네?"

"저희가 언제 본 적이 있었나요?"

인사를 하는 환야를 물끄러미 보다가 비설이 고개를 갸우뚱했다.

당연했다.

환야는 비설은 봤지만, 당시에 환야는 인피면구를 쓰고 있었다. 그랬으니 만난 적은 있어도 환야의 얼굴이 기억에 있을 리가 만무했다.

그 사실을 뒤늦게 깨달은 환야가 고개를 끄덕거리며 중얼거렸다.

"아 참. 이 얼굴로는 처음이겠구나."

"예? 그게 무슨 말씀이신지…….."

"아아, 그런 게 있어."

오독귀 양우생의 인피면구를 쓰고 만났던 사실을 괜히

밝힐 필요가 없었기에 환야는 대답해 주지 않았다.

그런 자신을 이상하다는 듯 바라보는 비설을 향해 환야가 손에 들린 금창약을 들이밀었다.

"뭐해? 안 받고."

"아, 예. 감사합니다."

금창약을 받아서 뚜껑을 열려는 비설을 바라보며 환야가 말했다.

"그거 비싼 거다."

"그래요? 생긴 건 평범해 보이는데."

외양은 별다른 특별한 게 없다 생각했는지 비설이 중얼거릴 때였다. 환야가 그런 비설에게 말했다.

"금화 이십 냥짜리 금창약인데 평범하진 않을걸."

막 뚜껑을 열려던 비설이 당황했다.

금화 이십 냥짜리라니? 그건 커다란 기와집을 사고도 남을 돈이 아니던가.

"노, 농담이시죠?"

"아니, 진짠데."

"금가루라도 넣었답니까? 뭐 그렇게 비싸데요."

"금가루보다 훨씬 더 좋은 게 많이 들어 있거든. 어쨌든 대장님의 명이니 특별히 내주긴 했지만 아까운 거니 조금만……."

말을 하던 환야가 입을 닫았다.

옆에 있는 혁련휘의 눈초리가 왠지 모르게 사나워서다. 환야가 입을 닫자 비설은 조심스레 금창약의 뚜껑을 열었다.

그 전까지만 해도 아무렇지 않게 받아 만져 댔지만 가격을 듣게 되니 이상하게 조심스러워졌다.

금창약의 뚜껑을 여는 순간 향긋한 향이 사방으로 퍼져 나갔다.

밀폐된 공간도 아닌데도 불구하고 이토록 진한 향기라니…… 값비싸다는 말이 결코 농담은 아닌 모양이다.

비설이 살짝 손끝에만 묻혀서 이마에 바르려고 할 때였다. 보고 있던 혁련휘가 다가와서 손가락으로 금창약을 푹 찍어서 비설의 이마에 묻혀 버렸다.

비설이 놀란 듯 비명을 토해 냈다.

"앗!"

"비싸다고 아끼지 말고 제대로 발라."

비설은 비어 버린 부분을 바라보며 자신도 모르게 중얼거렸다.

"이 정도면 금화 한 냥 어치는 될 것 같은데……."

"왜? 모자라?"

"그, 그럴 리가요. 충분합니다. 충분하고말고요."

비설은 혁련휘가 이마에 찍어 준 금창약을 황급히 고르게 펴 발랐다. 기분 좋은 금창약의 향기가 주변에 은은하게 퍼져 나갔다.

비설이 약을 바르는 것까지 확인한 혁련휘가 고개를 끄덕였다.

"됐네. 효능이 좋은 약이니 이틀 정도면 상처가 많이 아물 거야. 흉도 지지 않을 거고."

"당연히 그래야죠! 이렇게 비싼 약을 발랐는데 안 나으면 이거 판 사람을 돌팔이로 당장에 관에다가 넣어야 된다고요."

흥분해서 이야기하는 비설을 가만히 바라보던 혁련휘가 이내 어처구니없다는 듯 말했다.

"네가 사 준 것도 아니면서 뭐 이리 열을 내."

"금화 한 냥 어치를 얼굴에 발랐는데 뭔가 티라도 나야 안 아깝잖아요."

웃는 얼굴로 말하는 비설을 보며 혁련휘가 가볍게 고개를 저었다.

다치고 나서도 뭐가 이리도 신이 나는지…….

혁련휘가 그런 그녀를 향해 말했다.

"돌팔이였으면 잡아서 줬던 돈 다 토해 내게 할 테니 걱정 말고 이만 가 봐."

먼저 가라는 혁련휘의 말에 비설이 눈을 동그랗게 뜨고 물었다.

"형님은 안 가시고요?"

"난 일이 남아서 오늘은 못 들어가."

비설은 고개를 끄덕였다.

오늘은 어차피 자유로운 외박이 가능한 날이었기에 비설이 따로 신경 써야 할 건 없었다.

"그럼 전 돌아가 볼게요. 내일 너무 늦지 않게 오세요. 형님."

"쓸데없는 걱정 말고 또 괜한 일에 휘말리지 않게 빨리 들어가."

"예, 형님. 그럼 내일 뵐게요."

말을 마친 비설은 아무 일 없었다는 듯 몸을 돌리고 환영학관이 있는 방향으로 걸어 나갔다.

그리고 그런 그녀의 뒷모습을 물끄러미 바라보던 혁련휘가 이내 아직까지도 눈치를 보고 있는 달치를 불렀다.

"달치."

"응, 주인. 달치 잘못했다. 그래서 주인 화났다."

"아냐. 화난 거. 넌 내가 시킨 대로 한 것뿐이잖아."

기가 팍 죽은 듯이 어깨를 움츠리고 사과하는 달치에게 혁련휘가 고개를 저었다.

예상치 못한 사고가 날 뻔하긴 했지만 다행히 큰일은 벌어지지 않았다.

더군다나 혁련휘 본인이 말한 대로 자신이 시킨 일을 달치는 우직하게 수행한 것밖에 아무런 잘못이 없다.

잘못한 게 아니라는 혁련휘의 말에 달치의 얼굴이 환하게 폈다. 기분 좋은 듯 웃는 그를 향해 혁련휘가 물었다.

"그런데 방금 전 싸웠던 저 녀석하고 끝까지 갔다면 누가 이겼을 것 같지?"

혁련휘의 질문에 달치가 움찔했다.

하지만 이내 그가 크게 소리쳤다.

"음…… 달치! 달치가 이긴다. 달치 주인 말고는 아무한테도 안 진다."

자신이 무조건 이긴다고 말하고 있지만 혁련휘는 알고 있었다.

말을 하기 전 아주 잠깐의 머뭇거림. 달치가 그렇게 머뭇거릴 때는 거짓말을 할 때뿐이다.

그 말은 곧 달치는 비설과의 싸움에서 승부를 확신하지 못하고 있다는 거다.

자하도에서 살아온 자신들이다.

그런 지옥에서 강해진 달치가 승부를 장담할 수 없는 상대. 그것이 저런 젊은 여인이라는 사실이 쉬이 믿기지 않았다.

보통 인물이 아니라는 것도, 뭔가 목적을 가지고 환영학관에 들어온 것도 안다.

그렇지만 이건 예상을 벗어나도 한참은 벗어난 수준이다.

달치와 동률을 이루는 고수라니…….

'비설, 너 정체가 대체 뭐야?'

그녀에 대한 궁금증이 스멀스멀 밀려오기 시작했다.

하지만 지금 당장엔 그보다 먼저 처리해야 할 것들이 있었다.

혁련휘가 대기하고 있던 환야를 불렀다.

"환야."

"예. 대장."

"전에 조사했던 거래 장부에서 유목진과 남조양에게 향했던 돈들의 출처를 모두 알아봐. 그리고 그 둘에게서 다른 이에게 빠져나간 것들도. 분명 둘과 연관이 있는 놈이 있을 거야."

"찾아는 보겠는데…… 시간이 좀 걸릴 것 같습니다."

"상관없어. 어차피 초조한 건 우리가 아니라 놈들일 테니까. 단 한 놈도 빠져나가지 못할 정도로 치밀하게 알아봐."

"알겠습니다."

"방금 전 안쪽에서 처리한 두 명도 알아서 정리하고."

"그거야 제 전문이죠."

환야가 고개를 꾸벅거렸다.

해야 할 일을 전달받은 환야가 슬쩍 눈치를 보다 혁련휘에게 말을 걸었다.

"그런데 대장."

"왜?"

"저 녀석 이대로 보내도 될까요?"

"비설을 말하는 건가?"

"예. 여기 저희가 있었던 걸 봤는데 그냥 보냈다가 후환이라도 생기면……."

"우리가 이곳에 있었던 게 걸리면 안 될 이유라도 있나?"

"물론 걸리면 안 되는 건 아니지만 그래도 추후의 일을 진행하는데 정체가 드러나면 안 좋지 않을까요?"

"걱정 안 해도 돼. 저 녀석은 이런 일을 말하고 다닐 녀석은 아니니까."

혁련휘는 확신이 있었다.

피를 묻힌 채 학관으로 돌아갔을 때도 그 일을 오히려 숨겨 주었던 비설이다. 오늘 이곳에서 본 것에 대해 떠들고 다닐 거라 생각되지 않았다.

그리고 결정적으로 자신들이 이곳에 있었다는 게 알려져도 상관이 없었으니까.

비설이 본 건 아무것도 없었다.

장원 안에는 한 발자국 들어오지도 못했으니까.

그리고…….

혁련휘가 입을 열었다.

"감출 생각은 애초부터 없었지만, 슬슬 내 존재를 드러내야 할 때가 온 것 같군."

혁련휘의 그 말에 환야의 눈빛이 빛났다.

오랫동안 숨어서만 살았다.

그렇지만 이제 드디어 때가 온 것이다.

마교 대공자 혁련휘.

죽은 줄 알았던 저주받은 자신의 등장은 아마 마교를 시끄럽게 할 것이다. 하지만 상관없다.

동생을 노렸던 수많은 자들에게, 그리고 마교 지존의 자리를 노리는 자들에게도 경각심을 줘야 할 때가 왔다 여겨졌으니까.

자신이 살아 있다고.

교주의 직계 핏줄인 자신이 살아 있는 이상 동생을 죽이면서까지 탐냈던 그 자리에는 결코 쉽사리 오르지 못할 거라는 걸 말이다.

그리고 그 사실은 조용한 무림을 뒤흔들 하나의 피바람을 예고했다.

혁련휘의 계획까지 전해 듣자 비설에 대한 고민이 한결 가벼워졌는지 환야가 슬쩍 물었다.

"저 녀석 뒷조사 좀 해 보고 뭐 구린 부분이 없으면 제 부하로 쓰면 안 될까요? 달치 녀석과 싸우고도 살아 있는 놈이라니 제법 구미가 당겨서요."

최근 들어 수하의 필요성을 절실히 느끼는 환야다. 쓸 만한 자를 찾기가 힘들어서 그랬지, 그럴 만한 놈이 생긴다면 언제든 하나 거두고 싶어 하는 그였다.

그러던 차에 비설을 알게 됐다.

아직 아는 건 그리 많지 않지만 달치와 싸우고도 죽지 않을 정도의 실력자라면 최소한 밥값은 할 거라 판단한 것이다.

최근 들어 혁련휘에게 받는 엄청난 일거리에 치여 사는 환야다.

그리고 아마 앞으로도 계속해서 일은 많아질 것이다.

그 전에 어떻게든 일손을 늘려 두려 했지만……

혁련휘가 딱 잘라 대답했다.

"안 돼."

"왜 안 됩니까? 쓸 만한 녀석이라고 하셨던 걸로 기억하는데요."

혁련휘조차도 제법 쓸 만하다는 식으로 얘기했던 것을 기억하고 있던 환야가 되물었을 때다.

그가 고개를 끄덕였다.

"맞아. 제법 쓸 만하지."

"그런데 왜 안 된다는 겁니까?"

환야의 질문에 혁련휘가 팔짱을 낀 채로 나지막이 말했다.

"저 녀석은 내 거야."

4장. 모씨 형제

— 내가 뒤를 봐주겠네

유장룡은 기분이 좋지 않았다.

그 이유는 하나, 혁련휘 때문이었다.

'그 망할 자식!'

용봉회가 모인 자리에서 주자악에게서 들었던 한마디가 아직도 머리를 떠나지 않는다.

유 소협을 믿고 맡겼는데 그놈이 버거운 상대인가 봅니다?

주자악이 걱정스레 말하는 듯했지만 유장룡이 바보는 아

니다. 당시 느껴졌던 시선이나 말투에 담겨 있는 은은한 무
시가 그를 기분 나쁘게 만들었다.

화가 치솟았지만 유장룡은 속내를 드러내기가 힘들었다.

상대가 혈뢰주가의 인물이어서기도 했지만 결과론적으
로 주자악의 말대로 자신은 호언장담을 해 놓고 아무런 것
도 못 한 꼴이었으니까.

더 화가 나는 것은 그 자리에 오랫동안 맘에 담아두었던
백리소소도 있었다는 거다.

그녀의 무표정한 얼굴은 주자악의 무시보다 더 큰 비수
가 되어 유장룡의 가슴에 박혔다.

어쩔 수 없이 여유 있는 척하며 그저 때를 보고 있었을
뿐이라며 상황을 둘러대는 것만이 당시 유장룡이 할 수 있
는 최선이었다.

유장룡은 골치가 아팠다.

'젠장. 대체 어떻게 해야 하지?'

수업을 방해하던 행동도 이제는 쉽지 않아졌고, 돼지 창
자를 이용해 혁련휘에게 수치심을 안겨 주려던 작전은 완
전히 망해 버렸다.

덕분에 이 사건의 전말을 아는 학관 내부의 주요 인물들
에게는 자신만 우스갯거리가 된 상황이다.

그렇다 보니 시간이 흐를수록 초조해지는 유장룡이었다.

할아버지인 독심호리의 이름도 있거늘 아무런 명분 없이 혁련휘를 건드릴 순 없는 노릇.

'학관에 모인 놈들이라곤 하나같이 쓸데없는 놈들뿐이니…….'

자신의 본가에 있는 무인들만 끌고 올 수 있다면 저런 새파란 애송이를 처리하는 것은 일도 아닐 터인데 당장엔 그들의 힘을 빌릴 수도 없는 처지다.

고민을 하며 걷는 유장룡의 발길이 도착한 곳은 식당이었다. 사람이 많은 곳에 도착하자 그는 찡그렸던 얼굴을 펴고 짐짓 여유 있어 보이는 표정을 지어 보였다.

유장룡은 성큼 식당 안으로 들어섰고, 그를 확인한 이들이 슬그머니 길을 비키거나 아는 척을 해 왔다.

자신에게 굽실거리는 이들을 보자 유장룡의 기분이 한결 나아졌다.

'그럼, 난 이런 대접을 받아 마땅한 사내지.'

하늘로 솟을 듯한 자부심을 가진 그는 먹을거리를 챙겨 자신의 자리로 갔다.

용봉회의 인원만이 앉을 수 있는 이 자리.

그 자리에 앉는 것만으로 자신이 특별하다는 걸 증명하는 기분이었다. 그렇게 모두의 시선 속에서 막 자리에 앉을 때였다.

웅성웅성.

식당 입구에서 웅성거리는 소리와 함께 두 명의 사내가 모습을 드러냈다.

혁련휘와 비설. 그 둘이었다.

막 즐거운 마음으로 식사를 시작하려던 유장룡의 표정이 망가졌다.

유장룡은 막 입에 넣어 씹고 있던 고기가 갑자기 질기게 느껴졌다. 그는 고기를 바닥에 내뱉었다.

'젠장. 입맛 떨어지게.'

그가 기름기가 흐르는 입을 소매로 거칠게 닦아 냈다. 모든 것이 마음에 들지 않는다. 저 번드르르한 낯짝이, 그리고 자신에게 향해야 할 시선이 모두 저 혁련휘에게 가는 현실도.

홍학의 지단 소속 무인.

그런 자에게 천단의 무인이자 독심호리의 손자라는 든든한 배경이 있는 자신이 뒷전으로 밀린다는 사실을 인정하고 싶지 않았다.

유장룡은 괜스레 젓가락으로 음식을 쿡쿡 찔렀다.

'저딴 놈이 뭐 대단하다고 이리들 난리야?'

곁눈질로 혁련휘를 힐끔거리는 많은 이들의 모습이 눈에 들어온다. 의자에 기댄 채로 유장룡이 불쾌한 기색을 팍팍 뿜어낼 때였다.

식당에 또 다른 누군가가 모습을 드러냈다.

그 순간 짜증 가득했던 유장룡의 표정이 풀렸다. 모습을
드러낸 인물이 다름 아닌 백리소소였기 때문이다. 그녀의
등장에 유장룡은 황급히 자세를 다잡았다.

그러고는 바닥에 뱉어 두었던 고기 조각도 발로 멀리 밀
어 버렸다.

유장룡은 괜히 더 자세를 잡고 식사를 하는 척하며 백리
소소의 일거수일투족을 살폈다.

그녀는 가볍게 음식을 들고 걸어오고 있었다.

백리소소 또한 용봉회의 소속이니 이 특별한 자리에 앉
는 게 당연했다. 그리고 유장룡 또한 그녀가 이곳으로 와
자신과 함께 식사를 할 거라 여겼다.

그렇지만 그런 그의 생각은 여지없이 어긋나 버렸다.

백리소소의 발길이 향한 곳은 한쪽 구석에 있는 혁련휘
와 비설이 있는 자리였다.

그녀가 음식을 든 채로 그곳으로 향했다.

막 식사를 시작하던 비설이 옆에 와서 선 백리소소를 향
해 시선을 돌렸다.

백리소소가 웃는 얼굴로 물었다.

"여기 앉아도 될까요?"

"아, 그러세요. 뭐 자리에 이름이 있는 건 아니니까요."

비설은 학관에 입관하기 전 용봉회의 자리에 앉았다가 낭패를 당했던 일을 떠올리며 나름 뼈 있는 말을 날렸다.

하지만 백리소소는 전혀 관심 없다는 듯 자리에 앉았다.

그렇게 세 사람이 한 탁자에 자리하고 있을 때였다.

부르르.

유장룡의 손에 들려 있던 젓가락이 반으로 뚝 하고 부러져 버렸다. 밀려드는 분노가 아까와는 비교하기가 힘들 정도였다.

'어째서 백리 소저가 저딴 놈과…….'

분명 자신이 있는 것을 보지 못했을 리 없을 터, 그런데도 불구하고 혁련휘와 함께 자리한다는 사실을 인정하기 어려웠다.

혁련휘를 바라보며 웃고 있는 백리소소의 표정에서 유장룡은 감당할 수 없는 질투를 느꼈다.

죽이고 싶었다.

하지만 죽일 방도가 없다.

더는 참지 못하겠는지 자리에서 벌떡 일어날 때였다. 식당을 나가기 위해 막 발을 움직이던 유장룡의 시선에 한구석에 있는 누군가가 들어왔다.

그 순간 유장룡의 눈빛이 빛났다.

'호오. 저놈들 이름이…… 모극일과 모양의였던가?'

마교 소속의 조산모가라는 가문의 인물들.

얼마 전까지만 해도 주자악에게 잘 알랑거린 덕분에 용봉회의 말단 자리를 겨우 차지할 수 있었던 이들이다.

주자악만 믿고 학관 내에서 꽤나 행패를 부리고 다니던 그들이었지만, 채 입관도 하지 못했던 혁련휘에게 강제로 무릎을 꿇려지게 된 이후 상황은 완전히 급변했다.

주자악은 둘을 버렸고, 그 이후엔 평소 그들의 행실에 불만을 가졌던 이들에게 오히려 괴롭힘의 대상이 되어 버렸다.

그토록 당당했던 두 사람이었거늘 지금은 식당 한구석에서 누군가가 시비를 걸지 않을까 전전긍긍하는 꼴이 되어 버렸다.

조산모가라는 가문 자체도 그리 크지 않았고, 무공도 뛰어나지 않은 그 둘에게 유장룡 또한 전혀 관심을 가지지 않았다.

하지만…….

학관 내에서 적지 않은 괴롭힘을 받은 탓에 둘의 얼굴은 무척이나 수척해 있었다.

평소 행실이 그만큼 좋지 못해서이기도 했지만, 그 뒤에는 주자악이 있었다. 주자악은 자신을 웃음거리로 만든 그들을 더 괴롭히게 조종했다.

그는 잔인한 자였으니까.

유장룡의 입가에 미소가 걸렸다.

기가 막힌 생각이 떠오른 탓이다.

그는 방향을 틀어 구석에서 식사를 하는 그 둘에게 다가갔다. 고개를 숙인 채로 눈치를 보며 밥을 먹던 둘은 누군가가 다가오자 화들짝 놀라 고개를 치켜들었다.

그곳엔 웃고 있는 유장룡이 있었다.

유장룡의 모습을 확인한 모씨 형제는 황급히 식사를 그만두고 자리를 벗어나려 했다.

그런 둘에게 유장룡이 황급히 괜찮다는 듯 손을 들어 보였다.

"괜찮으니 식사들 하게."

"……."

유장룡은 아래 학급인 홍학 천단의 무인이긴 했지만 근본적으로 가문이 다르다.

모씨 형제는 그의 자연스러운 하대에도 불구하고 아무런 말도 하지 못했다.

정확히 말하자면 기분이 나쁘다는 생각조차 하지 못하고 있었다. 그저 자신들을 괴롭히지 않기를 바랄 뿐이었다.

말을 마친 유장룡이 자리에 앉자 모극일, 모양의 두 사람은 서로의 눈치를 봤다. 그러자 유장룡이 인자한 미소와 함께 괜찮다는 듯 고개를 끄덕였다.

"편하게들 먹게. 자네들이 그러면 내가 불편하지 않은
가."

재차 권하자 둘은 다시금 식사를 시작할 수밖에 없었다.
그렇게 모극일과 모양의가 식사를 끝냈을 때였다. 그 둘을
기다리고 있던 유장룡이 물었다.

"식사들 다 끝냈는가?"

"그, 그렇습니다."

모극일이 더듬거리며 대답했을 때였다.

얼마 전의 당당했었던 그는 거짓말처럼 사라지고 지금의
모극일은 무척이나 작아 보였다. 그만큼 주자악의 괴롭힘
이 심했다는 거다.

하지만 주자악의 괴롭힘이 어땠는지 유장룡은 관심 없었
다.

그저 이 둘이 쓸모가 있다 여겨서 다가왔을 뿐.

유장룡이 둘을 향해 말했다.

"그럼 잠시 이야기 좀 할까 하는데 시간들 괜찮은가?"

"……."

두 사람은 다시금 서로의 눈치를 살폈다.

사실 시간이 없어도 있다고 해야 할 상대다. 주자악조차
도 함부로 하지 못하는 자라는 것 하나만으로도 유장룡이

어떤 위치인지 말해 주고 있었다.

유장룡의 시선에 결국 모극일이 대답했다.

"물론입니다."

"그럼 잠시 나가지."

유장룡이 자리에서 일어나자 덩달아 둘도 함께 따라 걸었다.

막 식당을 벗어나려는 찰나였다.

모씨 형제를 발견한 이들이 다가와 평소처럼 장난스럽게 뒤통수를 치려고 할 때였다. 날아드는 손을 유장룡이 막아냈다.

갑작스러운 방해였지만 그들은 기분 나쁜 티를 내기 어려웠다.

상대가 유장룡이었으니까.

유장룡이 그들을 향해 싸늘하게 말했다.

"내 손님이네."

"……실례했습니다."

그들은 그 한마디와 함께 식당 안쪽으로 걸어 들어갔다. 자신들을 돕는 유장룡의 행동에 모씨 형제들이 당황할 때였다.

유장룡이 둘에게 걱정 말라는 듯 말했다.

"저런 녀석들 신경 쓰지 말게. 내가 있는 한 자네들에게 손 하나 대지 못할 테니."

"신경 써 주셔서 감사합니다."

모양의가 감격한 듯이 말했다.

그는 당장이라도 울 것 같은 얼굴이었고, 그런 그를 향해 유장룡은 사람 좋게 웃어 보였지만 속내는 반대였다.

'이런 한심한 새끼들하고 오래 있는 꼴을 보였다가는 내 급만 떨어진다. 혹시나 백리 소저에게 보이고 싶지도 않고……'

상황이 그러니 유장룡으로서는 둘을 데리고 황급히 다른 곳으로 이동했다. 그들이 간 곳은 다름 아닌 유장룡의 거처였다.

생각지도 못한 유장룡의 거처로 안내받은 두 사람은 자리에 앉은 채로 직접 차를 타 주는 그의 모습을 봐야만 했다.

모극일이 불편했는지 자리에서 일어나며 말했다.

"제가 대신……."

"아닐세. 어찌 손님들이 차를 탄단 말인가. 이런 일은 이 방의 주인인 내 몫일세."

말을 마친 유장룡은 차를 담은 잔을 그 둘에게 하나씩 건넸다. 값비싼 차에서는 좋은 향이 퍼졌다. 둘은 그 차를 받고 공손하니 예를 갖췄다.

"감사합니다."

"별말은. 어서들 들게."

그들이 차를 마시는 걸 유장룡은 잠시 바라보고 있었고, 이내 눈치를 보던 모극일이 말을 꺼냈다.

"저…… 그런데 저희에게 하실 말씀이 무엇인지 여쭈어도 되겠습니까?"

"사실 내 요즘 자네들을 계속 살펴봤는데…… 너무 안타깝더군. 한때 용봉회였던 자네들이 어찌 이런 수모를 당해야 하는지 말이야."

"……"

유장룡의 말에 두 사람은 침묵했다.

지금 그의 말이 둘의 감정을 건드렸기 때문이다. 최근 받기 시작한 괴롭힘에 둘은 학관을 그만둘까 하는 고민까지 하고 있었다.

하지만 그 또한 쉽지 않은 선택.

조산모가 작은 가문은 아니지만 그렇다고 해서 두각을 드러내는 곳도 아니다. 그런 곳에서 계속 지내며 별 볼 일 없는 무인이 되고 싶지 않아 욕심을 가지고 이곳 환영학관에 입관하지 않았던가.

이대로 돌아간다면 자신들의 인생 또한 어중이떠중이처럼 되어 버릴 것이다.

그런 둘의 사정을 예상하고 있던 유장룡이 그들의 마음

에 부채질을 했다.

"이 모든 게 다 혁련휘, 그놈 때문이지."

"맞습니다! 그 찢어 죽일 새끼……!"

모양의가 먼저 발끈하며 나섰다.

혁련휘에게 직접 당했던 모극일은 아무런 말도 하지 않았다. 하지만 그의 얼굴에도 모양의와 마찬가지로 크나큰 분노가 느껴졌다.

그런 둘의 얼굴을 바라보던 유장룡이 천천히 말을 이었다.

"그런 근본도 모르는 지단 놈 하나 때문에 용봉회 소속이었던 자네 둘이 괴롭힘당하는 꼴이 내 영 탐탁지 않아. 이런 심한 괴롭힘을 견디며 학관을 다니는 것 또한 자네들에게 쉽지 않을 터."

"맞습니다. 요즘 죽고 싶을 정도입니다."

모양의가 동조하고 나서자 유장룡은 맘에도 없는 안타까운 표정을 지어 보였다.

그러고는 힘겹게 말을 잇는 척하며 미리 준비해 뒀던 말을 꺼냈다.

"내가 두 사람을 이리 부른 건 사실 자네들을 돕고 싶어서네."

"저희를 말입니까?"

모극일이 물었을 때다.

유장룡이 고개를 끄덕이며 말했다.

"자네들에게 용기만 있다면 이 지옥 같은 괴롭힘에서 벗어나게 해 주지. 어떤가? 해 보겠는가?"

"그 방법이…… 뭡니까?"

최근의 삶에 지친 모극일이 묻자, 유장룡이 자리에서 벌떡 일어나 자신의 서랍으로 다가갔다. 그가 서랍을 열자 안에는 상자 하나가 있었다.

상자를 들고 온 유장룡이 그것을 두 사람 앞으로 밀었다.

"이게 무엇인지요?"

모극일이 묻자 유장룡이 말했다.

"열어 보게."

유장룡의 말에 모극일이 상자를 열었고, 그 안에서 모습을 드러낸 것은 너무나 평범하게 생긴 단검이었다.

"이건……."

모극일이 마른침을 삼킬 때였다.

유장룡이 웃는 얼굴로 말했다.

"그 단검에는 학정홍(鶴頂紅)이 묻어 있다네."

말을 듣는 순간 두 사람이 화들짝 놀라 단검에서 떨어졌다. 학정홍을 모르는 무인이 어디 있겠는가.

학의 벼슬에서 추출하는 것으로, 중독당하고 얼마 되지 않아 죽음으로 인도한다 알려진 치명적인 극독이다.

놀란 모극일이 되물었다.

"하, 학정홍이 묻은 단검을 저희에게 보여 주시는 저의가 무엇이십니까?"

"왜겠는가? 자네들을 이런 꼴로 만든 놈에게 복수를 하라 이 말이지 않겠는가."

두 사람의 긴장한 시선을 받으며 유장룡이 목소리에 힘을 주며 말을 이었다.

"그 물건으로 자네들이 가장 증오하는 인물. 자네들을 이리 만든 혁련휘, 바로 그놈을 찌르게."

"하, 하지만 그런 짓을 했다간 분명 혁련휘는 죽을 거고, 그렇게 되면 저희도 학관에서……."

학관에서 쫓겨나게 될 것이다. 최악의 경우 학관의 법도에 따라 큰 벌을 받게 될지도 모른다.

그런 둘을 보며 유장룡이 뭐가 걱정이냐는 듯 말했다.

"뭐가 문제인가? 자네의 뒤를 내가 봐준다는데. 설령 학관에서 쫓겨난다 해도 우리 할아버님께 말씀드려 자네 둘에게 어울리는 자리를 주지. 자네들을 괴롭혔던 그놈들에게 성공한 모습을 보여 줄 수 있는 기회일세. 이곳에서 계속 이렇게 당하고만 지낼 생각인가?"

유장룡의 말에 두 사람의 눈이 빛났다.

학관을 간신히 졸업해도 그들이 오를 수 있는 자리는 한

정적이다.

그리고 애초 학관에 입관하는 마교 무인들의 목표인 이름을 알리겠다는 기회 또한 재능이 없는 그들에겐 불가능한 일이었으니까.

그런 상황에서 독심호리의 휘하로 들어갈 수 있다면…….

학관에서 쫓겨나고 말고의 문제가 아니다.

이건 기회다.

유장룡이 웃으며 물었다.

"어쩌겠는가?"

모극일이 마음을 정했는지 손을 뻗어 상자 안에 든 단검을 꽉 움켜잡았다.

그의 두 눈이 빛나고 있었다.

모극일이 고개를 끄덕였다.

"하겠습니다. 그놈을 반드시…… 죽이겠습니다."

모극일의 결연한 모습에 마음이 동했는지 옆에 있던 모양의 또한 함께하겠다는 의사를 내보였다.

그런 둘을 바라보는 유장룡이 입가에 만족한 미소를 머금은 채로 당부하듯 말했다.

"잘 알겠지만 이번 일은 우리 셋만의 비밀일세."

그래야 일이 틀어졌을 때 이 둘에게 모든 죄를 뒤집어씌울 수 있을 테니까 말이다.

당연한 거 아니냐며 고개를 끄덕이는 그들을 보며 유장 룡은 비웃음을 흘렸다.

피식.

'멍청한 새끼들.'

*　　　*　　　*

모극일, 모양의 형제가 주변을 두리번거렸다.

아무도 자신들에게 신경 쓰고 있지 않았지만 이상하게도 모두의 시선이 이쪽으로 향하고 있는 것만 같은 불안감에 휩싸였다.

"혀, 형님. 정말 괜찮겠죠?"

모양의가 품 안에 감춰 둔 학정홍이 묻은 단도의 무게를 이기기 힘들었는지 떨리는 목소리로 물었다.

분위기에 휩쓸려 계획에 동조하긴 했지만 모양의는 무서 웠다.

그리고 그건 모극일도 마찬가지였다.

허나 모극일이 걱정 말라는 듯 동생을 다독였다.

"걱정 말거라. 우리 뒤에 유 공자가 있으신데 뭐가 문제 겠느냐."

아무리 무인이 사람을 죽이는 이들이라 해도, 같은 마교 소속이다.

죽인다면 뒤탈이 없을 수 없다.

그렇지만 운이 좋았다.

조산모가 그리 큰 힘을 지니진 못한 어중간한 가문이긴 했지만 혁련휘는 아예 아무것도 없는 자다. 그 정도 무인의 죽음 정도 무마시키는 건 조산모라 해도 그리 어려운 일이 아니다.

더군다나 혁련휘를 죽이기만 한다면 그 이후부터 자신들의 삶은 완전히 바뀐다.

독심호리의 아래로 들어간다니 이거야말로 하늘에서 내려온 황금 동아줄을 잡는 것이나 진배없다.

자신들을 이런 꼴로 만든 혁련휘에 대한 복수와 성공할 수 있는 기회가 동시에 왔다. 어찌 무섭다는 이유로 포기할 수 있겠는가.

모극일이 아직도 겁에 질려 있는 모양의에게 걱정 말라는 듯 말했다.

"내가 먼저 다가가서 찌르마. 그러니 넌 뒤에서 놈을 찔러. 어차피 살짝 상처만 입혀도 죽을 테니 너무 겁먹지 않아도 돼. 제깟 놈이 금강불괴도 아니고 상처 하나 내는 게 어렵겠어?"

홍학에 지단 무인이었지만 모극일은 혁련휘와 싸울 자신

이 없었다. 지단이라고 해도 그의 실력이 자신보다 높다 느껴진 것이다.

그냥 싸움이라면 이길 자신이 없다.

하지만 학정홍이라는 독이 있는 이상 혁련휘가 방심할 때 슬며시 다가가 상처만 내도 이 싸움은 끝이다.

그 정도로 학정홍의 독은 치명적이었다.

이틀 동안 혁련휘의 뒤를 최대한 멀리에서 쫓으며 그가 움직이는 경로를 확인했다. 그리고 가장 좋은 장소로 이곳을 잡았다.

인적이 드물고, 길도 좁아 최대한 가까이 다가가도 수상한 느낌이 들지 않는다.

어딘가에 숨어 있다가 기습을 할 만한 상대가 아니었다. 그러니 자연스럽게 지나쳐 가는 듯하다가 기습을 할 생각이었다.

문제는…….

'그 정파 새끼가 옆에 있으면 귀찮은데 말이야.'

혁련휘의 옆을 항상 졸졸 쫓아다니는 그 계집같이 곱상한 놈이 문제였다.

아무래도 둘이라면 그만큼 막아 낼 확률이 커지니까.

만약 비설이 옆에 있다면 오늘은 우선 물러나고 다음 기회를 봐야 했다. 목숨과 미래를 건 계획이니만큼 조금이라도 확률이 높을 때 움직여야 하는 상황이다.

그렇게 몸을 숨기고 멀리 바라보던 모양의의 눈에 혁련휘가 들어왔다.

그가 옆에 있는 모극일의 어깨를 황급히 두드렸다.

"형님! 저기 옵니다."

"조, 조심해!"

학정홍이 묻은 단도를 들고 있던 모극일이 화들짝 놀라다가 손이 베일 뻔하고는 버럭 화를 냈다. 그러고는 이내 모극일은 품에 그 단도를 숨기며 자리에서 일어났다.

항상 붙어 다니던 비설의 모습이 보이지 않았다.

하늘이 내려준 기회!

모극일과 마찬가지로 품 안에 든 단도를 손으로 확인한 모양의가 서로를 바라보며 고개를 끄덕였다.

둘은 전혀 내색하지 않으며 길가로 내려섰다.

그러고는 준비한 대화를 하며 다가오는 혁련휘와의 거리를 좁혀 갔다.

모극일이 일부러 들으라는 듯 크게 말했다.

"아무래도 내려가야 할 것 같아. 아버지도 편찮으시다고 하는데 이대로 있기엔……."

"형님. 그래도 차도가 있으시다는데 조금만 더 두고 보시는 게 어떨지요."

"아니야. 장남으로서 어찌 아픈 아버님을 그냥 두고 본단 말이냐. 내가 가서 우선 살펴볼 테니 너는 이곳에 남거라."

"하지만 이곳에서 보낸 시간이 너무 아깝지 않습니까."

"그거야 그렇지만 어쩔 수 없지 않느냐."

미리 정해 둔 말들을 주고받으며 걷던 모극일의 시선이 막 근처까지 다다른 혁련휘에게 향했다. 혁련휘의 시선은 이쪽으로 향해 있지도 않았다.

전혀 관심 없어 보이는 그 표정을 보는 순간 눈빛이 일렁였다.

'네놈을 죽이고…… 내 잃어버린 인생을 찾겠다.'

모극일의 손이 옷깃으로 향하는 때였다. 모양의 또한 기다렸다는 듯 옷 안으로 손을 집어넣었다.

둘이 동시에 혁련휘의 앞과 뒤로 움직였다.

휘익!

"죽엇!"

학정홍이 묻은 단도가 동시에 앞뒤에서 혁련휘를 찌르고 들어갔다.

하지만…….

부웅.

단도는 허공을 갈랐다.

목표를 잃은 서로의 단도가 앞과 뒤에 서 있던 상대방에게 날아갔다.

가까스로 둘은 단도를 멈추어 세웠고, 갑자기 눈앞에서 사라진 존재를 찾기 위해 주변을 두리번거렸다.

"부, 분명 찔렀는데."

모양의가 놀란 듯 중얼거렸고, 그건 모극일도 마찬가지였다.

둘의 단도가 분명 앞뒤에서 상대를 찔렀다 생각했다. 그런데 그 순간 혁련휘의 모습이 연기가 되어 사라졌다.

찰나 생각나는 것은 한 가지.

"……이형환위?"

잔상만을 남기고 그곳에서 사라진다 알려진 최상의 경지.

말로만 들었지 실제로 두 눈으로 보는 건 처음이었다.

그리고 믿을 수 없었다. 학관에 입관할 정도의 무인이 어찌 이형환위를 펼칠 수 있단 말인가.

놀란 그 둘의 위편에서 혁련휘의 차갑게 식은 목소리가 들려왔다.

"이틀 전부터 쥐새끼처럼 쫓아다니면서 뭘 하려나 했더니…… 겨우 이거였나?"

목소리가 들려온 쪽은 다름 아닌 높은 나무 위였다.

모씨 형제는 혁련휘가 소리도 없이 저 높은 곳까지 움직였다는 것에 놀랐고, 내뱉은 말을 통해 이틀 전부터 자신들이 쫓아다닌 걸 그가 눈치채고 있었다는 사실에 또 한 번 기겁했다.

최대한 거리를 벌리고 은밀히 움직였다 생각했거늘…….

혁련휘가 나무 위에서 뛰어내려 가볍게 착지했다.

그의 차가운 눈빛을 마주하자 모극일과 모양의는 자신도 모르게 오금이 저렸다.

겁이 났지만 모극일은 용기를 냈다.

어차피 일이 이렇게 된 이상 뒤는 없었다.

죽이거나, 아니면 자신들이 죽을 뿐이다.

모극일이 소리쳤다.

"개자식. 네놈 때문에 학관에서 내 인생이 어찌 된 줄 아느냐? 그 날 이후 모두가 날 무시하고 인간 취급도 하지 않는다! 이 모든 게 바로 네놈 때문이란 말이다!"

"네 인생까지 나보고 생각해 달라고 투정이라도 부리려고 온 건가? 되지도 않는 암습을 할 바엔 그냥 무시당하고 사는 게 현명했을 텐데."

여유 넘치는 혁련휘의 모습이 모극일은 마음에 들지 않았다. 자신을 강제로 무릎 꿇렸던 그때도 그는 저렇게 자신만만해 보였다.

그 날이 생각나서인지 이를 갈던 모극일이 손에 든 단도를 보여 주며 소리쳤다.

"까부는 것도 이제 끝이다 이놈! 이 단도에 뭐가 묻어 있는지 아느냐? 학정홍이다 학정홍! 네놈도 무인이라면 이게 뭔지는 알겠지?"

방금 전에 보았던 이형환위를 연상케 했던 움직임.

하지만 그는 부정했다.

'그런 고도의 경신술을 이렇게 젊은 놈이 사용할 리가 없지.'

잘못 본 것이라고 모극일은 몇 번이고 스스로를 다독였다. 어차피 무공으로 이기려고 온 것도 아니다. 혁련휘가 자신보다 강한 건 무릎 꿇려진 그 날 이미 알고도 남을 정도였다.

학정홍이라는 독, 이 독이 있기에 승산은 있었다.

스윽.

단검을 쥔 모극일이 옆으로 거리를 벌렸다. 그의 마음을 읽었는지 모양의 또한 마찬가지로 혁련휘를 향해 단검을 들이민 채로 슬금슬금 기회를 엿봤다.

모극일이 강하게 땅을 박찼다.

조산모가의 가전무공인 비산영(飛散影)이라는 신법이다. 단번에 거리를 좁혀 온 모극일의 눈에는 오로지 혁련휘의 목젖만 보였다.

"타앗!"

강한 외침과 함께 뻗어진 단검이 한 줄기 하얀 섬광을 만들어 내며 날아들었다.

하지만 그런 모극일의 화려한 움직임을 혁련휘는 단 일격으로 제압했다.

퍽.

어느새 휘둘려진 주먹이 안면을 강타했다. 고개가 휙 소리 나게 돌아가며 덩달아 부서진 이빨들이 피와 뒤섞여 허공으로 튀어 올랐다.

그리고 주먹에 맞은 모극일은 단검을 놓치며 그대로 뒤로 나자빠졌다.

"으아아!"

뒤늦게 달려들던 동생 모양의가 혁련휘를 향해 껑충 뛰어올랐다. 그런 그를 가만히 바라보던 혁련휘가 이번엔 발을 휘둘렀다.

퍼억!

높게 치솟은 발이 턱을 올려 쳤다.

먼저 당하고 쓰러진 모극일과 마찬가지로 모양의도 피를 토하며 허공에서 뒤로 나자빠졌다.

모양의는 바로 혼절했는지 게거품을 문 채로 가볍게 몸을 떨고 있었다. 그 와중에 간신히 정신을 추스른 모극일이 힘겹게 고개를 치켜들었다.

그의 시선에 멀리 떨어져 있는 학정홍이 묻은 단검이 들어왔다.

모극일이 황급히 그것을 움켜잡기 위해 움직이려 할 때였다. 바닥에 엎어져 있던 그의 얼굴 앞에 발이 소리 나게 떨어져 내렸다.

쿠웅.

"크윽."

갑자기 밀려드는 먼지에 모극일이 인상을 찡그렸다. 가까스로 눈을 뜬 모극일이 고개를 치켜들자, 그곳에는 그를 내려다보는 혁련휘가 있었다.

당장에 발을 휘두를 거라 생각한 모극일이 겁을 먹고 몸을 움츠렸을 때다.

혁련휘의 목소리가 들려왔다.

"누구야?"

"누, 누구냐니?"

"너희한테 이런 일 시킨 게 누구냐고. 스스로 계획해서 이런 일을 했을 정도로 너희가 용기 있는 놈들은 아니잖아."

"우, 웃기지 마라! 이런 일에 누구의 명령을 받고 움직인단 말이냐."

"너희로는 날 죽였다가 뒷감당이 안 됐을 거고, 그걸 감수하면서까지 날 죽인다라…… 글쎄. 선뜻 이해가 안 가는 데. 내 죽음 정도는 무마할 수 있을 정도의 큰 힘을 가진 자가 뒤를 봐주겠다고 하던가?"

혁련휘의 말에 모극일은 당황했다.

암습을 당한 것 하나만으로도 그는 너무 많은 것을 파악해 내고 있었다. 흡사 이 계획을 모두 옆에서 들었던 것처럼 혁련휘의 말은 단 하나도 틀리지 않았다.

핵심을 짚어 버리는 혁련휘의 말에 모극일은 꿀 먹은 벙어리가 되고야 말았다.

아무런 말도 못 하는 모극일을 내려다보던 혁련휘가 이내 상관없다는 듯 말했다.

"뭐 원한다면 이야기 안 해도 좋아. 직접 들으면 되니까."

말을 마친 혁련휘가 고개를 돌렸다.

혁련휘의 시선이 향한 곳은 모극일, 모양의 형제가 나왔던 곳과 가까운 곳이었다. 혁련휘가 그쪽을 향해 입을 열었다.

"숨어 있지 말고 나오지."

모극일은 혁련휘가 향한 방향을 보고 놀란 듯 고개를 돌렸다. 그러자 자신들이 숨어 있던 곳보다 조금 더 깊은 곳에서부터 한 사내가 걸어 나오고 있었다.

이 모든 일을 사주한 인물, 유장룡이 모습을 드러냈다.

"유, 유 공자님?"

놀란 모극일이 더듬거릴 때였다.

유장룡이 슬쩍 그런 그를 노려봤고, 모극일은 황급히 입을 닫았다.

유장룡은 이내 얼굴 만면에 미소를 머금었다.

모습을 드러낸 유장룡의 얼굴을 확인한 혁련휘의 표정이 찌푸려졌다.

저 얼굴 혁련휘도 분명 본 적이 있는 얼굴이다.

성도에서 봤던 독심호리의 손자임을 기억해 내는 데는 그리 오랜 시간이 걸리지 않았다.

유장룡의 정체를 혁련휘가 기억해 내는 동안 가까이 다가온 그가 입을 열었다.

"우연히 지나가는 길에 갑자기 싸움이 벌어졌기에 무슨 일인가 했는데 자네 정말 대단하군. 도와주기도 전에 알아서 다 정리하고 말이야. 이름이 뭐였더라? 혁 뭐라 했던 것 같은데."

유장룡은 아무것도 모르는 척 말을 내뱉었고, 그런 그를 바라보던 혁련휘가 짧게 되물었다.

"우연히 지나가던 중이었다?"

"그럼 우연히 지나가는 중이 아니면 뭐겠는가?"

"우연이라고 우기기엔 시작할 때부터 구경하는 건 좀 아니지 않나 싶은데."

"내가 누군지 모르지는 않을 터인데……. 나 정도 되는
인물이 왜 이름조차 모르는 자네 같은 사람을 죽이려 한단
말인가. 난 독심호리의 손자일세. 그런 내가 자네를? 자기
가 너무 대단하다 착각하는 것 같군그래."

"그러게 말이야. 독심호리의 손자나 되는 자가 왜 날 죽
이려 드는지 모르겠군."

"모욕적이군. 증거가 있는가? 내가 자네를 죽이려 했다
는 증거 말이야."

"증거?"

혁련휘가 잠시 하늘을 올려다보며 중얼거렸다.

"이 학관에는 뭐 이렇게 증거 따지는 놈들이 많아."

혁련휘는 알고 있었다.

이런 놈이 쉽사리 증거를 남겼을 리 없다. 그나마 증거가
될 법한 건 저기 있는 모씨 형제뿐이지만 저들도 쉽사리 입
을 열지는 않을 거다.

캐낸다면 뭔가 알아낼 수도 있긴 했지만, 고작 이런 놈
때문에 그런 시간을 쓸 정도로 혁련휘는 여유롭지 않았다.

기회다 여겼는지 유장룡이 닦달했다.

"사과하게. 날 이런 일의 배후로 모함한 게 심히 불쾌하
군. 왜? 증거도 없이 우길 생각은 아니겠지?"

"아니라니 뭐 더 할 말은 없군."

말을 마친 혁련휘가 시선을 돌려 바닥에 널브러져 있는 모극일을 바라봤다.

시선이 갑자기 자신에게 향하자 모극일이 움찔했을 때다.

혁련휘가 말했다.

"조심하는 게 좋을 거다. 날 죽이라고 시켰던 그자가 왜 너희를 이용했을까? 쓸 만한 놈들이 주변에 더 많았을 텐데 말이야."

"……."

"간단하지. 너희 정도면 일을 끝내고 입막음하기 편하니까."

그 말에 모극일의 얼굴이 딱딱하게 굳었다.

바보가 아닌 이상 혁련휘의 말뜻을 이해하지 못할 리가 없다.

혁련휘가 말을 이었다.

"학관을 떠나. 이곳에 남아 있다간 언젠가 죽을 테니까. 이번 일에 대해 알고 있는 이상 그자가 너희를 살려 두진 않을 거다. 내 마지막 충고니, 들을지 말지는 너희가 알아서 정하고."

말을 마친 혁련휘의 시선이 유장룡에게로 향했다.

유장룡은 기분이 나빴지만 먼저 뭐라고 할 순 없었다.

혁련휘가 자신을 지목하고 말한 게 아니었기 때문에 지금 같은 상황에 화를 내며 나섰다가는 꼴이 우습게 된다.

오히려 아무 상관 없다는 듯 시치미를 뗀 채 혁련휘를 바라만 보고 있을 뿐이다.

그런 그를 가만히 바라보던 혁련휘가 입을 열었다.

"생각보다 많이 닮았네."

"닮다니?"

"조부인 독심호리 말이야."

생각지도 못한 할아버지의 언급에 유장룡은 표정을 찡그렸다. 자신을 애지중지해 주는 만큼 독심호리의 손자라는 사실에 큰 자부심을 가진 그다.

무림에 이름조차 알려지지 않은 애송이가 이런 상황에서 조부의 별호를 입에 올리자 기분이 나빴다.

"우습군. 네깟 놈이 어찌 우리 할아버님을 안다고 그리 말하는 게냐?"

"글쎄."

혁련휘의 태도에 화가 났지만 유장룡은 애써 침착함을 지켜 냈다. 그의 모든 행동이 도발이라 여겼기 때문이다.

"그리고 도발을 할 거면 기본적인 건 알고 하지 그래? 나랑 할아버님은 하나도 안 닮았거든."

아버지보다는 어머니 쪽을 닮은 유장룡이다. 그랬기에

조부인 독심호리와는 많은 부분에서 달랐다.

비웃듯 말하는 유장룡을 향해 혁련휘가 가볍게 대꾸했다.

"외양 말고. 그 뻔뻔한 속내가 네 조부랑 아주 빼다 박았다는 소리야."

"이, 이 자식이! 네놈이 정녕 죽고 싶은 게냐!"

침착함을 유지하던 유장룡이 더는 참지 못하고 화를 터트렸다. 그리고 그 모습을 보자 혁련휘는 더는 관심 없다는 듯 몸을 돌렸다.

화가 난 유장룡이 소리쳤다.

"아직 내 이야기가 끝나지 않았는데 어딜 가는 거냐!"

뒤에서 소리치는 그를 향해 혁련휘가 재차 도발하듯 말했다.

"네 그 잘난 할아버지에게 가서 몸 관리나 잘하라고 전해. 그렇게 정정할 날도 얼마 남지 않았을 텐데?"

"혁련휘! 너 이 새끼가!"

"어라? 내 이름 모른다고 하지 않았던가?"

비웃듯 내뱉는 혁련휘의 말에 버럭 소리를 지르던 유장룡이 당황했다.

조부인 독심호리를 언급하는 바람에 모르는 척하던 혁련휘의 이름을 불러 버렸다. 순식간에 우스운 꼴이 된 유장룡의 얼굴이 새빨갛게 물들었을 때다.

그런 그를 힐끔 쳐다본 혁련휘가 들으라는 듯 중얼거렸다.

"그런데 어쩌지? 난 진짜로 네 이름 같은 건 모르거든. 네 할아버지는 알아도."

"웃기지 마라! 어찌 날 모를 수 있단 말이냐. 독심호리의 손자이자 홍학 천단에 있는⋯⋯."

"또군."

"⋯⋯또라니?"

"그 독심호리라는 말을 빼고는 할 말이 없는 거냐?"

혁련휘의 말에 유장룡은 딱딱하게 굳어 입을 닫고야 말았다. 항상 조부인 그의 별호를 대며 상대방에게서 우위를 점하는 것이 유장룡의 습관이었다.

그런 유장룡의 모습을 혁련휘는 비웃고 있는 것이다.

혁련휘가 태연히 말했다.

"조부의 명성 없이는 아무것도 아닌 애송이의 이름을 내가 알아야 하나?"

혁련휘의 말에 유장룡은 이상하게 아무런 대답도 하지 못했다. 그저 밀려드는 수치심에 부들부들 떨 뿐이었다.

마음 같아서는 당장이라도 달려들어 놈을 때려죽이고 싶었다.

그렇지만 참아야만 했다.

그런 행동은 자신의 이름이, 그리고 할아버지인 독심호리의 위명에 먹칠을 하는 꼴이 될 수 있었으니까.

유장룡이 화를 꾹 내리누르며 입을 열었다.

"넌…… 오늘을 후회하게 될 것이다."

"적어도 너 때문에 그럴 일은 없을 것 같군."

"그건 두고 보면 알 일. 네놈이 그토록 조롱한 내 모든 힘을 동원해서 네놈을 파멸의 구렁텅이로 밀어 넣어 주지."

"할 수 있다면."

혁련휘는 해 볼 테면 해 보라는 듯 양손을 들어 보이고는 천천히 몸을 돌렸다. 그렇게 혁련휘가 유장룡에게서 멀어지고 있을 때였다.

눈치를 살피고 있던 모극일이 기절한 모양의를 어깨에 부축하고는 슬금슬금 옆으로 움직였다. 그런 움직임을 눈치챈 유장룡이 차가운 눈으로 바라보자 모극일은 움찔했다.

팔과 다리가 덜덜 떨렸다.

혁련휘가 해 준 이야기가 머리를 맴돈다.

이번 일을 시킨 자가 자신들을 죽이려 들 거라는 말이. 분명 혁련휘의 말은 일리가 있었다.

그랬기에 자신을 바라보는 유장룡의 눈빛을 마주하며 모극일은 공포에 떨어야 했다.

유장룡이 굳게 닫혀 있던 입을 열었다.

"꺼져."

말을 들은 모극일이 모양의를 부축한 채로 황급히 그의 눈앞에서 사라졌다.

모두가 사라진 그곳에는 유장룡만이 자리했다.

혁련휘의 말은 맞았다.

유장룡이 이곳에 숨어 있었던 이유는 혁련휘가 당하는 걸 보고 싶어서이기도 했지만, 만약 모씨 형제가 계획을 성공한다면 그들의 처리를 결정하기 위해서였다.

하지만 유장룡은 모씨 형제를 죽일 수 없었다.

이 모든 걸 혁련휘가 보았고, 또 이 일의 배후에 있는 이가 그들을 죽일 거라는 걸 자신의 앞에서 일부러 이야기했다.

이런 상황에서 그들을 죽이기에는 뭔가가 찜찜했다.

부드득.

이가 갈렸다.

'내 힘을 비웃어?'

독심호리의 손자라는 사실은 그에게 자랑거리였다.

그런 자신에게 독심호리가 없으면 아무것도 못 하는 자라고 조롱했다.

그래서 보여 줄 것이다.

핏줄 또한 힘이라는 것을.

유장룡이 발걸음을 돌렸다. 그가 향하는 곳은 환영학관 팔환마 중 하나인 원사생(院獅生)이라는 인물의 거처였다.

보통 팔환마라는 직위에 있는 자를 그저 일개 학관생이 만나는 건 어려운 일이었지만 유장룡에겐 불가능하지 않았다.

독심호리의 손자라는 위치 덕분이다.

갑자기 찾아온 유장룡을 원사생은 양손을 벌려 반겼다.

"허허, 웬일인가?"

원사생은 오십 대 중반의 무척이나 뚱뚱한 몸집의 사내였다. 키도 작고, 얼굴에도 살집이 많아 눈조차도 잘 보이지 않을 정도였다.

그런 비대한 덩치를 지닌 그의 무기는 다름 아닌 섭선(부채)이었다. 전혀 어울리지 않는 무기를 쓰는 그를 보며 많은 이들이 비웃곤 했지만, 그건 원사생이 없을 때뿐이다.

그의 앞에서 비웃음을 보였다가는 당장에 사생결단이라도 낼 것처럼 달려들 테니까.

원사생과 유장룡은 환영학관에 입관하기 전부터 알고 지내던 사이다.

그런 그에게 유장룡이 말했다.

"잘 지내셨습니까?"

"나야 잘 지냈지. 조부님께서는 강녕하시고?"

"물론입니다. 저희 할아버님께서 학관에 입관하게 되면 원 교두님께 인사 한번 올리라 하셨는데 이제야 찾아뵈었 군요."

"독심호리께서 말인가?"

원사생이 기분 좋은 표정을 지었다.

권력욕이 강한 그는 독심호리와 친분을 가지기 위해 계속해서 찾아가곤 했다. 그 덕분에 어느 정도 가까워지긴 했지만 그 이상은 될 수 없었다.

그러던 차에 독심호리가 학관에 입관하면 자신에게 인사를 하랬다는 말을 들으니 어찌 기쁘지 않겠는가.

그런 원사생의 표정에서 속내를 알아차린 유장룡이 말을 이어 나갔다.

"예. 그리고 무슨 일이 있으면 원 교두님을 찾아가 도움을 청하라고 하시더군요. 제 할아버님께서 교두님을 엄청 믿으시는 눈치였습니다. 뭐든 전적으로 교두님께 상의하라고도 하셨고요."

"정말인가?"

"그럼요."

유장룡의 말에 원사생은 너털웃음을 터트렸다.

그가 크게 고개를 끄덕이며 말했다.

"암, 독심호리 님의 핏줄인 자네를 내가 아니면 누가 챙기겠는가. 학관 생활을 하는 동안 어려운 일이 있으면 언제든 날 찾게나. 내 모든 도와주지."

유장룡에게 잘해 준다는 건 곧 독심호리에게 점수를 따는 걸 의미했다.

원사생은 이곳 환영학관이 지겨웠다.

매년 반복되는 일들. 이곳에서 어린놈들이나 가르쳐야 하는 신세가 영 내키지 않았다. 어떻게든 이곳을 떠나 마교 본성의 요직에 앉고 싶었다.

하지만 원사생의 능력으로 그건 불가능했다.

허나 앞에서 독심호리가 끌어 준다면?

마교의 중요한 자리에 앉는 것도 꿈이 아니다.

모든 도와주겠다는 원사생의 말을 들은 유장룡이 천천히 본론으로 들어갔다.

"교두님. 사실 도움을 하나 받았으면 하는 일이 있는데 말입니다."

"무엇인가? 뭐든지 말만 하게."

원사생의 말에 유장룡이 잔인한 미소를 지어 보이며 말했다.

"한 놈을…… 죽여 주셨으면 합니다."

5장. 갑작스러운 임무

— 이건 말도 안 됩니다

부의민이 거친 발걸음으로 어딘가를 향하고 있었다. 항상 귀찮음이 가득한 그의 얼굴은 딱딱하게 굳어 있었고, 뭔가 화가 났는지 다소 상기된 상태였다.

그가 도착한 곳은 다름 아닌 팔환마 중 하나인 원사생의 거처였다.

원사생은 문을 벌컥 열고 들어온 부의민을 보며 표정을 찡그렸다.

그가 짧게 말했다.

"예의 없게 이게 무슨 짓인가?"

"죄송합니다. 경황이 없어서요."

말은 그리하고 있지만 부의민의 얼굴에는 전혀 미안한 기색이 보이지 않았다. 원사생은 기분이 나빴지만 애써 표정을 풀었다.

부의민.

상급 교관이지만 모두가 껄끄러워하는 자다. 아주 오래전 환영학관에 들어왔고, 계속해서 상급 교관의 자리에만 있는 인물.

상급 교관에 어울리지 않는 엄청난 고수라는 소문이 있긴 하지만, 막상 본인이 전력을 다하지 않으니 그 모든 건 그저 소문으로만 돌 뿐이었다.

학장이나 부학장도 쉽사리 대하지 않는 탓에 덩달아 팔환마들도 부의민에게는 한 수 접어 주는 게 현실이다.

원사생은 왜 부의민이 이렇게 화가 나서 왔는지 알고 있었다. 하지만 그는 전혀 모른다는 듯 자신의 비대한 배를 어루만지며 말했다.

"곧 점호 시간 아닌가? 아무리 자네라도 업무를 팽개쳐 두고 이곳으로 오는 건 보기 좋지 않군그래."

"이상한 소문을 하나 들어서요."

"소문?"

"예, 이번 출행이 홍학 지단 무인들로 꾸려졌다는 정말 믿을 수 없는 개소리를 들어서 말이죠. 전 그게 말이나 되냐고 했는데 다른 교관들이 확실하게 전해 들은 사안이라 하더군요. 멍청한 녀석들이 생각이 없나 봅니다. 그런 일이 설마 있을 리가 있겠습니까? 그렇지요?"

개소리라는 말에 힘을 주어 말하는 부의민을 보며 원사생은 얼굴을 찡그렸다. 하지만 워낙 얼굴에 살이 가득한 그였는지라 찡그린 것조차 평상시 모습과 크게 달라 보이지 않았다.

'건방진 놈!'

이미 다 알고 와 놓고 개소리라고 말하는 것 자체가 자신을 모욕하는 것과 다를 게 없지 않은가.

기분은 나빴지만 원사생은 그런 속내를 감추고 무덤덤하니 말했다.

"사실이네."

"하아."

부의민은 짧게 한숨을 내쉬었다.

모든 걸 귀찮아하는 그가 이곳까지 달려왔다는 것 자체가 이미 이게 헛소문이 아니라는 걸 알고 있었다는 걸 의미했다.

그럼에도 불구하고 잘못된 소문이기를 빌었다.

말도 안 되는 일이었으니까.

부의민이 말을 이었다.

"이제 입관한 지 오십 일도 안 된 애들입니다. 그런 애들로 출행이라니요."

출행이란 환영학관의 인원들이 바깥으로 나가는 걸 의미했다. 문제는 그들이 그저 아무런 목적 없이 나가는 게 아니라 새외 세력과 관련되는 곳을 조사하는 임무를 띠고 움직인다는 것이다.

최악의 경우 새외 세력과 싸움이 벌어지는 것도 각오해야 한다.

위험한 임무였기에 입관하고 최소 일 년 정도는 지난 후에야 출행을 하게 되는 게 관례거늘 이번에는 말도 안 되게 홍학 지단 무인들로 그 출행이 꾸려진 것이다.

부의민의 말에 원사생이 오히려 되물었다.

"뭐가 문제인가? 그리 위험한 곳도 아니고 경험을 쌓기에 좋은 일이라 보네만."

"얼마 전에 마교의 무인 수십 명이 죽은 곳인데 위험하지 않다니요."

"그 이후에 얼마나 경비가 강화되었는지는 자네도 알지 않은가."

"하지만……."

"어허! 출행을 정하는 건 팔환마의 소관일세. 제아무리 자네라도 이런 일에까지 개입하는 건 월권이라는 걸 모르는가?"

원사생의 말에 부의민은 할 말을 찾지 못했다.

그의 말대로 출행할 인원은 팔환마가 돌아가면서 정한다. 그리고 이번 차례가 원사생이었고, 그런 이상 따를 수밖에 없었다.

말도 안 되는 명령이라는 생각은 들었지만, 입관한 지 일 년이 채 안 된 이들이 나가면 안 된다는 규칙이 있는 게 아니다.

그것은 그저 관례일 뿐이니까.

입술을 깨문 채로 서 있는 부의민을 향해 원사생이 말했다.

"나가 보게."

부의민이 그런 원사생을 가볍게 노려보다가 몸을 돌려 걸어 나갔다. 그가 사라지자 원사생이 불만 가득한 목소리로 중얼거렸다.

"저저! 재수 없는 자식."

팔환마의 대부분이 부의민을 싫어했고, 그것은 원사생 또한 마찬가지였다.

직급도 낮은 자가 항상 기어오르는 것도, 굽히지 않는 꼴도 원사생의 기분을 상하게 했다.

원사생의 시선이 자신의 책상 한쪽에 있는 접혀진 종이

로 향했다. 그는 뭔가가 퍼뜩 생각났는지 그 종이를 잡아서 펼쳤다.

그건 다름 아닌 이번 출행을 할 인원들이 적혀져 있는 서찰이었다.

원사생의 눈이 제일 위쪽에 있는 빈 공간으로 향했다. 그의 입가에 미소가 걸렸다.

"흐흐. 그러게 너무 설치지 말았어야지."

말을 마친 원사생은 옆에 있는 붓을 들어 그 빈 공간에 글자를 적어 넣었다.

인솔자 — 부의민

비어 있던 공간을 채운 원사생은 기분 좋게 웃었다.

독심호리에게 점수를 딸 기회와 더불어, 평상시 맘에 안 들어 하던 눈엣가시 같던 부의민까지 동시에 제거할 수 있게 됐으니까.

원사생은 이름이 가득 적힌 종이를 천천히 어루만졌다.

안전하다 말했지만…… 전혀 그렇지 않다.

이번 출행에 나간 이들 중 그 누구도 살아서 돌아오지 못할 것이다. 애초에 그것이 목적인 출행이었으니까.

이 종이는 출행할 인원이 적힌 서찰이자, 동시에 살생부다.

'한 명도 살아 돌아오지 못할 것이다. 그건 부의민, 네놈도 마찬가지고.'

흡족한 미소를 띠고 있는 원사생의 시선이 머무는 그 종이에는 스무 명 가까운 이름들이 적혀 있었다.

그리고 그 안에는 혁련휘와 비설의 이름도 있었다.

*   *   *

성도의 조그마한 샛길.

사람이 잘 오지 않는 그 조그마한 길목에 두 사람이 자리하고 있었다. 안쪽에 서서 누군가와 마주하고 있는 사내는 혁련휘였다.

그리고 그런 그의 건너편에 있는 이는 놀랍게도 얼마 전 오독귀의 일로 싸움을 벌였던 팔환마의 하나인 남조양이었다.

허나 그것은 그의 겉모습일 뿐, 그의 진짜 정체는 환야였다.

양우생의 얼굴로 학관을 드나들던 환야가 이번에는 남조양의 인피면구를 쓰고 이곳에 잠입해 있었던 것이다.

환야가 다가오는 혁련휘를 발견하고는 예를 갖췄다. 그

러자 혁련휘가 됐다는 듯 손을 저으며 바로 본론으로 들어
갔다.

"팔환마로 지내는 건 어때?"

"뭐 별거 없습니다. 사실 팔환마라는 놈들 자체가 별 대
단한 일을 하는 것도 아니고요. 거의 대부분을 자기 방에서
보내다 보니 특별한 게 없네요."

"수상한 건?"

"아직은요."

"유목진에 대해서는 별말 없고?"

"갑자기 사라진 점에 다들 의아해하고 있긴 하지만 워낙
괴팍한 부분이 있던 자라 그런지 잠시 자리를 비운 게 아닌
가 하는 눈치입니다. 뭐 좀 더 오랫동안 모습을 드러내지
않는다면 조사가 시작되겠지만 아직은 안전합니다."

팔환마 중 두 명이 혁련휘의 손에 의해 사라졌다.

그럼에도 불구하고 학관 내부가 조용한 것은 바로 이 때
문이었다. 남조양의 모습을 한 채로 환야가 대신해서 지내
고 있었고, 그가 다른 한 명인 유목진의 실종을 대충 무마
하고 있는 탓이다.

환야가 불만스레 말했다.

"하아. 그나저나 이 남조양이라는 놈은 조사한 대로 팔
환마 중에 가장 힘이 없더군요. 뭐 이거 같은 팔환마인데도

대접이 영 별로라……."

"그게 싫으면 다른 놈으로 변장하지."

환야라고 그 생각을 하지 않은 건 아니었다.

다만 근골을 바꾸고 유지하는 것도 적지 않은 신경이 쓰이는 일이다. 환야가 제아무리 그런 쪽에 특화된 능력을 지닌 인물이라 해도 가능하면 원래 신체와 가까운 자가 더 편한 건 사실이었다.

더군다나 유목진은 나이가 너무 많았다.

역용술을 펼치고 유지하기엔 신경 써야 할 부분이 조금 더 많았다. 더군다나 그는 많은 이들과 연결된 인물.

많은 이들과 관계가 된 그보다 인간관계가 좁은 남조양이 잠시 동안 역용을 하고 있기에 낫다 판단한 것이다.

그리고…… 주름이 자글자글한 얼굴로 있는 것도 그리 내키지 않는 일이었다.

환야가 능글맞게 웃으며 말했다.

"그래도 젊은 게 낫잖습니까."

"싱겁기는. 그 부분에 있어선 네가 알아서 잘 판단했을 거라 생각하니 알아서 하고, 다른 팔환마들의 움직임을 잘 감시해. 그리고 전에 말한 거래 장부를 기반으로 자금의 움직임을 파악하고."

장난스러운 말투였지만 혁련휘 또한 알고 있다.

단순히 젊은 게 좋다는 이유만으로 남조양을 선택할 정도로 환야가 멍청이가 아니라는 것 정도는.

혁련휘의 말에 고개를 끄덕이던 환야가 퍼뜩 생각났는지 말했다.

"아 참. 이번에 출행이 결정됐다더군요."

"그게 왜? 원래 자주 있던 일 아닌가."

원래 환영학관에서 해 나가던 일이었기에 그게 뭐가 문제냐는 듯 혁련휘가 되물었을 때다.

환야가 말했다.

"이번엔 이례적으로 홍학 지단이 그 임무를 띠고 나간답니다."

"우리가?"

"예. 입관한 지 일 년이 지나야 출행에 포함시키던 과거의 전례와는 다르게 이번엔 파격적으로 홍학 무인들이 나간다더군요. 뭐, 한 스무 명 정도 나간다니 대장께서 포함될 확률은 극히 적을 겁니다."

환야의 말에 혁련휘는 고개를 끄덕였다.

스무 명이라면 그중에 포함될 확률은 일 할도 채 되지 않았다.

슬쩍 하늘을 올려다본 혁련휘가 이제 움직이자는 듯 고갯짓을 했다. 둘은 즉시 반대 방향으로 움직였다. 괜히 같이 있는 모습을 주변에 띌 필요는 없었으니까.

환야와 헤어진 혁련휘는 곧바로 환영학관을 향해 움직였다. 아직 여유 시간이 조금 있긴 했지만 혁련휘는 빠르게 환영학관에 복귀했다.

혁련휘가 도착한 지단의 숙소.

지단은 소란스러웠다.

그리고 그 소란의 정체는 다름 아닌 방금 전 전해진 출행에 관련된 명령 때문이라는 걸 혁련휘는 주변에서 들려오는 소리로 금방 알 수 있었다.

이미 환야에게 전해 들었던 부분이었기에 혁련휘는 일말의 관심조차 주지 않고 곧바로 자신의 방으로 걸어 들어왔다.

그리고 방에서는 눈이 빠져라 그를 기다리고 있던 비설이 자리하고 있었다.

비설은 문이 열리고 혁련휘가 모습을 드러내자 침상에서 벌떡 일어났다.

"형님!"

"왜?"

"아니 글쎄 이번에 홍학 지단의 출행이 결정됐데요. 입관한 지 얼마 되지도 않은 저희가 나가는 건 엄청 이례적인 일이라던데……."

혁련휘가 대수롭지 않게 말했다.

"스무 명 정도밖에 안 뽑는데."

"그렇긴 한데 설마 저희가 그 스무 명에 걸리진 않겠죠?"

옆으로 다가와 걱정스레 말하는 비설에게 시선도 돌리지 않으며 혁련휘가 자리에 앉았다.

"확률적으로 봐봐. 그리고 나 대신 뭐든지 하겠다지 않았나? 내가 걸리면 네가 대신 가면 되겠네."

"에이. 형님 그래도 그건 아니죠. 임무인데."

비설이 거리를 벌리며 손사래를 쳤다.

그런 비설의 모습에 혁련휘가 시선을 돌려 그녀를 올려다보며 말했다.

"처음하고 이야기가 달라졌는데? 이제 급한 불은 다 껐다 이건가?"

"그, 그건 아니고요."

의미심장한 혁련휘의 말에 비설이 찔끔한 듯 어색하니 웃었다. 비설을 잠시 바라보던 혁련휘는 그대로 침상에 기대었다.

눈을 감은 그의 귀로 바깥에서 들려오는 시끄러운 목소리들이 들어왔다. 소란스럽던 소리들이 갑자기 줄어드는 것을 느낀 혁련휘는 저녁 점호가 시작됐다는 걸 눈치챘다.

그리고 이내 누군가가 둘이 있는 방 앞으로 다가왔다.

끼이익.

문이 열렸고, 그곳에서 떨떠름한 표정의 부의민이 모습을 드러냈다.

부의민의 등장에 비설이 놀란 듯 물었다.

"어? 오늘 점호는 부 교관님이 하시는 날이 아니시잖아요."

"점호야 다른 놈이 하고 있고, 할 말이 있어서 왔다."

"할 말이라뇨? 설마 출행에 관련된 이야기는……."

비설이 장난스럽게 말했지만 부의민은 아무런 대꾸도 없이 서 있었다.

그 모습에 비설은 당황했다.

"에이, 아니죠? 괜히 지금 장난치시는 거죠?"

제발 아니길 바란다는 표정으로 자신을 바라보는 비설을 향해 부의민이 퉁명스레 말했다.

"오 일 후 출발이다. 짐 빼먹지 말고 챙겨."

자신을 향해 말을 내뱉는 부의민을 바라보던 비설이 충격을 받은 듯 양손으로 머리를 감싸 쥐고 비명을 질렀다.

"맙소사. 겨우 스무 명 뽑는 데 제가 걸렸단 말입니까?"

"그러게. 재수 더럽게 없나 보다."

비설이 울상을 지어 보이고 있을 때, 여전히 침상에 앉아 있던 혁련휘가 짧게 말했다.

"시끄러운 녀석이 사라지니 한동안 조용하겠군."

여유 있어 보이는 혁련휘를 보며 비설이 억울하다는 듯 바라보고 있을 때였다. 그런 혁련휘를 향해 시선을 돌린 부의민이 입을 열었다.

"혁련휘."

"……?"

"너도 간다."

"뭐요?"

혁련휘가 표정을 찡그렸을 때다.

"하하하!"

비설이 참지 못하고 웃음을 터트렸고, 혁련휘가 그런 그녀를 가볍게 흘겨봤다. 비설이 언제 그랬냐는 듯 웃음을 싹 거두고 시침을 뗐다.

"넌 지금 웃음이 나와?"

"그래도 혼자보단 둘이 낫잖습니까, 형님."

"그건 네 생각이고."

웃는 비설과 무표정한 혁련휘를 번갈아 바라보던 부의민이 둘 사이의 대화를 잘랐다.

"보름에서 이십 일 가까이 걸릴 테니 필요한 거 미리들 챙겨. 간단한 음식거리는 학관 쪽에서 준비할 테니 그건 신경 쓰지 않아도 된다. 옷가지와 필요한 생필품 정도 알아서들 준비하고. 출행을 떠난 이후에 뭐 안 가져왔다느니 하면 나한테 깨질 각오들 해라."

마치 함께 갈 것 같은 말투가 이상했는지 비설이 웃으며 말했다.

"에이. 이미 떠난 후인데 교관님이 저희를 어떻게 혼내십니까. 꼭 같이 가실 것처럼 말하시네요."

"……맞아."

"뭐가 맞습니까?"

"너희랑 같이 가는 거 맞다고. 나도 이번 출행에 재수 없게 걸렸거든."

비설은 침통한 표정으로 말하는 부의민의 얼굴을 보며 가까스로 웃음을 참았다.

그것도 모른 채로 부의민이 천장을 올려다보며 중얼거렸다.

"어휴. 너희를 만난 이후부터 아주 인생이 꼬이는구나 꼬여."

＊　　＊　　＊

오 일은 쏜살같이 흘렀다.

의례적인 신입생들의 출행에 다소 말들이 있긴 했지만 딱히 그래선 안 된다는 규칙이 있는 건 아니었기에 흐지부지 넘어가는 분위기였다.

불만이 있는 건 출행에 뽑힌 스무 명의 무인들과 그들을 인솔하기로 된 부의민, 이들뿐이었다.

이른 아침 출행의 시작을 알리기 위해 그들이 모였다.

부의민이 심드렁한 표정으로 의자에 앉아 자신의 앞에 모인 스무 명의 무인들을 하나씩 바라봤다.

그는 서찰에 적혀져 있는 이들의 신분을 하나씩 살폈다.

'사파가 여섯, 정파가 열넷이라.'

정파 쪽이 두 배 이상 많고, 개중에 여자가 셋이다.

물론 그 숫자에 비설은 포함되지 않은 상태였지만.

부의민이 짧게 말했다.

"다들 제대로 모인 것 같군. 잠들 잘 잤냐?"

"예."

몇몇이 맘에도 없는 대답을 하자 부의민이 팔자도 좋다는 듯이 말했다.

"얼씨구? 난 잘 못 잤는데 잘 자서 좋겠다?"

부의민의 말에 대답을 했던 자들이 입을 닫았다.

아직 부의민에 대해 잘 모르는 자들이었기에 생각지도 못한 그의 반응에 당황한 모양이었다.

곧바로 대답한 자들을 괴롭혀 대는 부의민을 보며 비설이 옆에 서 있던 혁련휘에게 자그마한 목소리로 속삭였다.

"오늘 기분 안 좋으신가 봐요."

"언제 좋은 적이 있었나?"

"그건 그래요. 항상……."

"어이. 다 들리거든?"

부의민이 시선을 돌려 혁련휘와 비설을 가볍게 쏘아붙였다. 그런 부의민의 모습에 언제 그랬냐는 듯 둘이 모르는 척할 때였다.

부의민이 짧은 한숨과 함께 본론으로 돌아갔다.

"다들 알겠지만 이곳에 모인 놈들은 아마도 이 학관에서 가장 재수 없는 놈들일 거야. 그 많은 인원 중에 이번 출행에 뽑혔으니 말이야."

부의민의 말투가 재밌었는지 몇몇이 가볍게 웃음을 흘렸다.

가볍게 말을 시작한 부의민, 하지만 그의 말투가 점점 진지하게 변했다.

"재수들 더럽게 없어서 뽑히긴 했지만…… 어쨌든 출행 또한 환영학관의 중요한 임무 중 하나다. 바깥으로 나간다 해서 혹여나 놀러 간다고 착각하고 있는 놈이 있다면 그런 생각부터 버리는 게 좋아."

웃고 있던 이들 또한 표정을 곧바로 바로잡았다.

그런 부의민의 모습을 혁련휘는 말없이 바라봤다.

처음엔 별거 아닌 사내라 여겼다. 그렇지만 겪으면 겪을수록 뭔가 신비한 힘이 있는 자라는 걸 알 수 있었다.

항상 장난스럽고 짜증스러운 말투와 행동들.

하지만 정작 중요한 순간에는 좌중을 잡는 모습을 보이는 것이 바로 저 부의민이라는 자다.

상급 교관이라는 자리에 있기에는 뭔가 아깝다는 느낌이 드는 인물.

부의민이 출행에 나서는 이들의 마음을 재차 다잡았다.

"위험하지 않은 지역이라는 판정이 이미 나온 곳이긴 하지만 몇 달 전에 새외 세력과의 큰 싸움이 있었던 장소다. 항상 긴장을 풀지 말도록. 혹여나 흐트러진 모습을 보인다면…… 내가 끝까지 괴롭혀 줄 테니 알아서들 하고. 이상!"

말을 마친 부의민이 자리에서 벌떡 일어났다.

그러고는 따라오라는 듯 손짓을 하며 선두에서 걸어 나갔다.

부의민의 뒤를 따라 학관의 무인들이 움직였고, 이내 그들이 도착한 곳에는 이번 출행을 함께할 말들이 기다리고 있었다.

말에는 개개인에게 필요한 짐들이 달려 있었다.

그리고 그 말 중 한 마리 위에 누군가가 자리하고 있었는데 그자의 정체는 다름 아닌 이번 출행을 정한 팔환마인 원사생이었다.

부의민은 원사생의 얼굴을 보고 슬쩍 표정을 구겼다. 하지만 원사생을 태운 말이 엉거주춤 서 있는 모습을 보자 이내 실소가 흘러나왔다.

비대한 그가 말을 타고 있는 모습이 우스꽝스러웠기 때문이다.

'쯧쯧. 말이 불쌍하네.'

살집에 눌려 있는 말을 보며 우습다 생각한 건 비단 부의민 뿐만이 아닌 모양이다. 출행을 나가기 위해 함께 움직였던 이들 중 일부 또한 억지로 웃음을 참는 기색이 역력했다.

그것도 모르고 원사생은 짐짓 근엄한 척하며 입을 열었다.

"준비는 끝났는가?"

그런 원사생을 향해 부의민이 비웃음을 억누르며 대답했다.

"예. 끝났습니다."

"뭐 다들 알겠지만 내 소개를 간단하게 하지. 이번 출행의 총책임자인 원사생이라고 한다. 다들 내 명령에 따라 움직여서 문제없이 출행을 마치도록 해라.”

일부러 말 위에 앉아 높은 곳에서 내려 보듯이 말을 하는 원사생의 행동은 모두 준비된 것이었다. 그런 행동에서 다른 이들을 압도할 거라 생각한 탓이다.

깔보는 듯한 말투, 은근 자신을 뽐내는 행동까지.

그렇지만 그에겐 부의민에게서 느껴졌던 다른 이들을 휘어잡는 강렬함이 전혀 없었다.

그것도 모른 채로 원사생은 모두에게 소리쳤다.

“뭣들 하는 게냐! 다들 준비하라!”

딴에는 멋있다 생각하며 한 행동이었지만 보는 입장에선 전혀 그렇지 않았다.

그렇지만 총책임자이자 팔환마인 그의 명령을 따르지 않을 이는 없었다. 모두가 원사생의 명령대로 각자의 말에 올라탔다.

비설은 가볍게 땅을 박차고 허공으로 날듯이 말 등에 올라탔다. 그녀가 자신의 말을 손바닥으로 가볍게 쓰다듬으며 작게 말했다.

“잘 부탁할게.”

푸르륵.

알아들을 리 없었겠지만 말은 비설의 부드러운 손길에서 호의를 느꼈는지 가볍게 콧소리를 냈다.

그리고 그런 비설의 옆에 있는 말에 올라탄 혁련휘가 그녀를 향해 말했다.

"흑풍이랑 친해지는 게 안 되니까 이제 말로 목표를 바꾼 거냐?"

"에이, 그럴 리가요. 저한텐 흑풍이 최고라고요. 두고 보시죠. 반드시 친해져서 형님을 깜짝 놀라게 해 드릴 테니까요. 아, 그런데 이번 여정에 흑풍은 안 따라옵니까?"

혁련휘가 가볍게 손가락으로 허공을 가리켰다.

비설은 하늘로 시선을 돌리고 안력을 잔뜩 끌어 올렸다. 그러자 자그마한 점처럼 보이던 흑풍이 눈에 들어왔다.

날개를 쭉 편 채로 허공을 소리 없이 날고 있는 흑풍을 바라보던 비설이 감탄한 얼굴로 중얼거렸다.

"어쩜 저렇게 똑똑할까요?"

항상 혁련휘의 곁에 있는 흑풍이란 존재가 비설은 신기하면서도 기특했다.

흑풍을 바라보며 좋아하는 비설을 향해 혁련휘가 말했다.

"고집도 세서 한번 싫어하면 끝까지 싫어해."

"언제나 예외는 있는 법이죠."

"그 예외가 너라고?"

"네, 당연하죠."

비설이 자신만만한 말과 함께 환하게 웃어 보였다.

그런 그녀와는 달리 혁련휘는 비관적이었다.

"안 될걸."

확신 어린 혁련휘의 목소리에 비설이 반박하려고 할 때였다.

좌르륵!

소리 나게 부채를 펼친 원사생에게 모두의 시선이 쏠렸다. 모두가 자신을 주목한다는 걸 눈치챈 그가 어울리지 않게 부채질을 하며 여유 있는 척 말했다.

"출발한다. 부 교관, 자네가 뒤처지지 않게 통솔하게나."

"알겠습니다."

"으랏!"

스무 명의 지단 무인과, 두 명의 인솔자를 대동한 인원들이 환영학관의 정문을 쏜살같이 빠져나갔다. 그리고 그 모습을 멀리에서 보고 있는 이들이 있었으니…….

주자악과 유장룡이다.

높은 망루에 자리한 채로 둘은 나란히 앉아 학관을 빠져나가는 인원들을 확인하고 있었다.

망루 위에 준비된 자그마한 다과상.

보초를 서기 위해 마련된 망루에서 이처럼 다과를 즐긴

다는 것 자체가 두 사람이 학관 내에서 얼마나 큰 힘을 지니고 있는지를 말해 주고 있었다.

둘은 찻잔을 입가에 댄 채로 멀어져 가는 그들을 바라봤다.

잠시 말없이 그쪽으로 시선을 주고 있던 주자악이 표정을 찡그린 채로 물었다.

"갑자기 재미있는 구경거리가 있다 해서 오긴 왔는데…… 대체 뭐가 재미있는 구경거리라는 겁니까?"

의기양양한 표정에 무슨 볼거리를 제공해 주려는 건가 내심 기대하며 왔던 주자악이다. 그런데 본 거라고는 이번 출행을 나서는 자들이 일으키는 흙먼지뿐이다.

짜증이 나는 건 어쩔 수 없었다.

그런 주자악의 반응에 유장룡은 자신만만하게 지금의 상황을 설명했다.

"주 공자 정도 되시는 분이 이번 출행에 대해 모르시지는 않으시겠지요."

"물론 압니다. 그런데 그게 왜요?"

"사실 이번 출행은 제가 만든 작품입니다."

"출행을요?"

주자악이 반문하자 유장룡이 입가에 미소를 머금은 채로 의미심장한 표정을 지어 보였다. 그 같은 표정을 보며 주자악이 선뜻 이해가 안 간다는 듯 물었다.

"갑자기 출행은 왜……."

말을 내뱉던 주자악이 설마 하는 표정을 지어 보였다.

유장룡이 고개를 끄덕였다.

그런 행동에서 주자악은 자신의 예상이 틀리지 않았다는 걸 직감할 수 있었다.

"출행을 빙자하여 바깥으로 내보내 혁련휘를 죽이려고 하시는 겁니까?"

"예. 맞습니다."

"흐음."

주자악이 짧게 신음성을 토해 냈다.

사실 유장룡의 방법이 별로 마음에 들지 않았다. 혁련휘를 죽이는 건 좋다.

하지만 이런 식이라면 재미가 없지 않은가.

혁련휘가 공포에 젖은 모습을 보는 것도 아니고, 그가 망가져 가는 과정을 눈으로 확인할 수도 없다.

모든 걸 잃고, 갈가리 찢겨져 나가는 걸 봐야 속이 풀릴 터인데…… 이런 죽음으로 인해 학관의 누가 자신이란 존재에게 더 큰 경외감과 공포를 느끼겠느냐 말이다.

'쯧. 계속해서 실망시키는군.'

이놈에게 자신의 장난감을 맡긴 게 실수가 아닌가 하는

생각이 들었다. 주자악이 들고 있던 찻잔을 다과상 위에 탁 소리 나게 내려놨다.

그가 맘에 안 든다는 듯 말했다.

"옳은 선택인지 모르겠군요. 저렇게 많은 이들과 함께 나갔다가 혁련휘만 죽는다라…… 괜히 증거만 남기는 꼴이 될 수도 있습니다."

"후후. 걱정하실 필요 없습니다."

"걱정할 게 없다니요?"

"저기 나간 자들 중에 살아오는 건 오직 한 명. 팔환마인 원사생 어르신뿐이니까요."

"……모두 죽이려는 겁니까?"

"그렇습니다. 혹시 모를 증인은 남겨 두지 않는 게 낫지요."

"이번 출행의 인원들이 대부분 정파의 무인들로 채워졌다는 게 이상하다 여겼는데, 혹시 그 때문입니까?"

"맞습니다."

유장룡이 웃었다.

지금 저곳에 나간 스무 명의 무인들.

혁련휘를 제외한 나머지 열아홉 명도 나름 엄선해서 뽑아낸 자들이다. 정파의 무인들로 대충 열네 명을 채웠고, 사파의 인물 중 혁련휘를 제외한 다섯 명은 아무런 배경도 없는 자들이다.

한마디로 죽어도 전혀 문제 될 게 없는 이들로 만들어진 무리라는 거다.

그리고 비설이 뽑힌 이유는 그저 하나였다.

혁련휘와 친하게 지냈으니까.

주자악이 물었다.

"이 일에 원사생 교두도 관련된 겁니까?"

"그럼요. 그분이 제 조부님과 조금 연이 있는 사이인지라 어렵지 않게 일을 진행할 수 있었습니다."

유장룡은 은근 자신의 힘을 뽐내듯 말했다.

그의 속내를 주자악 또한 쉽사리 알아차렸지만 그런 것에 장단을 맞춰 줄 기분이 아니었다.

흥이 확 하고 식어 버렸다.

아무도 모르게 혁련휘가 죽는 것 따위를 바란 건 아니었으니까.

그냥 죽이려 했다면 자신 또한 불가능하지 않았다.

어떻게든 모두의 앞에서 망가트리려 했는데…….

뭔가를 더 뽐내려고 하는 유장룡을 그곳에 둔 채로 주자악이 자리에서 벌떡 일어났다.

갑자기 일어난 그를 유장룡이 올려다볼 때였다.

긴 옷자락을 가볍게 털며 주자악이 말했다.

"이만 가 봐야겠군요."

"벌써 가시게요?"

"어차피 볼 건 다 보지 않았습니까. 해야 할 일이 좀 남아서요."

"알겠습니다. 그럼 살펴 가시지요."

아쉽다는 듯 입맛을 다시는 그를 내려다보는 주자악의 눈에는 경멸의 시선이 담겨 있었다. 아주 짧은 순간 스치고 지나간 탓에 그 감정을 유장룡은 알아차리지 못했다.

주자악은 그대로 몸을 돌려 망루를 내려왔다.

그가 유장룡을 뒤로한 채로 한참을 걸었다.

거리가 꽤나 멀어진 이후에야 주자악이 슬며시 입을 열며 중얼거렸다.

"한심한 새끼."

호랑이의 자식은 호랑이라 했거늘, 아쉽게도 독심호리의 손자인 유장룡은 절대 호랑이가 될 수 없는 인물이다.

주자악이 비웃듯이 말했다.

"호랑이가…… 개를 낳았군."

아직까지는 독심호리가 정정하여 그 가문을 무시할 순 없었지만, 남은 시간은 그리 길지 않은 듯싶었다. 아마도 독심호리가 죽거나 몸져눕는다면 그때부터 그의 가문은 급속도로 몰락할 것이다.

주자악은 못내 아쉽다는 듯 입맛을 다셨다.

유장룡을 이용해 혁련휘를 위기에 몰아넣거나, 최악의 경우 독심호리까지 나서게 만들려 했다.

학관 내부에서 그 같은 일이 벌어졌다면 그 누가 혁련휘를 제압했다 해도 모두가 알 것이다.

이 모든 것의 배후엔 자신이 있다는 걸.

유장룡이 쓰러트려도 좋았고, 독심호리가 나선다면 더 좋았다.

그 말은 곧 십장로의 하나인 독심호리까지 자신의 손바닥 위에서 놀아난 꼴이라는 것이니까.

주자악은 자신의 아버지에게 보여 주고 싶었다.

'난 모자라지 않아.'

혈뢰주가의 다음 가주로 손꼽히는 형.

아버지에게 주자악은 언제나 형 다음이었다. 그 모든 상황을 역전하기 위해 주자악은 이곳 환영학관에서 더 많은 것을 이뤄 내야 했다.

독심호리라면 아버지조차 쉽사리 대하지 않는 인물. 그런 자를 자신이 조종했다는 것을 안다면……?

자신을 대견스러워할 것이다.

그리고 형보다 한참은 모자라다는 자신에 대한 생각을 아주 조금이나 바꿀 수 있는 기회가 될지도 모른다.

그런데 그 모든 기회를 저놈 유장룡이 망쳤다.

이가 갈렸지만 어쩔 수 없었다.

순간 주자악의 머리에 정말 말도 안 되는 생각이 떠올랐다.

'혁련휘 그놈이 살아 돌아오면 좋겠는데 말이야.'

허나 자신이 생각해도 불가능한 일이라 여겼는지 주자악은 고개를 저었다.

그게 가능할 리가 없지 않은가.

유장룡이 기대에 부응하지 못한 한심한 놈이라 해도 그와 혁련휘가 지닌 배경은 근본 자체가 다르다. 독심호리의 손자인 그가 학관 외부의 힘까지 끌어들였고, 그 일에 팔환마인 원사생까지 개입했다.

살아 돌아올 수 있을 리가 없다.

하지만 만약에, 정말 아주 만약에 그가 살아 돌아온다면…….

'재미는 있겠네.'

말도 안 되는 상상에 주자악은 자신도 모르게 피식 웃음을 흘렸다.

6장. 사사혈교(邪蛇血教)
— 짖으면 살려 줄게

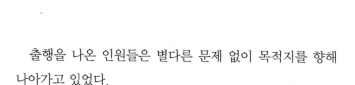

　출행을 나온 인원들은 별다른 문제 없이 목적지를 향해 나아가고 있었다.

　말을 타고 쉼 없이 이동한 덕분인지 칠 일 정도의 시간이 흐르자 그들은 운남성에 도달할 수 있었다. 목적지와 며칠 정도 떨어진 거리에 위치한 초웅(楚雄)이라는 마을.

　그리고 그 마을과 그리 멀지 않은 곳에 출행을 나온 홍학 지단 무인들이 자리하고 있었다.

　하루 종일 쉬지 않고 달려온 탓에 그들의 얼굴엔 피곤함과 짜증이 묻어났다. 그렇지만 이 짜증의 결정적 이유는 바로 팔환마인 원사생 때문이다.

나무에 기대어 앉은 부의민 또한 딱딱한 바닥이 맘에 안 드는지 연신 주먹으로 바닥을 두드렸다.

봄이 온 지 어느 정도 시간이 흘렀지만 아직 밤낮으로 쌀쌀한 날씨가 이어졌다. 그랬기에 야영을 하는 무리들 사이에는 커다란 불이 타오르고 있었다.

장작을 기점으로 해서 무리는 크게 두 개로 나뉘어진 상태였다.

정파와 사파는 이곳으로 나와서도 전혀 섞이지 않고 따로따로 움직였다. 그 모습이 부의민은 맘에 들지 않았지만 그들의 오랜 은원은 단순히 명령으로 풀 수 있는 게 아니었다.

그런 사실을 알기에 부의민 또한 별다른 말은 하지 않았고, 싸움만 벌이지 않는다면 개입할 생각 또한 없었다.

불가에서 차가운 손을 녹이던 정파의 무인 중 하나가 불쑥 중얼거렸다.

"참내. 그냥 같이 마을에서 쉬면 그만이지 괜히 뭘 이런 고생을 시킨데."

출행을 나온 이들 모두가 이곳에 있었지만, 유독 한 명. 총책임자의 신분으로 나온 원사생만은 야영을 하고 있지 않았다.

그는 이곳에서 멀지 않은 마을로 자신의 거처를 정했다.

아마도 지금쯤 좋은 객잔에서 맛있는 음식과 술까지 한 잔 기울이고 있을 게다.

사내의 말에 딱히 대답들은 안 해도 모두가 동조한다는 빛을 내비쳤다.

이것 또한 훈련이라며 자신들은 야영을 시키고, 자신 혼자만 쏙 빠져 편한 곳으로 가서 쉬는 원사생의 행동이 어찌 좋아 보이겠는가.

정파의 무인 중 하나가 먼저 말한 이의 말을 받았다.

"뭐겠어? 대부분 정파인이라고 대 놓고 개무시하는 거지. 하여튼 사파 놈들 생각이란……."

중얼거리는 목소리에 반대편에 있던 사파의 인물 중 하나가 꿈틀했다.

"너 지금 뭐라고 지껄였냐?"

그의 이름은 위지겸(慰遲兼). 현재 혁련휘를 제하고 이곳에 있는 다른 사파인들을 이끄는 실질적인 우두머리였다.

말을 내뱉었던 사내는 위지겸의 살기에 움찔했다.

하지만 그 또한 물러서지 않으며 받아쳤다.

"왜? 내가 틀린 말 했냐?"

"이 새끼가."

위지겸이 자리에서 천천히 일어났다.

평소 학관에서였다면 모를까 현재 출행을 나선 인원은

대부분이 정파의 무인들이다. 그래서인지 그들 또한 출행을 나온 이후로는 쉽사리 사파의 무인들에게 밀리지 않았다.

위지겸이 허리에 있는 검에 손을 가져다 대자, 정파의 무인들도 슬금슬금 움직였다.

그리고 개중에는 비설과 인연이 있는 팽호연도 있었다.

그 또한 이번 출행에 뽑힌 재수 없는 인물 중 하나였다. 이제는 그 힘을 잃었지만 하북팽가 소속인 그는 정파 속에선 아직도 적지 않은 파급력을 지녔다.

팽호연이 나섰다.

"그만하지?"

"시작은 그쪽이 먼저 했어."

"그래서 지금 피라도 보겠다는 거야?"

"원한다면 봐야지. 싫다면 입 함부로 놀린 점 사과하고."

"못 하겠다면?"

팽호연은 지지 않겠다는 듯 위지겸과 말을 섞었다.

둘 사이에 흉흉한 분위기가 흘렀고, 덩달아 양쪽의 무인들이 하나둘씩 자리에서 일어나 불을 기준으로 대치했다.

그리고 그런 그들을 가만히 바라보는 두 사람.

한쪽에 자리하고 있던 혁련휘와 비설이었다.

비설은 마을을 지나가는 길에 샀던 만두를 우적거리며 말했다.

"분위기가 안 좋은데요?"

"힘들이 넘치나 보지."

"말려야 하지 않을까요?"

비설이 물었을 때다.

혁련휘가 대수롭지 않게 말을 받았다.

"싸우다 죽고 싶다는데 알아서들 하라고 내버려 둬."

혁련휘의 그 말에 대립하던 양쪽의 무인들 모두가 시선을 돌려 그를 바라봤다. 혁련휘가 앉은 채로 그들을 향해 짧게 말했다.

"뭐?"

"······."

양쪽에 대립하고 있던 이들 중 그 누구도 혁련휘를 향해 쉽사리 입을 열지 못했다. 어느 정도 지단 내부에서도 파벌이 생겼고, 그 구심점도 정해졌다.

나름의 서열이 생긴 것이다.

그렇지만 그 서열 위에 있는 존재.

그게 바로 혁련휘다.

혁련휘를 노려는 보지만 누구도 그에겐 불만을 표현하지 못했다. 그리고 그 와중에 앉아 있던 부의민이 짜증을 쏟아

냈다.

"힘들이 많이 남아도나 보네?"

부의민의 말에 모두가 움찔하고 자리에 앉으려 할 때였다. 그의 목소리가 이어졌다.

"지금 싸움에 꼈던 새끼들은 전부 엎드려서 팔굽혀펴기 오백 회 시작해. 아, 내공을 쓰거나 하다가 걸리면 어떻게 되는지는 알지?"

부의민의 말에 모두가 울상이 되어 바닥에 엎드렸다.

제아무리 무인이라지만 내공 없이 팔굽혀펴기 오백 회는 결코 쉬운 게 아니다.

그들이 팔굽혀펴기를 시작했을 때다.

혁련휘가 보라는 듯이 고갯짓을 하며 말했다.

"괜히 꼈다가 너도 저 꼴 났을걸. 그러니 쓸데없는 싸움질 말릴 생각 말고 좋아하는 만두나 먹어."

혁련휘의 말에 만두를 가득 입에 욱여넣고 비설이 고개를 끄덕거릴 때였다. 누군가가 둘을 조심스럽게 곁눈질로 살폈다.

그 눈길을 알아챈 혁련휘가 슬쩍 상대방을 바라봤다.

둘을 힐끔거리는 이는 다소 앳된 외모를 지닌 귀염상의 소유자였는데 그녀의 정체는 진주언가의 핏줄인 언소유라는 인물이었다.

그리고 이 시선은 비단 이번뿐만이 아니었다.

출행을 나선 이후 계속해서 자신들을 몰래 훔쳐보는 언소유의 시선을 느끼고 있었으니까.

다만 귀찮게 하는 것도 아니고, 뭔가 살의를 띠고 있지도 않아 그냥 넘어가고 있었을 뿐이다.

그렇게 언소유의 곁눈질이 이어지고 있을 무렵, 만두를 먹던 비설이 잘못 삼켰는지 자신의 주먹으로 가슴팍을 두드렸다.

"켁켁!"

그래도 쉽사리 내려가지 않는지 비설이 다급히 혁련휘의 옷깃을 잡고 흔들었다.

"혀, 형님! 물이요!"

혁련휘가 목이 막혀 켁켁거리는 비설을 보며 별짓을 다 한다는 듯 옆에 놓여 있는 수통을 챙기려 할 때였다.

멀찍이 떨어져 있던 언소유가 휙 소리 날 정도로 빠르게 다가왔다.

"이거 드세요. 비 소협."

비설은 언소유가 내미는 수통을 받아 그 안에 든 물을 꿀꺽꿀꺽 삼켰다. 물을 삼킨 비설은 그제야 좀 나아졌는지 가슴 부분을 어루만지며 깊은숨을 내쉬었다.

"어휴. 염라대왕님 볼 뻔했는데 간신히 살았네."

중얼거리던 비설은 이내 자신의 옆에 쪼그려 앉아 있는 언소유를 확인했다. 그러고는 이내 자신의 손에 들린 수통을 기억해 내고는 그녀에게 내밀었다.

"감사합니다. 신세를 졌네요."

"아, 아뇨."

비설의 입이 닿았던 수통의 입구 부분을 멍하니 바라보던 언소유가 화들짝 놀라며 얼굴을 붉혔다.

그녀는 비설이 내미는 수통을 살짝 손가락을 떨며 간신히 받아 냈다.

그런 언소유의 행동에 비설이 고개를 갸웃할 때였다.

수통을 건네받은 그녀는 살짝 얼굴을 붉히고는 자신의 자리로 돌아갔다. 그런 언소유를 바라보며 비설이 걱정스레 말했다.

"이번 여정이 힘든가 봅니다. 얼굴도 붉고 손도 조금 떨던데."

"……힘들어서 그런 건 아닌 것 같은데."

"그래요? 그럼 추워서 그러나."

이어지는 비설의 말을 듣고 있자니 혁련휘는 새삼 이 여인이 얼마나 남녀 관계에 있어 무지한지 알 수 있었다.

혁련휘의 시선이 자연스레 수통을 꼭 안고 있는 언소유에게로 향했다.

비설과 처음으로 말을 섞었다는 사실이 좋았는지 계속 웃고 있는 그녀를 보며 혁련휘는 고개를 저었다.

하필이면 반한 상대가, 남장을 한 여인인 비설이라니.

혁련휘가 천천히 비설을 바라봤다.

그녀는 방금 전까지 목이 막혀 켁켁거리고도 남은 만두를 집어 입에 넣고 있었다.

만두를 먹던 비설은 자신에게 향한 혁련휘의 시선을 느끼고는 고개를 들어 그를 올려다봤다.

입을 우물거리며 그녀가 물었다.

"왜요?"

"……만두나 먹어."

이른 아침에 일어난 모두가 준비를 마치고 기다린 지 어언 한 시진 이상이 지난 이후에야 홀로 마을에서 쉬고 있던 원사생이 모습을 드러냈다.

말 위에 탄 채로 휘청거리며 다가오는 그를 보는 수많은 이들의 표정이 구겨질 대로 구겨졌다.

엉망인 행색과 다소 피곤해 보이는 두 눈.

마을에서 푹 쉰 자가 저런 꼴을 했다는 게 의미하는 건 하나였다.

부의민이 말에 탄 채로 그에게 다가갔다.

그저 근처로 갔을 뿐이거늘 확 하고 밀려오는 술 냄새에 부의민의 표정이 저절로 구겨졌다.

부의민이 짜증스레 말했다.

"술 드셨습니까?"

"하하. 초옹에 들렀는데 어찌 금화주를 마시지 않을 수 있겠는가. 내 한잔했지."

"……술을 드신 것까지는 뭐라 하지 않겠지만 그래도 오시기로 한 시각보다 한 시진이나 늦게 오시는 건 아니라 생각되는데요."

"거참 꽉 막힌 사람 같으니. 고작 한 시진 가지고 뭘 그러는가."

"오늘까지 도달해야 할 목적지가 있는데……."

"그리 급하면 한 시진 더 달리면 될 것 아닌가."

대수롭지 않다는 듯 말하는 원사생의 모습에 부의민은 작게 한숨을 내쉬었다.

자기야 마을에서 편히 쉬었다지만 나머지 인원들은 찬 바닥에서 간신히 쪽잠을 잤다. 그런 이들에게 한 시진이라는 휴식 시간을 뺏는 게 어찌 총책임자라는 작자가 할 일이란 말인가.

'망할 새끼. 따뜻한 곳에서 새벽까지 술이나 퍼마시고 기녀들을 끼고 논 네놈의 뒤치다꺼리를 왜 이 녀석들이 해

야 한단 말이냐.'

안 봤어도 부의민은 알 수 있었다.

평소 술과 여자라면 사족을 못 쓰는 그는 학관을 나온 김에 하루하루를 마치 자신의 쾌락을 푸는 데 사용하고 있는 듯 보였다.

졸리다는 듯 하품을 하고 있는 원사생의 얼굴을 보고 있자니 당장이라도 말 아래로 밀어서 두들겨 패 주고 싶은 마음이 치밀었지만…….

부의민이 뒤편에서 비슷한 감정에 휩싸여 있는 인원들에게 몸을 돌렸다.

"다들 출발할 준비를 해라. 출발이 늦어졌으니 보다 속도를 높여 움직이도록 한다."

"알겠습니다."

부의민은 말 머리를 돌리며 원사생을 바라봤다.

뚱뚱한 몸, 그리고 패기라고는 전혀 느껴지지 않는 눈동자.

저런 자들이 힘을 가지고, 또 그것을 휘두르고 있는 마교.

'너무 썩어 버렸어.'

예전의 마교는 이렇지 않았다.

하지만 너무나 긴 평화가 오히려 그들을 이렇게 타락하게 만들어 가고 있었다.

진정한 무인보다는 줄을 잘 대는 기회주의자들이 높은 자리에 오르는 시대다.

알지만 그걸 바꿀 힘이 부의민에겐 없었다.

한때는 그런 마교를 바꾸려고도 했었지만…….

잠시 상념에 잠겼던 부의민은 고개를 저었다.

이제 어찌 되든 상관없다.

자신 하나가 아등바등한다고 바꿀 수 있는 세상이 아니었으니까.

부의민이 뒤편에 선 이들을 향해 소리쳤다.

"출발한다!"

외침과 함께 부의민이 달려 나갔고, 그 뒤를 나머지 무인들이 뒤쫓았다. 그리고 그렇게 화살처럼 달려 나가는 그들을 원사생은 아직도 술기운이 채 깨지 않은 얼굴로 바라봤다.

원사생은 순식간에 멀어진 그들을 바라보며 불쌍하다는 듯 혀를 찼다.

"쯧쯧. 멍청한 놈들 같으니라고. 죽을 자리라는 것도 모르고 빨리 가겠다고 저리들 야단법석이라니."

지금 출행을 나온 인원들이 가고 있는 그곳.

그곳에는 자신이 미리 준비시켜 둔 이들이 기다리고 있다.

그리고 그들은 출행을 나왔던 모두를 죽일 것이다.

학관의 학생들도, 인솔자인 부의민도.

뒤처리는 크게 걱정할 게 없다. 어차피 새외 세력과 문제가 있었던 지역, 이들의 죽음 또한 그들에게 뒤집어씌우면 그만이다.

물론 총책임자로서 혼자서 살아 돌아간다는 건 분명 수치스럽고, 또 학관 내에서 커다란 처벌을 받을지도 모르는 사안이다.

그렇지만 상관없었다.

'범천각(梵天閣)의 각주라.'

어린놈들이나 가르치는 환영학관이 아닌 마교 내부에 있는 범천각의 주인 자리.

유장룡이 제안한 패였다.

비교도 안 될 자리를 제안받았거늘 고민할 이유가 있을 리 없다.

명예? 의리? 그런 걸 뒀다 어디 쓴단 말인가.

"흐흐흐!"

접혀 있는 뱃살을 출렁이던 그가 손에 들린 부채를 쫘악 펼쳤다.

가볍게 부채질을 하던 원사생은 보이지도 않을 정도로 멀어진 일행의 뒤를 쫓기 위해 움직이며 나지막이 중얼거렸다.

"자자! 신나게 달리자고. 너희들에겐 지옥이고, 나에게
천국이 될 그곳으로."

＊　　　＊　　　＊

귀혈루(鬼血樓).

사파의 한 방파로 운남성에 거점을 둔 이들이다. 성정이
잔혹하고 돈 되는 일은 그 무엇이라도 맡는다 알려진 자들.

악한 인성을 지닌 전형적인 사파의 인물들로, 운남에서
는 나름 힘깨나 쓴다 알려져 있다.

그런 귀혈루의 정예 서른 명이 한곳에 모여 있었다.

그들이 이곳에 모여 있는 이유는 하나, 누군가의 의뢰 때
문이다.

귀혈루주인 막정수가 술을 동아리째로 들이켰다.

막 자란 그의 수염이 술로 엉망이 되었음에도 그는 기분
좋게 동아리를 집어 던졌다.

동아리가 깨어져 나갔고, 막정수는 호탕하게 웃음을 터
트렸다.

"으하핫! 술맛 좋구나."

"형님 기분이 좋으신가 봅니다."

"암 좋고말고. 애송이 녀석들 좀 죽여 주고 그렇게 큰돈을 받게 생겼는데 어찌 좋지 않을 수 있겠느냐."

막정수는 곧 들어올 돈을 생각해서인지 기분이 무척이나 좋았다.

갑자기 들어온 의뢰, 다름 아닌 환영학관에 갓 들어온 풋내기들을 죽여 달라는 것이었다.

평소 친분이 있던 원사생의 의뢰였지만 막정수는 고개를 저었다.

제아무리 돈이 좋아도 마교를 건드리기엔 귀혈루는 너무나 작은 방파였으니까.

하지만 이어 원사생의 설명을 들은 그는 고개를 끄덕일 수밖에 없었다. 새외 세력으로 변장을 해서 일을 벌이고, 그 모든 걸 그들에게 뒤집어씌우자는 것이었다.

더군다나 자신들이 직접 가서 죽이는 것도 아니고, 귀혈루의 영역인 운남으로 온다지 않은가.

편안히 기다리다 알아서 죽을 자리를 찾아온 어린놈들 몇 죽이는 간단한 임무. 그에 비해 보수는 귀혈루 몇 달치 수입에 육박한다.

그 모든 상황이 막정수의 입이 귀에 걸리게 만들었다.

시끌시끌한 객잔 안은 오로지 귀혈루의 무인들만이 자리했다. 그들은 돈 하나 내지 않고 이곳을 점령하고, 술과 음식을 즐기고 있었다.

그렇게 객잔 안이 시끄러울 때였다.

덜컹.

객잔 문이 열리며 어두운 바깥에서 한 사내가 걸어 들어왔다.

객잔 주인이 황급히 다가왔다.

"저기 상황이 그래서 오늘은 손님을 못 받습니다. 다른데로 가셔야……."

말을 하는 객잔 주인의 표정은 좋지 못했다.

음식과 술을 모두 거덜 내는 이들로 인해 엄청난 피해를 입고 있는데 어찌 좋을 수 있겠는가. 그렇지만 객잔에서 피까지 보는 건 피하고 싶었는지 먼저 가서 들어온 이를 내보내려 한 것이다.

그렇지만 설명에도 불구하고 그는 아무렇지 않게 객잔안으로 걸어 들어와 한 자리를 차지했다.

그런 정체불명인의 행동에 귀혈루 무인들의 시선이 그쪽으로 쏠렸다.

그냥 도망쳤다면 그저 비웃고 말았을 일.

그렇지만 저자는 객잔 주인의 경고를 듣고도 안으로 들어왔다.

그런 그를 바라보는 이들의 얼굴에 잔인한 미소가 걸렸다.

자리에 앉은 그의 주변을 순식간에 귀혈루 무인들이 둘러쌌다.

"너 죽고……."

말을 내뱉는 무인의 머리통을 손으로 거칠게 밀며 다가온 이는 커다란 덩치의 막정수였다. 그는 여전히 술이 든 큰 항아리를 든 채로 그 정체불명인의 건너편에 턱 하고 앉았다.

막정수가 손등으로 술이 흐르는 입가를 닦아 냈다.

"흐흐. 형씨 용기가 제법이네. 여기는 이미 나와 우리 형제들이 모두 빌렸다고. 그런데 이렇게 막무가내로 들어오면 우리 입장에서 어떻겠어?"

막정수의 도발에 죽립을 쓴 사내의 입꼬리가 하늘을 향하듯 치솟았다.

비웃듯이 입꼬리를 크게 올린 그가 입을 열었다.

"그럼 어째야 하나?"

"어쩌긴."

막정수가 술 동아리를 옆에 탁 내려놓고 자리에서 벌떡 일어났다. 그가 양다리를 쫙 벌린 채로 손가락으로 가랑이 사이를 가리켰다.

"기어서 지나간 다음에 멍멍 외쳐 대면 살려는 줄게."

"푸하하하!"

막정수의 말에 주변에 있는 그의 수하들이 크게 웃었다. 재미있다는 듯 낄낄거리는 그들을 상대로 가만히 앉아 있던 죽립의 사내가 손을 가볍게 흔들었다.

그러자 그의 소매에서 무엇인가가 떨어져 내렸다.

츠르르륵.

그의 소매에서 떨어진 것은 얇은 쇠줄에 매달린 하나의 낫이었다. 그리고 낫에 묻어 있는 붉은 것들은 분명…….

'피, 피?'

놀란 막정수가 황급히 상대의 정체를 확인하려는 찰나였다.

츠아악!

손목을 가볍게 비트는 순간 쇠사슬이 움직이며 그 끝에 걸린 낫이 하늘로 치솟았다. 그러자 막정수의 얼굴에서 피가 솟구침과 동시에 코가 잘려져 나갔다.

"으아악!"

코를 부둥켜안은 채로 막정수가 바닥을 뒹굴었다.

막정수의 코를 단번에 베어 낸 죽립인이 자리에서 천천히 일어났다. 갑자기 벌어진 상황에 놀라 있던 귀혈루 무인들이 뒤늦게 정신을 차렸다.

"죽엿!"

사방에서 그를 향해 달려들었다.

하지만 이미 자리에서 일어선 그의 주변으로 쇠사슬이 요동쳤다.

촤르륵! 촤악!

소리와 함께 쇠사슬과, 그 끝에 걸린 낫이 사방으로 흔들렸다. 그리고 그와 동시에 달려들던 이들의 사지가 갈가리 찢겨져 나갔다.

순식간에 객잔의 벽과 바닥이 피로 물들었다.

기세 좋게 달려들었던 동료들이 모두 죽자 그제야 귀혈루 무인들의 얼굴에 공포라는 감정이 찾아오기 시작했다.

순식간에 객잔 안을 피바다로 만든 그자가 죽립을 벗었다.

날카로운 턱과 눈.

마치 뱁새처럼 찢어진 눈에는 광기가 번들거렸다.

현세를 지옥으로 만들어 놓고도 그는 재미있다는 듯 웃고 있었다. 피에 젖은 채로 웃는 그자의 모습은 흡사 악마를 보는 듯했다.

찢겨진 코를 부둥켜안고 고통스러워하던 막정수가 상대의 모습을 바라보다 놀란 듯 부들부들 떨었다.

왜 이제야 안 것일까?

팔등에 새겨져 있는 검은색 뱀 문신.

사사혈교(邪蛇血敎)다.

서역에 거점을 둔 새외 세력으로 최근 들어 그 성세가 놀랍도록 커진 이들이다. 오랫동안 서역에 자리 잡고 있던 포달랍궁조차 손대지 못하는 이들.

그런 사사혈교가 이런 자그마한 마을에 나타난 것이다.

도대체 왜!

상대가 사사혈교의 인물이라는 걸 알아차리자 막정수의 머리가 빠르게 회전했다.

사사혈교, 뱀을 연상케 하는 쭉 찢어진 눈과 사십 대 중반 정도의 나이. 거기에 특이한 쇠사슬과 낫을 사용하는 자라면…….

'사, 사막혈신(沙漠血神)?'

상대의 정체를 파악하는 순간 막정수는 잘려진 코 따위가 문제가 아니었다.

사사혈교 서열 오 위의 고수.

막정수 같은 일개 중소 방파의 인물 따위가 상대할 자가 아니다.

그가 머리를 땅에 처박았다.

뒤에 있는 수하들이 자신을 어떻게 보고 말고가 문제가 아니었다. 살아야 했다. 이 끔찍하게도 잔인한 자의 눈 밖에 난다면 어떻게 될지는 굳이 겪지 않아도 알 수 있었다.

"살려 주십시오! 사막혈신 대협!"

자신의 별호를 외치며 고개를 땅에 박는 막정수의 행동에 낫으로 한 명의 머리통을 찍어 부수고 있던 그가 손을 멈추었다.

　그가 뱀 같은 눈을 가늘게 뜨며 웃었다.

　"호오. 날 알아보는군그래."

　"어, 어찌 이곳 운남에서 사막혈신 대협을 알아보지 못할 수 있겠습니까."

　"그래? 그런 것치고 객잔에 들어올 때 환영 인사가 거창하던데……."

　"죄, 죄송합니다. 죽립을 쓰고 계셔서 존귀하신 대협인지 몰라뵈었습니다. 저희의 실수를 인정하고 용서를 구할 테니 제발 남은 인원만큼은……."

　"실수? 너희 중원 놈들은 이런 걸 실수라 하는가 보구나."

　푸슉!

　말을 마친 사막혈신이 손에 들린 낫으로 근처에 있던 자의 눈을 빠르게 그었다. 일부러 목숨을 노리지 않은 탓에 상대는 두 눈에서 피를 뿜어내며 고통에 찬 비명을 질렀다.

　"으아악!"

　사막혈신은 두 눈을 잃고 괴로워하는 상대를 그저 재미있다는 듯 내려다봤다.

　수하가 고통에 몸부림쳤지만 막정수의 눈에는 그런 게

보이지 않았다. 그저 다가오는 사막혈신의 발만을 바라보며 연신 고개를 조아렸다.

땅에 머리를 박고 있는 막정수의 바로 앞까지 온 사막혈신이 발을 멈췄다. 그가 상체를 슬쩍 굽혀 바닥에 넙죽 엎드려 있는 막정수에게 말을 걸었다.

"살고 싶어?"

"네, 넵!"

"살 방법을 가르쳐 줄까?"

막정수가 크게 고개를 끄덕일 때였다.

사막혈신이 양발을 크게 벌리며 손가락으로 자신의 가랑이 사이를 가리켰다. 그러고는 아까 전 막정수가 내뱉었던 말을 그대로 되돌려 줬다.

"기어. 그리고 지나간 이후에 개처럼 짖어 봐. 그럼 살려 줄게."

수치스럽기 그지없는 제안.

하지만 그 제안을 듣기 무섭게 막정수는 황급히 사막혈신의 가랑이 사이를 기어들어 갔다. 설령 그의 마음이 바뀔까 두려워서다.

운남에까지 알려진 사막혈신의 잔혹함은 이루 말로 형용할 수 없다.

남녀노소 가리지 않고 살인을 즐기며, 여인을 겁탈한 이후에 가죽을 발라 그 가족에게 돌려주기까지 한 미치광이다.

그것뿐만이 아니다.

어린아이를 잡아 발목부터 무릎까지 무 썰 듯 잘근잘근 썰어서 죽인 사건은 과연 이게 인간이 할 수 있는 일인가 하는 착각이 들게 할 정도였다.

악독하기로 이름난 사사혈교에서도 손꼽히는 악마.

살기 위해 가랑이를 지나간 막정수는 개처럼 짖어 댔다.

"멍멍!"

개 짖는 소리를 토해 낸 막정수가 이제 됐냐는 듯 고개를 치켜들었다.

하지만…….

웃으며 낫을 치켜드는 사막혈신의 모습에 막정수가 눈을 크게 치켜뜨며 소리쳤다.

"부, 분명 살려 준다 약속하……!"

서컥!

낫이 막정수의 목을 반쯤 베고 지나갔다.

그의 목에서 피 분수가 터져 나왔다. 그리고 그대로 바닥으로 쓰러진 막정수는 부들부들 떨며 천천히 죽어 가고 있었다.

단번에 죽여도 될 상대, 하지만 일부러 고통 속에서 죽이기 위해 이같이 잔인한 방법을 택한 것이다.

죽어 가는 막정수를 내려다보며 사막혈신이 귀를 후볐다.

"개랑 한 약속을 지키는 게 병신 아니야?"

애초부터 사막혈신은 막정수와 한 약속을 지킬 생각조차 없었다. 그가 가만히 낫이 달린 쇠사슬을 휘둘렀다.

부웅! 붕!

아직 남아 있는 몇 명의 귀혈루 무인들.

하지만 그들은 그저 먹잇감일 뿐이다.

촤르륵! 촤악! 촤악!

몇 번 쇠사슬이 움직이자 그들은 전신의 뼈가 으스러져 죽거나, 사지가 찢겨져 나가며 죽음을 맞이했다. 모여 있던 스무 명의 무인들을 순식간에 죽인 사막혈신이 얼굴에 묻은 피를 손등으로 가볍게 닦아 냈다.

새카만 뱀 문신이 피로 물들었을 때다.

구석에 숨어 있던 객잔의 주인과 사막혈신의 눈이 마주쳤다.

놀라 굳어 있던 주인은 애써 용기를 내서 일어섰다.

그대로 있다가 동료로 오해받아 죽을지도 모른다는 생각에서였다. 어떻게든 자신도 피해자라는 걸 말해 주려 했다.

"가, 감사합니다, 대협. 대협 덕분에 객잔을 어지럽히던 자들이……."

객잔 주인이 감사하다는 듯 포권을 취하며 말을 걸 때였다.

콰악!

갑자기 다가간 사막혈신이 객잔 주인의 목을 움켜잡았다. 그가 허공에 들린 채로 거칠게 숨을 내뱉을 때였다.

사막혈신이 목을 조르자 바깥으로 혀가 빠져나왔고, 순간 그의 낫이 혀를 잘라 냈다.

혀가 잘라져 나가자 그 충격으로 객잔 주인은 곧바로 혼절했다. 그 모습을 본 사막혈신의 눈동자에 짜증이 묻어났다.

"이제 막 재미있어지려는데."

혼절한 자는 관심이 없다.

사막혈신은 그대로 목을 비틀어 객잔 주인을 죽이곤 시체를 바닥에 던져 버렸다.

그는 피가 가득한 객잔 내부에서 아직 쓰러지지 않은 탁자와 의자가 있는 곳으로 가서 자리를 잡았다. 사막혈신이 누군가 남겨 두었던 술병을 들어 입에 들이부을 때였다.

고혹스러운 목소리가 들려왔다.

"정말 무식하기는."

여인의 목소리에 사막혈신은 아무런 대꾸 없이 시선을

돌렸다. 시체들이 쏟아 낸 피 위를 걸어오는 건 여인이었다.

나이는 이십 대 중반 정도.

새빨간 경장에, 다리가 훤히 드러날 정도로 쭉 찢어진 옷을 입고 있었다. 머리카락은 비녀를 이용해 위로 고정시켰지만 몇 가닥 정도 일부러 아래로 흘러내리게 해서 새하얀 목덜미를 오히려 더 요염하게 느껴지도록 만들었다.

경장보다 더욱 짙은 붉은 입술과, 눈가에 흐르는 색기까지.

사내를 홀리는 요부(妖婦)의 상이다.

백귀야녀(白鬼夜女)라 불리는 사사혈교 서열 칠 위의 인물.

치명적인 아름다움과, 그것보다 더욱 위험한 가시를 언제나 지니고 있는 위험한 여인이다.

백귀야녀는 마구잡이로 죽어 있는 시체들이 여전히 맘에 안 든다는 듯 그것들을 발로 툭툭 차며 불만스레 말했다.

"살인은 예술이라고. 이런 식으로 무식하게 다 찢어 죽이면 그게 예술가야? 개돼지나 잡는 백정이지."

사막혈신은 기가 차다는 듯 비웃음을 흘렸다.

사람을 죽이기로 친다면 자신에게 뭐라고 해선 안 될 상대였기 때문이다.

객잔 문이 열리면서 바깥 공기가 밀려들었다.

그런데 오히려 피 냄새가 더욱 짙어졌다.

바깥에 쌓여 있는 수많은 이들의 시체가 눈에 들어온다. 그 모든 것이 바로 이 여인의 작품이다.

심지어 백귀야녀가 죽인 것은 무공도 모르는 마을 사람들이었다. 어린아이고 여인이고 가리지 않고 전원을 도륙한 것이다.

그저 자신의 새로운 무공을 시험해 보겠다는 그 이유 하나만으로.

사막혈신이 술을 들이켜고는 물었다.

"그래서 그 잘난 예술가께서는 얼마나 죽이셨나?"

"음…… 글쎄. 육십 명 정도까지는 셌던 것 같은데 그 이후는 세지 않아서 잘 모르겠는데?"

대수롭지 않다는 듯 말을 내뱉는 백귀야녀를 바라보던 사막혈신이 어처구니없다는 듯 짧게 말했다.

"개백정이 따로 없군."

"어머. 여자한테 못 하는 말이 없네."

"재수 없는 아양은 다른 데 가서 떨고, 일은 얼마나 진행됐어?"

"목표한 곳 중에 삼 할 정도는 이미 우리 손에 들어왔어."

"젠장. 더럽게 많이 남았네."

사막혈신이 자리에서 일어났다.

그러고는 손에 들려 있던 술병을 바닥으로 아무렇지 않게 집어 던졌다.

쨍그랑.

나동그라진 술병을 발로 짓밟으며 그가 성큼 걸음을 옮기기 시작했다.

슬슬 균열이 일어나기 시작한 마도천하.

그 틈을 이용해 사사혈교 또한 운남 쪽으로 자신들의 세력을 펼쳐 나가고 있었다.

아까 전 튀었던 피와 술이 뒤엉켜 있는 입가를 거칠게 닦으며 객잔 바깥으로 나온 사막혈신이 하늘을 올려다봤다.

진한 피 냄새가 사방에서 밀려든다.

그가 숨을 크게 들이켜고는 이내 씨익 웃었다.

"좋은 밤이군."

*　　　*　　　*

출행을 나선 환영학관의 인원들이 탄 말이 빠르게 목적지를 향하고 있었다. 계속된 야영으로 피곤했지만 그들의 표정만큼은 한결 밝았다.

웬일인지 원사생이 오늘은 모두 마을에서 쉬어도 된다는

허락을 내린 탓이다.

야영도 훈련이라는 말로 단 하루도 마을에서 쉬지 못하게 했던 그의 갑작스러운 변화가 이상하긴 했지만 많이 지친 그들에게 편한 잠자리는 무척이나 구미가 당기는 일이었다.

지친 건 비단 사람뿐만이 아니다.

이곳까지 오는 내내 타고 왔던 말들도 무척이나 지친 기색이 역력했다.

잘 때와 식사할 때를 제하고는 쉼 없이 달려왔으니 제아무리 좋은 말이라 해도 지치는 건 당연했다.

오늘도 아침 늦게 나타난 원사생 때문에 출발이 늦었고, 그 탓에 목적지인 마을에도 아직 도착하지 못한 상태였다.

해가 지고도 한참은 지난 시간.

피곤이 가득한 표정을 본 부의민이 모두를 독려했다.

"곧 마을이다! 그곳에 가면 편히 쉴 수 있으니 그 전까지 다들 정신 똑바로 차려."

독려하는 부의민의 행동에 모두가 고개를 끄덕이며 말을 모는 것에 더 힘을 내고 있을 때였다. 제일 뒤편에서 그런 그들을 바라보던 원사생은 키득거리며 웃었다.

'이거야 뭐 반송장들이구면.'

말을 타고 달리고 있지만 툭 치면 쓰러질 정도로 지친 게 눈에 보인다.

그런 모습을 보고 있자니 원사생은 자신의 작전이 성공했다는 만족감에 젖을 수밖에 없었다.

원사생이 괜히 마을에서 쉬자고 명을 내렸겠는가?

애초부터 지금 도착하는 마을에 자신이 심어 둔 이들과 만나기로 약조를 한 탓이다.

그곳에는 귀혈루의 인원들이 미리 기다리고 있을 것이고, 객잔에 들어가기 무섭게 그들이 기습하기로 약속되어 있었다.

지친 환영학관의 무인들은 갑작스러운 기습에 방비하기 어려울 테고, 실력이나 숫자 또한 귀혈루의 무인들이 압도적으로 우위에 있었다.

만약 생각보다 환영학관의 애송이들이 잘 싸우는 최악의 상황이 벌어진다면 자신이 그쪽에 힘을 보태면 그만이다.

'부의민 한 놈만 제압한다면야 다른 놈들은 다 풋내기지 뭐.'

손에 들린 섭선을 펼치며 원사생은 여유 있게 생각했다. 환영학관에 갓 입관한 애송이들, 거기다 지단 소속이니 그저 만만하게만 여기고 있었다.

실실 웃는 원사생의 모습을 곁눈질로 확인한 비설이 이해가 안 가는지 자그맣게 고개를 저었다.

'뭐가 저렇게 좋데.'

원사생의 더러운 속내를 알지 못함에도 불구하고 비설은 그의 웃는 얼굴에 절로 표정을 찌푸렸다.

환영학관에서 들어와 많은 이들을 만났지만 정말 저만큼 꼴 보기 싫은 이를 찾는 것도 쉽지 않을 정도다.

총책임자라는 자가 혼자만 편한 데서 지내고, 매번 출발 시간에 늦는다. 원사생 때문에 지체된 시간이 매일 반 시진 이상은 되니 그로 인해 다른 이들이 입고 있는 피해가 보통이 아니다.

문제는 그런 자신의 행동에 잘못을 느끼거나, 고칠 생각조차 없다는 거다.

자신들이 기다리는 게 당연했고, 그것에 조금이라도 불만을 드러내면 당장에 표정을 싹 굳히곤 했다. 그나마 부의민하고는 몇 마디 주고받기라도 하지 다른 이들과는 절대 말을 섞지 않는다.

마치 천한 놈들과 말을 섞지 않겠다는 듯이 말이다.

그런 원사생을 좋아하는 이가 있을 리 있겠는가.

차마 부의민이 있어 대 놓고 욕만 못 할 뿐이지, 이곳에 모인 스무 명의 무인들은 정사를 막론하고 원사생을 고깝게 보고 있었다.

지친 말은 계속해서 목적지를 향해 움직였고, 이내 저 멀리 마을의 모습이 들어왔다.

지쳐 있던 무인들의 얼굴에 반가운 기색들이 어렸다.

그리고 그런 그들을 바라보는 원사생의 얼굴에 걸린 미소가 짙어졌다.

'드디어 끝났군.'

이곳까지 도착했으니 이제 자신의 임무는 거의 끝난 것과 다름없다. 지긋지긋했던 환영학관, 마침내 그 모든 것의 끝이 다가오고 있었다.

"이럇!"

부의민이 고삐를 조금 더 강하게 움켜쥐며 소리쳤고, 말은 그대로 마을을 향해 보다 빠르게 다가가고 있었다.

그리고 마을의 입구 부분에 도달하자 그들은 약속이라도 한 듯이 말에서 뛰어내렸다.

말에서 내린 그들은 찌뿌듯한 몸을 풀기 위해서인지 가볍게 기지개를 켰다. 어둠에 감싸인 주변, 그런데 마을을 바라보는 부의민의 표정이 이상했다.

"좀 늦긴 했지만…… 불이 켜진 집이 왜 아무 곳도 안 보이지?"

큰 마을이라 할 순 없었지만 그래도 수백 가구 이상은 사는 곳이다. 그런 곳에서 묘하게 아무런 기척도 느껴지지 않는다는 건 이상한 일이었다.

부의민이 발걸음을 멈추자 원사생이 황급히 다가와 일행을 재촉했다.

"뭐 하는 겐가? 지쳤다고 해서 특별히 마을에서 쉬기로 한 건데."

"아니, 인근에 불이……."

"거참 쓸데없는 걱정은. 지금 시각이 얼마나 늦었는가. 입구 쪽의 집들이 모두 자고 있을 수 있는 일이지. 어차피 객잔에 가서 쉬는 것 아닌가."

말을 마친 원사생이 뒤쪽에 있는 이들을 향해 소리쳤다.

"자자, 어서들 가자."

평소답지 않게 적극적으로 앞으로 나아가는 원사생을 부의민이 이상하게 바라볼 때였다.

일행의 뒤편에 서 있던 혁련휘가 중얼거렸다.

"들어가지 않는 게 좋을 텐데."

자그마한 목소리였지만 주변에 있는 이들과, 부의민 또한 그 말을 들은 모양이었다. 모두의 시선이 혁련휘에게로 향했다.

"원 교두님. 잠시만 기다리시죠."

"아니, 기다리긴 뭘……."

"기다리시라고 했습니다."

고개를 돌려 원사생을 쏘아보는 부의민의 표정이 차가웠

다. 그런 그의 눈빛에 원사생이 움찔했고, 부의민은 그 틈에 혁련휘에게 다가오며 물었다.

"무슨 소리지?"

"쉬러 온 것 아니오?"

"맞아."

"그럼 여긴 쉴 곳은 아닌 것 같은데."

"무슨 소리야 그게? 왜 쉴 곳이 아니라 느낀 건데?"

부의민이 재차 물었고, 그 모습을 보고 있던 원사생은 입술이 바싹바싹 말랐다. 목적지인 이곳까지 다 와서 갑자기 이게 무슨 일이란 말인가.

원사생이 황급히 다가왔다.

"부 교관. 대체 교관이란 작자가 갓 들어온 학생 하나의 말에 휘둘리면……."

"전 이들을 이끄는 인솔자입니다. 그들의 말 하나하나에 귀 기울이는 것 또한 제 임무입니다. 아닙니까?"

원사생을 가볍게 쏘아붙인 부의민이 재차 혁련휘에게 시선을 돌리며 물었다.

"허튼소리 하는 성격 아니라는 거, 잘 알고 있다. 무슨 말이 하고 싶은 건데?"

계속해서 질문하는 부의민을 향해 혁련휘가 짧게 말했다.

"시체 위에서 자고 싶지는 않아서 말이오."

"시체?"

당황한 듯 부의민이 되물었을 때다.

멀찍이 바닥을 바라보던 혁련휘가 갑자기 성큼 무리를 지나쳐 마을 안으로 걸어 들어갔다. 그런 그의 뒤를 모두가 홀린 것처럼 몇 걸음 쫓아 들어갔을 때였다.

혁련휘가 갑자기 허리를 굽혀 땅에 손을 가져다 댔다.

그의 내공이 담긴 손이 흙을 비집고 땅속으로 빨려들 듯 사라졌다. 그리고 이내 혁련휘의 손이 흙들 사이에서 뽑혀져 나왔다.

동시에 그의 손에 들린 무엇.

그건 잘려진 팔이었다.

그것도 아주 작은 게 갓 열 살도 되지 않은 아이의 것만 같은.

모두의 안색이 새파랗게 질렸을 때다.

혁련휘가 그 손을 든 채로 주변을 가볍게 휘익 둘러봤다.

마을 밖에서도 느꼈지만 마을 안으로 들어오니 공기 중으로 더욱 짙은 피 냄새가 밀려든다.

느끼기 힘들 정도로 미약한 수준이었지만 혁련휘의 극도로 발달한 감각을 피해 갈 순 없었다.

흙으로 덮어 놨지만 알 수 있었다.

지금 자신의 발밑. 아니, 마을 곳곳의 땅속에는 갈가리 찢겨진 수백 구가 넘는 시체들이 잠들어 있다는 것을.

혁련휘가 중얼거렸다.

"마을이 아니라…… 무덤이로군."

7장. 첫 임무
— 대체 무슨 짓을 한 거냐!

부의민의 표정은 참담했다.

혁련휘가 땅속에서 끄집어 낸 어린아이의 팔을 보고 황급히 다른 이들과 함께 주변의 땅을 파헤쳤다.

진위 여부를 파악하는 데는 그리 긴 시간도 필요치 않았다.

땅을 판 지 얼마 되지 않아 수많은 시체들을 발견할 수 있었으니까.

속속들이 드러나는 시체에 부의민은 혁련휘를 바라봤다.

처음 드는 의문은 역시 하나였다.

'대체…… 어떻게 안 거지?'

시체가 드러나 있던 것도 아니고 땅속 제법 깊숙한 곳에 묻혀 있었다.

마을 안에 들어와 이곳저곳을 돌아다니면서 피 냄새가 난다는 사실은 알았지만, 혁련휘는 한참은 멀리 떨어진 곳에서 이 모든 걸 파악해 냈다.

과연 이게 우연일까?

수상한 부분이 적잖이 있는 놈이라 생각했다. 그렇지만 자신도 알아차리지 못한 사실을 알아내는 모습에 부의민의 작았던 관심이 급속도로 커져 가고 있었다.

부의민이 그렇게 혁련휘에게 관심을 쏟고 있을 때였다.

혁련휘는 자신의 옆에 서 있는 비설의 얼굴을 가만히 바라보고 있었다. 그녀는 땅 아래에서 발견된 시체들을 딱딱하게 굳은 얼굴로 응시한 채 부들부들 떨고 있었다.

하지만 수십 개가 넘는 시체가 무서워서 떨고 있는 게 아니라는 것 정도는 혁련휘도 어렵지 않게 알고 있었다.

떨리는 손과는 다르게 두 눈동자에서는 강렬한 분노가 쏟아져 나오고 있었으니까.

혁련휘가 물었다.

"괜찮아?"

"……예. 괜찮습니다, 형님."

힘겹게 말을 내뱉는 비설의 목소리가 한결 잠겨 있었다.

가볍게 떨리는 목소리가 지금 비설의 감정을 말해주는 듯했다. 그녀의 얼굴에 서려 있는 감정은 다름 아닌 분노였다.

쌓여 있는 시체의 산, 그 안에 죽어 있는 마을 사람들의 모습까지.

온전하지 못한 상태로 죽어 있는 그들의 모습을 보며 비설은 참담함을 느꼈다.

'어찌 사람이란 자들이 이런 짓을 벌일 수 있단 말인가.'

남녀노소 가리지 않고 도륙을 한 잔인한 손속에 절로 이가 갈렸다.

두 사람을 향해 시선을 주고 있던 부의민은 이내 시체를 확인하기 위해 걸음을 옮겼다. 그리고 시체들이 쌓여 있는 곳에 도착한 그가 하나씩 상태를 살폈다.

'아직 많이 썩지 않았어. 그 말은 그리 오래된 건 아니라는 건데…….'

한눈에 봐도 알 수 있을 정도로 죽어 있는 이들은 평범한 사람들이었다. 무공도 모르는 이들이 이렇게 갈가리 찢겨져 죽다니.

부의민이 시체를 보며 누구의 소행인가 확인하고 있을 때, 혼자 그 옆에 서 있던 원사생은 불안한 듯 손톱을 깨물고 있었다.

그는 지금 이 모든 상황이 자신이 환영학관의 무인들을 죽이기 위해 고용한 귀혈루가 벌인 것으로 오해하고 있었다.

'이 미친 새끼들! 내가 환영학관 놈들을 죽여 달라고 했지, 언제 이렇게 마을 사람들을 도륙하라고 했단 말인가. 하여튼 근본 없는 사파 놈들에게 이런 일을 맡기는 게 아니었는데……'

원사생이 걱정하는 건 오직 하나였다.

이 같은 일을 벌였다는 사실이 발각되는 거다. 무공을 모르는 이들을 죽인 사건은 마교 또한 그냥 넘어가지 않을 것이다.

대체 무슨 생각으로 이 같은 일을 벌여 놨나 따지고 싶었지만 또 문제는 눈앞에 있는 이들이다.

'어째야 하나?'

환영학관의 무인들을 처리하기 위해 이곳까지 왔다. 더군다나 이들이 살아서 마교로 돌아가게 된다면 이곳의 사건이 더 크게 알려질 수 있다.

'어떻게든 끝내야 하는데.'

문제는 혼자서 싸우긴 다소 부담이 된다는 거다.

혹시나 하는 생각에 만나기로 했던 객잔으로도 가 봤지만 그곳엔 아무도 없었다.

'어떻게든 귀혈루의 무인들을 끌어들여야 이 사건이 더 커지기 전에 정리가 가능할 터인데…….'

어떻게 해야 하나 원사생이 골머리를 썩이고 있을 때였다.

다가온 부의민이 입을 열었다.

"아무래도 사건이 벌어진 것 같습니다. 본 교에 도움을 청하시지요."

본 교에 도움을 청하자는 말에 원사생의 정신이 확 하고 돌아왔다.

'본 교에까지 이 이야기가 들어갔다가는 내 목이 위험하다!'

원사생이 버럭 소리를 내질렀다.

"무슨 소리인가! 애초에 우리가 이곳에 온 목적이 무엇인가? 새외 세력과의 일을 조사하러 온 걸세. 그런 와중에 벌어진 일, 아직 누구의 소행인지조차 확인하지 않은 상황에 본 교에 도움을 청하다니 그 무슨 신중치 않은 행동인가."

원사생의 소리에 부의민은 딱히 할 말을 찾지 못했다. 그의 말이 틀리지는 않았으니까.

다만…….

'갑자기 왜 이런데?'

자신이 아는 원사생은 이런 일을 직접 해결하기보다는 대충 상부에 보고를 하고 도망칠 인물이었다.

그랬기에 그 같은 이야기를 한 것인데 도리어 자신을 탓하는 원사생을 보고 있자니 기분이 묘했다.

부의민이 떨떠름하니 말했다.

"뭐 그게 괜찮으시다면야 그리하지요."

멀어져 가는 부의민을 바라보던 원사생은 짜증이 확 치밀었다.

오늘이면 모든 걸 끝내고, 즐거운 마음으로 술 한 잔 기울일 수 있다 생각했거늘 생각지도 못한 일이 벌어졌다.

원사생은 지나쳐 가는 환영학관의 무인 하나에게 손가락질했다.

"너, 이리와 봐."

"저 말입니까?"

"그래! 나랑 눈 마주친 게 너 말고 또 있어?"

괜한 짜증에 표정을 구기면서도 지목당한 무인이 다가왔다. 그러자 원사생이 손가락으로 객잔을 가리키며 말했다.

"어찌 됐든 쉬어야 하니 저 객잔에 가서 깨끗하게 정리해 놔."

"객잔을요? 그럼 여기 정리는……"

"여기 정리할 게 뭐 있다고 그래. 가서 내가 쓸 방과 음식들 남은 거 있나 좀 챙겨 놓도록 해. 있으면 술도 챙겨 두고."

지금 같을 때 꼭 그런 것부터 챙겨야 하나 하는 생각이 역력했지만, 상대는 총책임자인 원사생이다. 어쩔 수 없이 그는 고개를 끄덕이고 객잔을 치우기 위해 걸어가야만 했다.

그동안 부의민은 학관의 무인들을 모아 놓고 빠르게 명을 내리고 있었다. 그가 서 있는 사람들 중 일부를 지목하며 말했다.

"두 사람은 우선 가장 가까운 마을 두세 곳씩 정해서 확인을 하고 와. 혹시나 이 마을 같은 일이 벌어진 곳이 있으면 당장 보고하고."

"알겠습니다."

"너희 다섯은 마을 인근에 보초를 서고, 또 다섯은 시체를 확인해서 뭔가 특이한 점이 없는지 확인해. 그리고 나머지 인원은 우선 들어가서 쉬고, 한 시진 단위로 보초를 교대하는 식으로 간다."

지목된 이들이 모두 끄덕이자 부의민이 재차 주의하라는 듯 말했다.

"새외 세력일 수도, 아니면 인근에 있는 산에서 도적질이나 일삼는 산적들의 짓일 수도 있다. 하지만 상대가 누구라고 해도 방심하지 마라. 이상."

말을 마친 부의민은 명령을 받은 이들을 제외한 일곱 명의 무인들과 함께 객잔으로 걸음을 옮겼다. 그곳에는 이미 먼저 와서 원사생이 쓸 방을 정리하던 무인이 있었다.

부의민은 그를 보며 짧게 한숨을 내쉬었다.

이런 상황에서도 술이나 찾고 있는 원사생의 행동이 못내 마음에 들지 않았다.

먼저 객잔을 정리하던 그는 부의민이 들어오자 작은 목소리로 속삭였다.

"주방에 아직 쓸 만한 음식이 꽤 남아 있습니다. 교두님이 보기 전에 따로 빼 두었으니 나중에 저희끼리 모였을 때 먹으면 될 것 같습니다."

"새끼. 잘했다."

부의민이 맘에 든다는 듯 그의 얼굴을 툭툭 두드렸다.

가볍게 말을 주고받은 부의민은 이내 객잔 안을 스윽 훑어봤다. 사방으로 튀어 있는 피가 눈살을 찌푸리게 만든다.

'마을 하나를 아주 도륙을 했구나.'

제아무리 잔인한 자들이라 해도 이같이 마을 하나를 몰살시키는 경우는 극히 드물다.

대체 얼마나 잔인한 성정을 지닌 자들이기에 이런 말도 안 되는 짓이 가능하단 말인가.

근처에 있는 의자에 아무렇게나 걸터앉으며 부의민은 짧

게 한숨을 내쉬었다.

　혁련휘와 비설은 공교롭게도 같은 임무를 하게 됐다. 둘은 마을 인근의 보초를 서라는 명에 따라 근처를 돌며 혹시라도 있을 수상한 자들의 습격을 방비했다.

　시체를 보고 난 이후 급격하게 말수가 줄어든 비설의 안색은 여전히 어두웠다.

　혁련휘 또한 평소와 다른 비설의 분위기를 알았지만 별다른 말을 하지 않았다.

　그녀가 지금 생각을 정리 중이라는 걸 알았으니까.

　한참을 침묵하던 비설이 자그마한 목소리를 끄집어낸 것은 한 시진에 가까운 시간이 흐른 뒤, 보초 임무가 끝나갈 때였다.

　"……화가 납니다."

　"뭐가."

　"어린애였습니다. 아무것도 모르는 어린애요. 그런 애가 무슨 잘못을 했다고 갈가리 찢겨 땅속에 묻혀 있어야 했을까요?"

　무인은 칼로 살아간다.

　칼에 인생을 걸었고, 그로 인해 생과 사의 갈림길에 서기도 한다.

하지만 저들은 아니다.

그들은 하루하루를 열심히 살아가는 평범한 사람들이었다. 가족끼리 서로 부대껴 살며 종종 싸우기도 하고, 화해도 하며 웃고 울며 살아가는 그런 사람들.

큰 부와 명예보다는 가족의 행복과 안정을 추구하며 살아온 그들의 삶.

그런 이들이 무림인들에게 도륙당해선 안 됐다.

그들의 삶이 그렇게 짓밟힐 정도로 가치 없는 게 아니었으니까.

흥분한 듯 말을 내뱉던 비설이 잠시 침묵했다. 그녀는 시선을 돌려 시신들의 산에 뒤섞여 있는 아이들을 바라봤다.

형체를 알아보기 힘들 정도로 처참한 죽음.

죽어서조차 편안하게 잠들지 못한 수많은 이들의 시신을 바라보던 비설이 마음이 아팠는지 슬픈 목소리로 말을 이었다.

"얼마나 무서웠을까요?"

보지 않았지만 알 수 있다.

이 마을에서 펼쳐진 살육의 현장이 얼마나 끔찍했을지를. 또 얼마나 괴로웠을지도.

슬픈 눈동자로 시체들의 산을 바라보는 비설을 향해 혁련휘가 짧게 말했다.

"죽은 사람은 살아 돌아오지 않아."

"압니다. 하지만 이들은 너무 억울하게……."

"원래 죽음은 대부분 억울해. 그렇기에 그 모든 걸 짊어질 수 없는 법이고."

"그럼 이대로 그냥 넘어가야만 하는 겁니까?"

비설의 물음에 혁련휘는 잠시 아무런 말도 하지 않았다.

그냥 넘어가냐고?

그게 가능했다면 지금 혁련휘 자신이 이곳에 있었을 리가 없지 않은가.

혁리원이 죽었다. 그리고 그런 그를 위해 말도 안 되는 싸움을 시작한 혁련휘. 그런 혁련휘가 어찌 그냥 넘어가라 말할 수 있겠는가.

혁련휘가 침묵을 깨며 입을 열었다.

"갚아 줘야지. 그런다고 해서 죽은 이가 살아 돌아오지 않을 거라는 걸 너무나 잘 알지만…… 그래도 갚아 줘야지. 그놈들이 행복한 꼴은 죽어도 보고 싶지 않으니까."

평소답지 않게 혁련휘의 목소리에는 짙은 감정이 묻어나고 있었고, 그 사실을 비설 또한 알아차렸다.

뭘까?

이 냉철한 사내를 뒤흔들게 하는 그 감정은. 언제나 흔들리지 않던 눈동자에 감도는 저 아련한 빛은 무엇을 향하고 있는 걸까?

비설은 궁금했지만 묻지 않았다.

서로 궁금한 것이 참 많았다. 그런데 그 누구도 먼저 그것에 대한 이야기를 꺼내지 않는다.

언젠가 누군가가 먼저 상대방에 대해 묻기 시작한다면…… 둘 사이는 과연 어떻게 될까?

과연 지금과 같을 수 있을까?

아마도 힘들겠지.

그렇기에 더 묻고 싶지 않은 것일지도 모르겠다.

비설이 쓸쓸한 얼굴로 서 있는 혁련휘에게서 시선을 떼지 못하고 있을 때였다.

혁련휘가 품에서 뭔가를 꺼내어 들었다.

그건 다름 아닌 죽은 이들의 영전에 바치는 향이었다.

향을 꺼내 든 혁련휘가 옆에 피워져 있던 불에 그 끝을 가볍게 가져다 댔다.

향 끝에 순간 불이 피워 올랐다가 이내 사그라졌다.

그리고는 불꽃이 사라진 자리를 피어오르는 연기가 대신했다.

혁련휘가 불을 붙인 향을 내밀었지만 비설은 쉬이 받지 못했다.

제사 때나 쓰는 향을 아무 이유 없이 가지고 다닐 리가 없으니까. 혁련휘가 손을 가볍게 흔들었다.

"뭐해? 안 받아?"

"……제가 받아도 될까요? 쓰시려고 챙겨 두신 것 같은데요."

"받아. 네 말대로 나중에 쓸 일이 좀 있을까 해서 사 뒀던 건데…… 지금은 나보다 네가 더 필요해 보이는군."

어서 받으라는 듯 재차 손을 내밀자 비설 또한 그의 손에 들린 향을 건네받았다.

혁련휘가 향을 든 비설을 향해 말했다.

"마지막 가는 길 명복이라도 빌어 줘. 산 우리가 죽은 그들에게 해줄 수 있는 건 이 정도뿐이니까."

뒤를 돌아볼 시간 따윈 없었다.

앞으로 나아가기만 해도 힘든 것이 인생이니까.

혁련휘는 그렇게 살아왔다.

비설은 혁련휘에게 건네받은 향을 들고 시신들이 있는 곳으로 다가갔다. 그녀가 불이 붙은 향을 그들의 앞에 있는 바닥에 꽂고는 두 손으로 합장했다.

향 끝에 걸린 새빨간 불이 연신 연기를 토해 냈다. 어두운 밤하늘에 피어오르는 향을 비설이 가만히 올려다보고 있을 때였다.

스윽.

옆으로 다가온 기척에 고개를 돌린 비설의 곁에는 어느 새 혁련휘가 서 있었다. 그가 비설이 바닥에 꽂아 둔 향초를 바라보며 나지막이 입을 열었다.

"편히 잠들기를."

혁련휘의 작지만 흔들리지 않는 목소리. 그 안에 담긴 진심이 느껴져서일까?

비설 또한 목소리에 힘을 주어 말했다.

"푹 쉬세요. 뒷일은 산 사람들이 맡을 테니까요."

말을 마친 비설은 애써 희미하게 웃어 보였다.

타들어 가는 향을 잠시 바라보던 비설은 옆에서 몸을 돌리고 걸어가는 혁련휘의 기척에 정신을 차렸다. 그녀가 먼저 가고 있는 혁련휘의 뒤를 쫓았다.

비설은 안타까움을 마음에 묻고 평소의 기운찬 목소리로 말을 걸었다.

"형님!"

씩씩하게 소리치는 비설을 향해 혁련휘가 짧게 대답했다.

"왜?"

"형님은 정말 좋은 사람 같습니다."

그 말에 혁련휘가 발걸음을 멈추고 그녀를 바라봤다. 비설이 왜 그러냐는 듯 혁련휘에게 시선을 줄 때였다.

혁련휘는 떨떠름한 표정으로 말했다.

"나 좋은 사람 아니야."

당황스럽다.

좋은 사람이라니?

악귀처럼 살아온 자신을 좋은 사람이라 여기는 이유를 모르겠다.

아, 그러고 보니 이런 말을 했던 녀석이 또 하나 있었다.

그 사실을 떠올리자 혁련휘는 표정을 찡그렸다.

학관에서 처음 정체를 알게 됐을 때부터 느꼈지만 이 여자는 너무나 닮았다.

햇살을 담은 듯한 그 따뜻한 마음이.

주변을 밝게 만드는 그 묘한 매력이……

그런 혁련휘를 향해 비설이 웃으며 말했다.

"쑥스러워서 그러죠? 이런 말 처음 들으시니까. 그래도 형님, 제가 사람 보는 눈이 좀 있어서 아는데……"

"두 번째야."

"네?"

"나보고 좋은 사람 같다고 말한 건 네가 두 번째라고."

"그래요? 의외네. 나 말고 누가 형님의 진가를 알아봤데요. 첫 번째로 그 말을 한 사람은 누군데요?"

비설의 질문에 혁련휘가 짧게 대답했다.

"내 동생."

*   *   *

부의민의 명을 받아 인근 마을의 상황을 확인하러 움직인 이들 중 한 명은 사파 소속의 무인인 염흘이라는 자였다.

그는 환영학관의 인물들이 있는 마을에서 남쪽으로 움직였다.

뛰어난 경공술을 지니고 있는 덕분에 환영학관의 무인들이 있는 곳과는 다소 떨어진 마을임에도 불구하고 도착하는 데는 그리 오랜 시간이 걸리지 않았다.

다른 마을에 도착한 염흘은 안을 살피기 위해 비밀스럽게 움직였다.

마을에는 인기척이 있었다. 하지만 그 인기척을 확인하는 순간 염흘은 움츠러들 수밖에 없었다.

"으아아악!"

젊은 사내의 비명소리에 놀란 그가 조심스럽게 마을 안으로 잠입했다.

건물 뒤에 몸을 숨긴 채로 소리가 들려오는 곳으로 시선을 돌렸고, 그곳에는 많은 숫자의 사람들이 몰려 있었다.

마을 사람들로 보이는 그들의 얼굴엔 공포가 가득했다.

그리고 동시에 밀려드는 진한 피 냄새.

염흘의 눈에 보인 것은 비명과 함께 손가락이 모두 잘려져 나간 젊은 사내였다. 그리고 그런 사내의 앞에는 갈가리 찢겨져 나간 다른 자들의 시신도 자리하고 있었다.

역한 광경을 본 염흘은 밀려드는 구역질을 참아 냈다.

마을 사람들을 가지고 장난이라도 치는 것처럼 베고 찌르고를 반복하는 놈들.

놀랍게도 사람을 죽이면서도 그들은 재미있다는 듯 웃고 있었다.

"하하, 이 자식은 아까 그놈보다 조금 더 오래 버티는데?"

"네가 너무 살살 찌르니까 그런 것 아냐."

말을 받은 다른 이가 곧바로 검으로 사내의 갈비뼈 사이를 칼로 마구 헤집었다. 고통을 참지 못한 그가 피를 쏟아내며 바닥에 쓰러지고는 부들부들 떨었다.

그리고는 이내 버티지 못하고 숨을 거두고야 말았다.

젊은 사내의 죽음, 마을 사람들은 그 모습에 피눈물을 흘리면서도 두려웠는지 차마 덤벼들지 못하고 있었다.

그런 모습을 숨어서 보고 있던 염흘이 이를 갈았다.

'완전 돌았군.'

마음 같아서는 당장에 저런 미친 짓을 벌이는 이들을 막아서고 싶었지만 아쉽게도 상대방은 숫자가 너무 많았다.

그들을 모두 어찌할 정도로 염흘은 강한 무인이 아니다.

염흘의 시선이 마을 사람들을 둘러싸고 있는 괴한들의 일거수일투족을 살폈다.

뭔가 단서를 얻을 만한 걸 찾기 위해서였다.

그리고 이내 염흘은 치명적인 증거를 발견해 냈다.

팔등에 있는 검은 뱀 문신, 사사혈교다.

'어서 빨리 교관님에게 이 사실을 알리고 본 교에 도움을 청해야……'

상대가 사사혈교라는 걸 안 이상 자신들만으로 이들과 대적하는 건 무리다. 당장 이번 일에 사사혈교가 개입되었다는 걸 전하고 마교에 지원 병력을 요청해야 한다.

염흘이 마을을 빠져 나가기 위해 몸을 돌렸을 때다.

퍼억!

은밀하니 날아온 쇠붙이가 발목에 틀어박혔다.

촤르르르륵!

고통이 밀려옴과 동시에 잡아당겨지는 힘에 의해 염흘은 그대로 바닥에 끌리듯 어딘가를 향해 매서운 속도로 빨려 들었다.

"크으윽."

끌려가던 몸이 멈추는 순간 염흘은 발목을 감싸 쥐고 비명을 토해 냈다.

피가 연신 쏟아져 나오는 발목에는 낫으로 보이는 뭔가가 틀어박혀 있었다. 뼈가 부서지고 발목이 통째로 잘려져 나갈 정도로 치명적인 부상이다.

고통에 찬 신음을 흘리고 있던 염흘의 얼굴로 어두운 그림자가 드리워졌다.

놀란 염흘이 고개를 치켜들었다.

순간 쇠사슬이 그의 목을 조여 왔다.

"커억!"

염흘의 비명, 그리고 그와 함께 즐거워 보이는 목소리가 들려왔다.

"숨어서 염탐이나 하는 넌 누구냐? 이 마을 사람 같아 보이진 않는데."

쭉 찢어진 눈의 사내, 그는 원사생이 고용했던 귀혈루를 홀로 도륙했던 사사혈교 서열 오 위의 고수, 사막혈신이었다.

목이 졸리며 얼굴이 터질 것처럼 붉어진 염흘이 어떻게든 숨을 쉬기 위해 손가락을 쇠사슬 틈으로 밀어 넣었다.

간신히 숨을 돌린 염흘이 사막혈신을 노려보며 말했다.

"내가 말할 거라 생각한다면 그건 큰 오산……"

말이 이어지는 순간 사막혈신이 쇠사슬을 더 강하게 잡아당겼다. 그러자 쇠사슬 틈으로 밀어 넣었던 염흘의 손가락이 반대 방향으로 꺾이며 부러져 버렸다.

"으아악!"

비명을 지르는 염흘을 향해 사막혈신이 물었다.

"다시 묻지. 어디 소속이냐?"

"나, 나는 절대……"

말이 끝나기 무섭게 사막혈신이 낫을 집어 들고 그의 무릎을 연달아 찍었다.

퍽퍽!

동시에 피가 터져 나갔다.

염흘은 눈이 뒤집힐 정도로 고통스러웠다. 게거품을 물면서 혼절하려는 그의 머리카락을 사막혈신이 강하게 움켜잡았다.

염흘의 뺨을 몇 번 쳐서 정신이 돌아오게 만든 사막혈신이 뱀처럼 가는 눈으로 웃으며 재차 물었다.

"어디 소속이냐니까?"

*　　*　　*

시간이 지났다.

그럼에도 불구하고 아직도 돌아오지 않는 수하의 소식을 부의민은 초조하게 기다리고 있었다.

출행을 나온 이들 중 두 명에게 인근 마을을 돌아보라 시켰다. 개중 하나는 돌아왔지만, 남쪽으로 향했던 이가 행방불명됐다.

미리 언급해 둔 시간이 훌쩍 지났음에도 불구하고 돌아오지 않는다는 건…… 불의의 사고가 일어났을 가능성이 컸다.

부의민은 사라진 이가 향했던 쪽으로 다급히 별동대를 만들어 파견했다. 그리고 여덟 명으로 구성된 별동대에는 혁련휘 또한 포함되어 있었다.

사라진 이를 찾기 위해 떠난 여덟을 제외한 나머지 인원들은 객잔의 식당에 모여 있었다.

단 한 명, 원사생을 제하고 말이다.

큰일이 벌어지긴 했지만 부의민은 딱히 그를 찾아가 이 일에 대해 의논하지 않았다.

실종된 이는 사파의 무인인 염흘.

그래서인지 출행을 나온 사파 인원들을 이끄는 위지겸의 표정이 좋지 못했다. 평소 염흘과 사이가 좋았던 그였기에 돌아오지 않는 지기가 걱정인 모양이었다.

침묵하고 있는 부의민에게 위지겸이 참지 못하고 말을

걸었다.

"교관님, 이대로 있으실 생각입니까? 당장에 그 녀석이 사라진 곳으로 모든 인원이 가는 게……"

"섣부르게 움직이다가 오히려 당할 수도 있어."

위지겸의 말에 반응한 것은 팽호연이었다.

팽호연의 말에 위지겸이 표정을 구기며 매섭게 쏘아붙였다.

"너희 쪽 일이 아니라고 그딴 식으로 말하는 거냐?"

"지금 같을 때 이쪽저쪽이 어디 있냐? 나라고 함께 나온 녀석이 실종됐다는데 아무렇지 않을 것 같아? 나도 그놈이 무사히 돌아왔음 한다. 그렇지만 무슨 일인지 모르는 상황에서 섣부르게 움직였다가는 도리어 당할 수 있다는 거야. 네 마음은 알겠지만 침착해."

팽호연이 자신 또한 걱정된다는 듯 말하자 위지겸은 일순 입을 달았다.

정과 사라는 다른 근본을 가진 이들이다.

당연히 자신 쪽에서 피해자가 나왔으니 그들 입장에선 쾌재를 부를 거라고만 생각했다. 그런데 팽호연의 대답은 예상과 달랐다.

더군다나 말을 내뱉는 어투나 자신을 다독이는 모습에서 그것이 결코 거짓말은 아니라는 느낌이 들었다.

위지겸이 입을 열었다.

"……오해했군. 미안하다."

"됐다. 지금 같은 상황에 그게 뭐 중요하다고."

팽호연 또한 위지겸의 사과를 순순히 받아 줬다.

공동의 적을 두고 있는 이런 상황에 같은 목적을 가지고 나온 자신들이 굳이 싸울 필요는 없다고 생각했기 때문이었다.

평소에 으르렁대기만 하던 두 세력의 수장이 서로를 다독이는 모습이 보기는 좋았지만…….

지금은 그런 것이 문제가 아니었다.

돌아온 한 명에게 들은 바로는 인근 마을에서도 사람의 흔적은 찾지 못했다고 했다.

두 개의 마을을 확인하고 왔다고 하니, 이곳까지 포함해 무려 세 곳. 세 곳의 사람들이 모두 죽거나 실종된 셈이다.

이런 일을 벌인 게 고작 산적 떼일 리는 없는 법.

그 말은 곧 새외 세력을 의심해 봐야 한다는 거다.

'보고를 하는 게 맞을 것 같은데 말이야.'

왠지 모를 찜찜함에 부의민은 상부에 보고를 하는 게 낫다 판단했다.

그렇지만 총책임자인 원사생이 우선은 자신들 선에서 어느 정도 조사를 하자고 강경하게 나서니 부의민의 입장에서도 그 말을 무시할 순 없었다.

가만히 자리에 앉아 고민에 잠겨 있던 부의민이 발걸음 소리에 시선을 돌렸다.

계단에서 길게 하품을 하며 원사생이 걸어 내려오고 있었다.

그는 모여 있는 인원들을 확인하고는 대수롭지 않게 말했다.

"이 새벽에 모여서 뭣들 하는 거야?"

태평하니 말을 하고 있는 원사생을 보며 부의민은 절로 짜증이 밀려왔다.

다른 이들은 모두 잠도 못 자고 있는 판국에 한참을 쉬다 내려와서 뭐하냐 묻는 그의 모습이 어찌 좋아 보일 수 있겠는가.

맘에는 안 들지만 총책임자의 신분으로 나온 원사생이다.

부의민이 지금 상황을 보고했다.

"인근 마을을 조사하러 나갔던 인원이 실종됐습니다."

"실종?"

"아무래도 마을에 갔다가 당한 것 같습니다."

부의민의 말에 계단 위에 서 있던 그가 눈을 크게 치켜뜨고 황급히 아래로 내려왔다.

"그게 정말인가?"

"그럼 이 상황에 농담이나 하고 있겠습니까?"

당연한 소리를 하냐는 듯이 부의민이 쏘아붙일 때였다. 원사생의 눈동자가 번뜩였다.

'귀혈루 녀석들이 인근에 있었던 모양이군!'

어째서 약속한 장소가 아닌 다른 곳에 있는 건지 모르겠지만 그나마 가까운 장소에 그들이 있다는 생각에 원사생의 머리가 빠르게 돌아갔다.

사사혈교가 벌인 이 모든 짓을 자신이 환영학관 무인들을 죽이기 위해 고용한 귀혈루의 무인들이 한 일이라 오해하고 있는 원사생이다.

그는 이번 일에 대한 것이 본 교에 들어가기 전에 모든 걸 마무리 짓고 싶어 했다.

인근에 귀혈루 무인이 있을지도 모른다는 걸 알았는데 더 망설일 이유가 없었다. 그는 우선 가장 중요한 목표인 혁련휘를 찾기 위해 주변을 두리번거렸다.

허나 원사생은 객잔의 식당에 혁련휘를 비롯한 몇몇이 보이지 않는다는 걸 알아차렸다.

"그런데 인원이 왜 이것뿐인가?"

"실종된 염흘이라는 녀석을 찾기 위해 따로 별동대를 짜서 내보냈습니다."

"그래?"

별동대로 따로 보냈다는 말에 원사생이 기대 섞인 목소리로 되물었다.

운이 좋다면 먼저 나갔다가 실종되었다는 그놈들처럼 혁련휘 또한 죽음을 맞지 않을까 하는 생각 때문이다.

'그놈은 그렇다 치고 그럼 남은 건 이놈들인데.'

전부 죽여야 한다.

그렇지 않으면 이곳에서 죽은 마을 사람들의 일이 보다 정확하게 상부로 들어가게 된다. 혹여나 무슨 증거가 잡힌다면 자신 또한 위험해질 수도 있는 법.

애초부터 혹시 모를 증거를 없애기 위해 모두를 죽일 생각이었지만, 이번 일을 계기로 그 마음은 더욱 견고해졌다.

부의민이 원사생의 더러운 속내도 모른 채 말했다.

"별동대를 보내긴 했지만 이 같은 일을 벌인 자들의 정체도 모르는 상황인지라 저희도 움직일 생각입니다. 교두님께서는 이곳에서 쉬고 계시죠."

"무슨 소리! 그런 일에 어찌 내가 빠진단 말인가? 당장 실종된 인원을 찾으러 가지."

원사생이 버럭 소리쳤다.

예상치 못한 원사생의 행동에 부의민은 다시금 의아한 표정을 지었다.

같이 가자고 해도 싫다 할 작자가 오히려 적극적으로 나오니 이상할 수밖에 없었다. 부의민이 다소 떨떠름한 표정으로 고개를 끄덕였다.

인성은 형편없지만 그래도 무공 실력만큼은 팔환마의 위치에 있을 정도는 되니 혹시나 모를 적에 대비하는 데 도움은 될 것이다.

부의민이 자리에서 일어났다.

"다들 준비들 해. 곧장 별동대를 따라 남쪽으로 이동……."

말을 내뱉던 부의민이 갑자기 시선을 휙 하니 돌렸다. 부의민의 시선이 향한 곳은 다름 아닌 창문 쪽이었다. 그리고 창문을 통해 뭔가가 날아드는 걸 곧바로 확인할 수 있었다.

두두두두!

수백 개의 화살이 객잔을 뒤덮으며 날아들고 있었다.

그것을 알아챈 부의민이 황급히 소리쳤다.

"피해!"

화살이 날아드는 걸 눈치챈 건 부의민뿐만이 아니었다. 그보다 한발 빠르게 뭔가가 객잔으로 쏘아져 날아오는 걸 눈치채고 있던 비설의 발이 움직였다.

타악! 탁!

그녀의 발길질에 몇 개의 두꺼운 탁자들이 일렬로 넘어

졌다.

그리고 비설은 그 뒤에 곧바로 몸을 숨겼다.

쏘아진 수백 개의 화살이 객잔에 틀어박혔다.

퍽퍽퍽!

대부분의 것들이 벽에 막혔지만 개중 일부는 창문을 통해 안으로 쏟아져 들어왔다.

재빠르게 피해낸 이들도 있었지만 몇몇은 방비가 늦었는지 창문을 통해 들어온 화살에 맞고야 말았다.

"으윽!"

짧은 단말마의 비명 소리. 하지만 그런 이들에게 시선을 주고 있을 여유는 없었다.

부의민이 황급히 소리쳤다.

"탁자 뒤로 피해! 또 온다!"

외침과 함께 객잔으로 향해 재차 수백 개에 달하는 화살이 날아들었다.

부의민의 명대로 모두가 비설이 쓰러트려 둔 탁자 뒤로 몸을 감췄고, 덕분에 이번에는 아무도 피해를 입지 않을 수 있었다.

하지만 첫 화살 공격에 치명상을 입은 한 사내가 숨을 헐떡이고 있었다.

비설이 황급히 탁자 너머로 몸을 숙이고 다가가서는 그

를 안전한 뒤편으로 옮겼다.

다행히 숨은 붙어 있지만 위험한 부위에 화살이 틀어박혔다.

'당장에 죽진 않겠지만 오래는 못 버텨.'

비설은 빠르게 상태를 파악해 냈다.

그녀는 우선은 혈도를 점해 심한 출혈을 잡았다.

순식간에 벌어진 일에 모두가 정신을 차리지 못하고 있을 때였다.

탁자에 몸을 기댄 채로 바깥의 기척을 신경 쓰던 부의민이 비설과 눈이 마주치자 고개를 끄덕이며 짧게 칭찬했다.

"잘했다."

부의민은 진심으로 감탄했다.

비설이 빠르게 탁자들을 이용해 방패를 만들지 않았다면 이보다 더 큰 피해를 입었을 건 자명했으니까.

갑작스럽게 벌어진 상황에 놀라 바닥을 마구 뒹굴었던 원사생이 자리에서 벌떡 일어났다.

그의 얼굴이 새빨갛게 달아올라 있었다.

"어떤 새끼들이……."

하지만 그 궁금증은 길지 않았다.

새카만 그림자들이 빠르게 객잔을 향해 달려들고 있었다.

차아앙!

창문을 부수며 날아 들어온 수십의 무인들. 그리고 창문 밖으로 정체불명의 자들이 객잔을 포위하는 모습이 눈에 들어왔다.

부의민의 안색이 딱딱하게 굳었다.

'보통 놈들이 아니야.'

재빠르게 창문 안으로 날아 들어오는 모습에서 그들이 고도의 훈련을 받은 자들이라는 걸 느낄 수 있었다.

부의민은 다급하게 명령을 내렸다.

"객잔 밖으로 빠져 나가!"

명령을 들은 환영학관의 무인들이 빠르게 문가로 다가갈 때였다.

"가긴 어딜."

목소리가 들려오는 순간 비설이 황급히 소리쳤다.

"문에서 떨어져요!"

하지만 비설의 외침에도 반응이 늦었던 무인 중 한 명이 문을 꿰뚫고 들어온 날카로운 무언가에 가슴을 관통당했다.

퍼억!

가장 가까이까지 다가갔던 그의 가슴에서 피가 터져 나왔다. 치명상을 입은 그가 뒤로 쓰러졌고, 동시에 객잔 문이 천천히 열렸다.

끼이익.

차르륵. 차르륵.

기이한 쇳소리와 함께 모습을 드러낸 건 다름 아닌 사사혈교 서열 오 위의 고수인 사막혈신이었다. 뱀처럼 생긴 눈을 지닌 그가 문에 박힌 자신의 낫을 뽑아들었다.

긴 쇠사슬이 달린 낫을 든 사막혈신이 객잔 안에 있는 이들을 가볍게 훑었다.

만면에 가득한 미소엔 자신감이 가득했다.

피 묻은 낫을 털며 그가 말했다.

"마교의 쥐새끼들이 여기 숨어 있었네? 그런데 좀 이상하네. 들었던 것보다 숫자가 적은데, 그놈이 거짓말을 한 건가?"

이상하다는 듯 중얼거리는 사막혈신의 말에서 부의민은 중요한 사실을 알아차렸다.

부의민이 성큼 앞으로 걸어 나서며 말했다.

"마을을 이 꼴로 만든 게…… 네 녀석이구나."

"이 꼴?"

"마을 사람들을 모두 죽인 것 말이다."

"아아, 그거라면 맞아. 그런데 그게 뭐?"

어쩌라는 듯이 반문하는 사막혈신의 얼굴에는 잔인한 미

소가 걸려 있었다.

그런 그를 향해 부의민이 재차 물었다.

"내 수하를 죽인 것도 네 짓이냐?"

"네 수하라면 이놈을 말하는 건가?"

말을 마친 사막혈신이 쥐고 있던 뭔가를 휙 하고 집어 던졌다. 그리고 그의 손에서 날아와 바닥을 구르는 것은 다름 아닌 눈알이었다.

그것을 본 환영학관 무인들의 안색이 새파랗게 질렸다.

제아무리 칼밥을 먹고 사는 무인이라 해도 이처럼 사람의 눈알을 뽑아서 가지고 다니는 걸 보는 건 처음이었으니까.

부의민의 얼굴이 싸늘하게 변했다.

그런 이들의 반응이 재밌었는지 사막혈신이 당시의 손맛을 상기하며 말했다.

"큭큭, 딴에는 무인이랍시고 버티더라고. 그래서 다리를 아주 돼지고기처럼 저며 줬지. 그랬더니 그 이후에 술술 불더라? 몇 명이 이곳에 왔는지, 어디에 있는지도."

사사혈교의 무리가 이 객잔을 기습할 수 있었던 것은 모두 염흘을 통해 정보를 얻은 덕분이다.

그들은 염흘을 고문해 이곳에 환영학관의 무인들이 왔다는 사실을 알았고, 곧바로 인원을 모아 이곳을 친 것이다.

그때였다.

짝짝!

"훌륭하군."

갑작스럽게 박수를 치며 그들을 향해 걸어가는 원사생의 모습에 부의민이 당황했다.

"교두님! 위험합니다!"

황급히 만류하는 부의민을 향해 원사생은 갑자기 비웃음을 쏟아냈다.

"위험? 하하하! 멍청하긴. 위험하긴 뭐가 위험하단 말이냐. 이놈들은 다름 아닌 내가 고용한 녀석들인데."

원사생은 큰 착각을 하고 있었다.

사사혈교의 무리를 자신이 고용한 귀혈루의 인물들로 착각한 것이다.

계속되어진 착각이 말도 안 되는 상황을 만들어 버렸다.

사막혈신은 뜻 모를 말을 내뱉으며 다가온 원사생을 재미있다는 듯 바라봤다. 지금의 상황을 완전히 잘못 파악한 원사생은 신이 나서 소리쳤다.

"이곳까지 오느라 고생했다! 하지만 아느냐? 이곳이 바로 너희들의 무덤이 될 곳이었다는 것을!"

흥분한 듯 고래고래 소리를 질러대던 원사생은 이내 시선을 돌려 사막혈신을 바라보며 불만스레 말했다.

"완벽하게 이들을 포위한 건 좋긴 한데 약속이랑 다르지 않느냐. 더군다나 마을 사람들까지 죽이는 건 예정에도 없었던 일이고. 루주와 그 건에 대해 이야기를 해 봐야겠는데 막정수 그 녀석은 어디 있느냐?"

"……"

사막혈신은 자신에게 이상한 소리를 지껄이는 원사생을 가만히 바라봤다.

사사혈교를 귀혈루로 완전히 혼동하고 있던 원사생이 짜증이 난다는 듯이 재촉했다.

"귓구멍이 막힌 게냐? 너희 루주가 어디에 있느냐 묻지 않았느냐. 당장 날 루주에게 안내하거라."

거만하게 섭선을 펼치며 소리치는 원사생을 가만히 바라보던 사막혈신의 손이 움직였다.

휘리릭.

지척에 닿아 있던 탓에 사막혈신의 손에 들렸던 낫이 순식간에 목표물을 베고 지나갔다.

푸숙.

피가 터져 나가는 것과 동시에 섭선을 들고 있던 손목이 통째로 잘려져 나갔다.

생각지도 못한 일에 잠시 멍하니 있던 원사생에게 뒤늦게 고통이 찾아들었다.

"으악!"

원사생은 황급히 바닥에 엎드려 잘려져 나간 자신의 손을 주웠다. 그는 잘린 자신의 손을 품에 안은 채로 몸을 돌려 사막혈신을 올려다봤다.

갑작스레 밀려온 고통과, 이해할 수 없는 지금 상황에 그가 부들부들 떨었다.

"나, 나는 너희들 편이란 말이다! 루주가 그, 그 사실을 증명해 줄 것이다. 그러니 그를 데리고 오거라! 당장!"

하지만 돌아온 것은 한 줄기 섬광이었다.

번쩍!

낫이 이번에는 반대편 손을 잘라 버렸다.

사막혈신과 원사생.

멀쩡했어도 상대는 되지 못했겠지만, 한쪽 손이 잘려져 나간 탓에 극도로 흥분한 원사생은 자그마한 반항도 하지 못한 채로 반대편 손도 잃어야만 했다.

순식간에 두 개의 손을 잃은 원사생의 주변이 온통 피로 얼룩졌다.

고통에 몸부림치는 그를 향해 사막혈신이 말했다.

"아까부터 자꾸 뭔 개소리야? 내가 왜 너 같은 돼지의 말을 들어야 하는데?"

"이익! 귀혈루주에게 이들을 죽이라는 청부를 넣은 게

바로 나란 말이다!"

원사생의 악에 받친 고함에 사막혈신은 그제야 모든 상황을 이해할 수 있었다.

귀혈루가 왜 이런 외딴 마을에서 대기하고 있었는지 궁금했는데, 그 모든 궁금증이 해결됐다.

재미있다는 듯 웃으며 사막혈신이 말했다.

"귀혈루라면 어제 나한테 전부 죽었는데?"

"⋯⋯뭐?"

"못 알아듣겠어? 난 네 편이 아니라 저승사자라고 이 돼지 새끼야."

그제야 원사생은 지금의 상황을 모두 제대로 인지할 수 있었다. 순간 그는 눈앞이 깜깜해졌다.

같은 편이라 믿었던 괴한들이 알고 보니 적이었다.

그것도 모르고 원사생은 자신의 비밀을 모두 발설해 버린 것이다.

자신이 판 구덩이에 자신이 빠진 꼴이 되어버렸다.

그 모든 사실이 참담하기 그지없었지만 지금 중요한 건 그게 아니었다.

살아야 했다.

어떻게든 살아야⋯⋯.

원사생은 무릎으로 기다시피 부의민 쪽으로 다가갔다.

그가 애절한 목소리로 소리쳤다.

"부, 부교관 살려 주게! 내가 방금 한 말은 모두 오해일세. 내, 내가 잠시 머리가 어떻게 된 건지 헛소리를 지껄였네. 아니, 아닐세. 저놈들을 속여 보려고 내가 계책을 낸 걸세. 다 거짓말이었네."

말을 하는 본인조차도 이해할 수 없는 말을 내뱉으며 목숨을 구걸하는 원사생의 모습에, 부의민은 참담한 심정을 감출 수가 없었다.

교두라는 작자가 어떠한 이유인지 모르겠지만 자신이 가르치고 지켜야 할 학생들을 오히려 죽이려 했다.

비굴하게 계속 소리쳐 대는 원사생의 목소리가 귓가에 연신 울린다.

부의민이 지그시 눈을 감았다.

'당신이 지키려 했던 마교가 이렇게 되어 가고 있습니다. 이런 곳에서 제가 무엇을 해야 합니까?'

누구에게 하는지 모를 호소를 되뇌던 부의민이 검을 뽑아들었다.

스르릉.

검을 뽑아든 부의민의 얼굴에서 감정이 사라졌다.

그런 부의민의 모습에서 사막혈신은 뭔가 범상치 않은 느낌을 받았는지 짧은 감탄을 내뱉었다.

"호오, 하찮은 학관의 교관 따위라 들었는데 생각보다 기운이 강렬한데그래. 헌데 불쌍해서 어쩌나. 그런 실력을 고작 저런 한심한 놈이나 지키는 데 써야 해서 말이야."

"내가 지키고자 하는 건 저 수치도 모르는 비겁한 놈이 아니다."

이 자리에 만약 원사생만 있었다면 부의민은 망설일 것도 없이 혼자 도망쳤을 것이다. 그리고 부의민은 도망칠 자신도 있었다.

다만 그럴 수 있음에도 도망치지 않는 것은 자신을 믿고 따르는 다른 이들이 있기 때문이다.

부의민의 시선이 주변을 훑었다.

눈앞에 있는 상대의 실력은 결코 얕잡아 볼 수 없는 수준이다. 그리고 자신들에 비해 숫자 또한 몇 배는 많다.

별동대로 나간 인원 여덟을 제하고, 화살과 낫에 당해 쓰러진 자들을 제한다면 제대로 싸울 수 있는 자의 숫자는…….

'나까지 일곱.'

그에 반해 상대의 숫자는 대충 어림짐작만으로도 오륙십 명은 되어 보인다.

숫자도 숫자지만 기본적으로 자신을 제한 나머지는 모두 아직 젊은 무인들이다.

제대로 된 실전을 경험해 보지도 못한 이들도 있을 테고, 재능은 있지만 아직 그 실력이 완전해지지 못한 이들이 태반이다.

그런 이들을 데리고 승산이 과연 있을까?

입에 담지는 않았지만 부의민은 이 싸움의 결과를 이미 예상하고 있었다.

분하지만 인정해야만 했다.

'살기는 힘들 것 같네.'

스릉, 스르릉.

바닥에 끌리는 사막혈신의 섬뜩한 쇠사슬 소리가 귓전에 울렸다.

새하얀 빛을 토해 내며 다가오는 사막혈신의 쇠사슬을 보며 부의민은 생각했다.

'기적이…… 일어나지 않는다면 말이야.'

8장. 사막혈신

— 이판사판이다!

요행을 바랄 수밖에 없을 정도로 좋지 못한 상황.

뒤편에 서 있는 비설이 자신의 손을 검 손잡이에 조용히 올려 두었다.

'차이가 너무 나.'

부의민이 파악하고 있는 지금의 상황을 비설이 모를 리 없었다. 이곳에 있는 양측 무인들의 수준이 극명하게 갈렸다.

가장 문제는 역시 눈앞에 있는 저 뱀의 눈을 하고 있는 자.

사막혈신의 정체를 아직 모르고 있었지만 그저 마주하는 것만으로도 상대의 실력이 범상치 않다는 건 알 수 있었다.

그가 움직이는 것과 함께 쇠사슬에서 섬뜩한 소리가 연달아 터져 나왔다. 저 정도 무인이라면 무림에서도 쉽사리 만날 수 없을 경지에 이른 자다.

더군다나 두 눈에 흐르는 숨길 수 없는 광기까지.

어찌어찌 넘어갈 녹록한 상대가 아니라는 거다.

이쪽이 끝나든 저쪽이 끝나든 결국 끝장을 봐야만 하는 자들.

그랬기에 비설은 곤란했다.

'실력을 드러내지 않고 이 상황을 넘어갈 수 있을까?'

비설이 걱정하는 건 바로 그것이었다.

이곳에서 자신을 제한다면 저 뱀처럼 교활하게 눈을 빛내는 사내를 감당할 자가 없다는 생각이 들었다. 그렇다고 자신이 본 실력을 드러내 이곳에서 싸우는 것 또한 문제였다.

비설은 정체를 숨기고 환영학관에 들어와 있는 상황. 그런 상황에서 실력을 드러낸다면 삼천기를 회수하는 추후의 일에도 문제가 생길지도 모른다.

더군다나 여태 보여 준 것과는 너무나 다른 실력을 보인 사실이 상부에 알려지게 된다면 그녀의 정체에 대해 의구심을 품을 게 뻔했다.

하지만…….

사막혈신을 바라보는 비설의 눈동자에 뚜렷한 적의가 드러났다.

'피하고 싶지 않아.'

무공을 모르는 평범한 사람들까지 죽인 자다. 노인과 어린애들마저도 잔인하게 죽이며 그 같은 살인을 즐긴 최악의 인간이다.

비설은 쌍검의 손잡이를 강하게 움켜잡았다.

그때 다가오던 사막혈신이 명을 내렸다.

"시작해. 가능하면 죽이진 말고 숨들은 붙여 놔. 마교 놈들의 피는 어떤 맛인지 좀 즐겨 보고 싶으니까."

"흐흐흐. 알겠습니다."

수하들이 웃음을 터트리며 거리를 좁혀 왔다.

그 숫자가 무려 서른 명 정도에 달했다.

더군다나 객잔 바깥에 있는 이들은 혹시나 빠져나가는 자를 막기 위해서인지 넓게 거리를 벌린 채로 안의 상황을 주시하고 있었다.

부의민이 황급히 명을 내렸다.

"다친 놈들은 안으로, 동그란 원을 만들어 싸운다!"

숫자에서 압도적으로 밀리니 둘러싸인다면 위험하다. 그랬기에 어떻게든 정면의 적만을 상대하기 위한 판단이었다.

그리고 이내 어떻게든 상황을 추스르려는 그를 향해 사막혈신이 비웃음을 흘렸다.

"어딜."

움직이려는 그를 향해 사막혈신의 손이 움직였다.

촤르륵!

쇠사슬이 빠르게 쏘아져 나왔다. 화살같이 날아든 공격에 부의민이 상체를 뒤로 젖히며 피해 냈다. 그러자 곧바로 거리를 좁힌 낫이 그의 어깨를 찍고 들어왔다.

파악! 투웅!

재빠르게 막아 낸 부의민은 그대로 비어 있는 사막혈신의 어깨 쪽으로 검을 밀어 넣었다. 생각보다 예리한 공격이어서일까?

사막혈신의 눈에 이채가 돌았다.

그와 동시에 바닥에 널브러져 있던 쇠사슬이 솟구쳤다.

파앙!

검이 밀려 나갔다.

동시에 거리를 좁힌 낫이 사방으로 요동쳤다.

촤악촤악촤악!

머리부터 해서 허리까지 상대를 난자할 듯이 낫이 좌우를 가리지 않고 베고 들어갔다.

마구잡이로 휘두르는 것 같아 보였지만 아니다.

낫이라는 짧은 무기의 특성을 살려 빠르게 양쪽을 번갈아 치며, 방어하기 힘든 곳들을 베어 들어가고 있는 것이다.

낫에 실린 기운으로 인해 주변에 있던 탁자와 의자들이 쩍쩍 갈라져 나갔다.

폭풍이 휘몰아치는 것처럼 주변의 것들이 사방으로 밀려났다.

탕탕!

하지만 정작 그 공격을 받고 있는 부의민은 생각보다 견고하게 버티고 있었다. 일격에 전신을 난자하기 위해 펼쳤던 초식을 막아 내던 부의민이 놀라운 한 수를 펼쳐 냈다.

날아드는 공격을 검으로 막아 냈고, 기다렸다는 듯 반대 방향으로 낫이 회전할 때였다.

검을 회수했다가 찌르기는 불가능한 상황.

부의민은 검 손잡이로 그대로 사막혈신의 얼굴을 후려쳤다.

까앙!

하지만 들려온 것은 날카로운 쇳소리였다.

검 손잡이가 날아드는 걸 감지한 사막혈신이 낫 끝에 달린 쇠사슬을 재빠르게 움직인 것이다. 덕분에 날아드는 검 손잡이를 막아 내긴 했지만…….

얼굴을 맞댈 정도로 가까이 서서 힘 싸움을 벌이며 사막혈신이 혀를 날름거렸다.

"너 생각보다 재미있는 놈이네. 진짜로 환영학관의 교관이야? 겨우 그 정도가 아닌데."

환영학관의 교관 정도가 자신이 펼친 공격을 모두 받아내고, 그 와중에 빈틈을 노리고 일격을 가할 거라곤 생각도 못 했다.

만약 조금만 방심했다면 검 손잡이에 제대로 얼굴을 맞는 창피한 일이 벌어졌을지도 모르겠다.

말을 걸어오는 사막혈신, 하지만 부의민은 그런 그의 행동에 일일이 대꾸할 여력이 없었다.

환영학관의 학생들 때문이다.

"끼요오옷!"

한 명이 장난스러운 고함과 함께 뛰어오르며 환영학관 무인 하나의 어깨를 걷어찼다. 간신히 버텨 내긴 했지만 이어지는 상대방의 공격에 결국 그는 바닥에 나동그라지고 말았다.

연달아 쏟아지는 공격을 버텨 내기엔 그들과 사사혈교의 정예들은 너무나 큰 차이가 났다.

쓰러졌던 그가 황급히 일어나기 위해 엉덩이를 바닥에 댄 채로 뒷걸음질 치자 그것을 서서 바라보던 사사혈교의 무인이 비웃음을 흘렸다.

"킥킥. 마교도 별거 아니네."

얼굴이 붉어진 그가 자리에서 벌떡 일어나 도리어 상대에게 달려들었다.

하지만 그게 실수였다.

달려드는 그를 보며 사사혈교의 무인의 입꼬리가 비틀렸다.

조금의 도발, 하지만 경험이 없는 젊은 환영학관의 무인들에겐 제대로 먹혀들었다. 자리를 지켜도 모자랄 판에 섣부르게 앞으로 뛰어나갔으니 순식간에 진형이 무너졌다.

그리고 그 사실을 깨달은 다른 사사혈교의 인물이 옆으로 치고 들어왔다.

날카로운 검이 옆구리를 쑤시고 들어왔다.

"크억!"

짧은 비명 소리.

피가 튀었고, 동시에 다가온 검이 머리를 으깨듯 날아왔다. 피를 흘리는 옆구리를 부여잡은 채로 미처 방비를 못했던 그가 눈을 질끈 감았다.

카앙!

날아드는 검을 막아 낸 것은 비설이었다.

그녀가 소리쳤다.

"정신 차려요!"

"고, 고마…….."

"다쳐서 못 움직이겠으면 차라리 뒤로 빠져요! 진형이 무너집니다!"

비설은 알고 있었다.

가뜩이나 인원이 몇 곱절은 되는 상황, 한쪽이 무너지면 약속이라도 한 듯이 버티고 있던 모두가 위험에 처한다.

그런 상황을 어떻게든 막아서려 했지만 그녀는 혼자였고, 양측의 실력 차이는 너무나 컸다.

버티고 서 있던 일곱 명의 무인, 아니 이제는 한 명이 옆구리에 구멍이 나서 제대로 검도 못 들고 있으니 여섯으로 봐야 맞을 게다.

어쩌면 이미 무너지기 시작한 환영학관 학생들을 향해 사사혈교의 무인들이 거칠게 몰아붙였다.

부웅! 붕!

커다란 도가 주변을 휩쓸 듯 움직였다.

거구의 사내가 단번에 도를 내려쳤다.

도기가 사방으로 흩뿌려졌다. 거대한 힘을 막기 위해 나선 건 하북팽가의 팽호연이었다. 그 또한 자신의 도를 든 채로 상대를 막아섰다.

쿠웅!

거구의 두 사내의 충돌에 객잔 바닥이 흔들렸다.

경험은 분명 상대가 위였지만 팽호연은 하북팽가의 후예. 오래된 역사를 지닌 가문의 내공과 무공을 지닌 그 또한 그리 호락호락하진 않았다.

"어쭈?"

가까스로 버텨 내는 팽호연의 모습에 상대가 비웃음을 흘렸다. 분명 일대일의 대결이었다면 승패가 나눠지는 데는 꽤나 긴 시간이 걸렸을지도 모르겠다.

하지만 숫자는 이쪽이 다섯 배 가까이 많았다.

도를 막아 내는 순간 옆에서 다가온 이가 검으로 팽호연의 팔을 찔렀다.

지지 않겠다는 듯 팽호연이 반대편 주먹을 휘둘렀다.

쩌엉!

거구에서 뿜어져 나오는 힘은 파괴적이었다.

달려들었던 자가 도리어 튕겨 나가긴 했지만, 피해를 입은 건 팽호연이었다.

시선이 분산되는 사이 빠르게 비집고 들어온 다른 자가 팽호연의 무르팍에 단도를 쑤셔 박았다.

푸슉.

피가 튀겨져 올라 상체를 적셨고, 팽호연이 이를 악물었다. 다리에 부상을 입으니 저절로 상체에 들어가는 힘 또한 약해졌다.

으드득.

도를 맞대고 있던 상대가 더욱 거칠게 내리누르자 팽호연의 몸이 급속도로 무너져 내리기 시작했다.

이를 악물었지만 다리에 생긴 상처로 점점 몸에 힘이 빠져나갔다. 그리고 결국 힘을 버텨 내지 못한 팽호연이 한쪽 무릎을 꿇었을 때다.

내리누르던 거구의 사내가 잔인한 미소를 머금었다.

"힘이 제법이야. 넌 특별히 바로 죽이지 않고 힘줄을 하나하나씩 끊으면서 고통을 주면 재미있을 것 같네."

"정신 나간 새끼……."

힘겹게 말을 내뱉던 팽호연의 눈동자가 흔들렸다.

옆으로 다가온 누군가의 검이 이번엔 손목을 노렸다. 문제는 서로 힘 싸움을 하는 쪽인지라 손을 회수할 수도 없다는 거다.

손을 회수하는 순간 짓눌러 오던 도가 자신의 몸을 가를 것이다.

절체절명의 순간, 이번에도 비설이 나타났다.

타앙!

검으로 쳐 내는 것과 동시에 비설의 검이 허공에서 회전했다.

촤르르륵.

빙그르르 돌면서 휘둘린 검에 팽호연을 누르고 있던 거구의 사내가 어깨를 관통당했다. 비설은 어깨에 검을 꽂아넣은 채 그대로 앞으로 내달렸다.

"타앗!"

튕겨져 나간 그가 객잔 바닥에 나동그라졌다.

비설의 몸이 재차 움직였다. 재빠르게 그녀가 뒤편에서 날아드는 검을 쳐 냈다.

촤르륵.

밀려들던 모든 검들이 신기하게도 그녀의 검에 휩쓸리며 한쪽으로 튕겨져 나갔다.

순식간에 여러 개의 공격을 받아내긴 했지만…….

"으악!"

비설과 먼 쪽에 있던 사파 소속의 무인 하나가 결국 상대에게 제압당하고야 말았다. 그를 올라탄 자가 손에 들린 검으로 상대의 가슴팍을 연달아 찍었다.

퍽퍽!

"하하하! 죽어! 죽으라고! 하찮은 마교의 개야!"

피가 튀겨 올라 얼굴을 적셨지만 그자는 전혀 개의치 않아 보였다. 오히려 웃어 보이는 눈에서 느껴지는 광기.

더군다나 쓰러진 상대를 발견하자 네댓 명의 사사혈교

무인들은 기다렸다는 듯이 달려들어 간신히 숨이 붙어 있는 그를 난자하기 시작했다.

비설의 화가 폭발했다.

그녀가 번개처럼 허공으로 솟구쳤다가 사사혈교의 무인들이 모여 있는 곳으로 떨어져 내렸다.

그들 사이를 비설의 손에 들린 검이 헤집었다. 재빠른 움직임과 손에 들린 검이 순식간에 빈틈을 치고 들어갔다.

가슴팍을 찍어 대던 자의 목이 단번에 날아갔다.

주변에 있던 이들조차 반응하기 힘들 정도로 빠른 움직임이었다.

인근에 있던 사사혈교의 무인들은 당황했다.

그들의 머릿속에 든 생각은 하나였다.

'뭐지?'

보지도 못했다. 그렇지만 분명 확실하고 깨끗하게 목을 쳐 버렸다. 결코 우연이 아니다.

허나 그 모습을 볼 수 있었던 건 그 인근에 있던 사사혈교의 무인들뿐이었다. 환영학관의 인물들은 제각기 목숨을 건 사투를 벌이느라 그쪽에 시선을 주지 못했던 탓이다.

피가 낭자한 시신 앞에 선 비설이 얼굴에 튄 피를 손등으로 스윽 훔쳐 냈다.

그녀가 슬쩍 시선을 돌려 죽어 버린 사파의 무인을 바라봤다. 같은 지단 소속이지만 이름도 모르는 자다.

'미안해요.'

반대편에 있었던 탓에 지켜 주지 못했다.

조금만 더 주의했다면 죽음은 면하게 해 줄 수도 있지 않았을까 하는 생각이 들었지만…….

비설은 고개를 저었다.

넓은 객잔, 싸움은 곳곳에서 벌어지고 있다.

혼자서 모두를 지키는 건 무리다.

비설이 모두를 지키기 위해선 이곳에 있는 자들을 전부 죽여야만 가능하다. 하지만 비설이 이곳에 있는 사사혈교 무인 모두를 단번에 죽일 정도의 실력을 뿜어낸다면…….

정파의 오랜 숙원이 무너질 수도 있다.

비설은 고민할 수밖에 없었다. 그녀의 어깨에 짊어져 있는 짐이 너무나 컸기에.

대(大)를 위해 소(小)를 희생해야 한다고들 한다.

하지만 그 자그마한 소에게도 소중한 이들이 있을 테고, 지켜야 할 신념도 있을 것이다. 소라고 생각되는 그 존재들이 다른 누군가에게 대가 될 수도 있다는 소리다.

그런 이들을 포기하는 게 과연 옳은 선택일까?

비설이 이를 악물고 있을 때였다.

"아앗."

자그마한 비명 소리가 계속되는 싸움들 사이에서 터져 나왔다.

분홍색 아름다운 옷이 이제는 피에 젖어 버린 여인.

진주언가의 여인인 언소유다.

그녀가 바닥에 넘어진 채로 황급히 손을 이용해 뒷걸음 질 쳤다. 그런 언소유를 향해 다가오는 사내들의 눈가에 짙은 음심(淫心)이 돌았다.

"흐흐. 귀여운 계집이네."

"눈동자가 큰 게 아주 딱 내 취향이야. 어떻게 죽여 줄까? 건드리고 죽여 줄까 아니면 죽인 다음에 건드려 줄까?"

"미친. 취향하고는."

다가오는 사내들이 재미있다는 듯 낄낄거리며 음탕한 말을 내뱉었다.

생전 처음 듣는 끔찍한 말투에 언소유는 덜덜 떨었다. 갓스무 살도 안 된 어린 여인, 그녀는 지금의 모든 상황이 두려웠다.

진주언가라는 이름 있던 명문가의 자제이긴 했지만 실제로 목숨을 걸고 싸워 본 것은 이번이 처음이었다.

'무, 무서워.'

피가 튀고, 사람들이 죽어 나간다.

진한 피 냄새에 머리가 혼미해져 가던 차에 어찌어찌 버티고는 있었지만 당황한 그녀가 오랜 시간을 버텨 낼 수 있을 리 만무했다.

결국 상대의 공격에 무너졌고, 피 웅덩이를 자신도 모르게 기고 있었다.

언소유는 자신을 향해 음심을 드러내며 다가오는 이들의 모습을 보자 눈물이 터져 나올 것만 같았다.

'아빠, 엄마……'

언소유는 자신도 모르게 양손을 합장한 채로 눈물을 흘렸다. 너무 겁에 질린 언소유가 힘겹게 입을 열었다.

"제, 제발 살려 주세……"

"초라한 모습 보이지 마세요."

그 말과 함께 언소유의 앞에 비설이 모습을 드러냈다.

타악.

너무나 겁에 질려 자신도 모르게 목숨을 구걸하려던 언소유가 앞을 막아서고 있는 비설을 놀란 듯 올려다보고 있을 때였다.

비설이 슬쩍 손을 내밀어 언소유의 팔을 잡아 일으켜 세웠다.

그러고는 정면에서 다가오는 네 명의 사내를 보며 말했다.

"목숨을 구걸하면 오히려 더 좋아할 놈들입니다. 잊지 마세요. 당신은 명문정파였던 진주언가의 여식입니다. 그

자부심을 잃지 마세요."

비설의 말에 언소유는 충격을 받은 듯 멍하니 자신의 앞을 막아서고 있는 그녀의 뒷모습을 바라봤다.

자신과 비교해도 그리 크지 않은 등, 그런데 왜일까?

지금 비설의 뒤편에 있는 언소유의 마음은 무섭도록 빠르게 진정되고 있었다.

이 등이 너무나 크고 든든하게 느껴졌다.

처음 겪는 일에 너무나 무섭고, 당황하여 수치스러운 짓을 할 뻔했다.

다행히 비설 덕분에 인간 같지도 않은 이들에게 목숨을 구걸하는 추한 행동을 하기 직전에 멈출 수 있었다.

언소유가 바닥에 팽개쳤던 검을 집어 들었다.

"감사합니다. 비 소협."

가까스로 제정신을 차린 그녀가 고마움을 표했다. 다가서던 이들이 그런 둘의 대화에 어처구니없다는 듯 중얼거렸다.

"넌 또 뭐야?"

"난 저런 새끼가 딱 질색인데 말이야. 생긴 꼬락서니 보라고. 저게 계집인지 사내인지 시팔."

"네가 못생겨서 그런 건 아니고?"

"닥쳐!"

자기들끼리 웃고 있는 그들에겐 여유가 있어 보였다. 당연하다. 지금 이런 상황에서 자신들은 압도적으로 우위를 점하고 있었으니까.

가까스로 버티고는 있지만 아직 싸움에 끼지 않은 뒤편에 있는 이들이 개입한다면 순식간에 무너질 것이다.

이들은 그저 장난을 치고 있는 것뿐이다.

언제까지 버틸지, 얼마나 재미있게 바둥거릴지를 즐기기라도 하려는 듯이 말이다.

비설이 쌍검을 갑자기 검집에 꽂아 넣고는 길게 숨을 내쉬었다.

'형님만 있었으면……'

지금 같은 상황에 큰 도움이 됐을 것이다. 하필이면 별동대로 그가 뽑힐 것은 뭐란 말인가. 하지만 이내 비설은 생각을 바꿨다.

'이곳에 계셨으면 위험하셨을 수도 있으니까 차라리 다행인가.'

네 명의 사내가 무서운 얼굴로 다가오며 살기등등한 목소리로 소리쳤다.

"네 그 곱상한 얼굴을 회 뜨듯이 잘근잘근 썰어 주마."

"그럼 네가 회 뜨는 동안 저 계집은 내 거다?"

"젠장! 그런 게 어디 있어?"

"싫으면 저 새끼 죽이는 걸 나한테 맡기든가."

"흐흐. 그건 싫은데 말이야. 둘 다 나부터……."

이야기를 나누며 다가오는 그들.

그들 틈으로 비설이 한 발자국 내디뎠다.

비설의 몸이 갑자기 그 네 명 사이에서 나타났다. 쌍검 두 자루가 동시에 양쪽으로 발도했다.

차아아앙!

그 한 번으로 끝이었다.

다가서던 네 명이 그대로 무너져 내렸다.

쿵쿵.

일격에 죽어 버린 네 명. 그들의 얼굴에는 여전히 미소가 감돌고 있었다.

자신들이 죽는다는 걸 알기도 전에 죽어 버렸으니까.

바닥에 쓰러진 그들을 바라보며 비설이 나지막이 중얼거렸다.

"너희 같은 놈들에겐 좋은 곳으로 가라는 말조차도 사치야."

*   *   *

환영학관 무인들이 대기하고 있던 객잔이 사사혈교의 무

인들에게 포위당한 그때, 그보다 더 멀리에서 일련의 무리가 모습을 드러냈다.

그들의 정체는 다름 아닌 실종된 동료를 찾으러 떠났던 별동대였다.

인근을 찾아보기 위해 떠났던 그들은 조사를 끝내고 돌아왔고, 때마침 마을에서 대기하고 있던 이들은 사사혈교의 기습을 당하고 있었다.

아주 멀리 떨어진 곳에서 마을을 바라보는 그들의 표정은 착잡했다.

별동대 대원 여덟.

그들 중 세 명은 사파의 무인이었고, 다섯은 정파 소속이었다.

이런 말 하고 싶지 않지만 이곳에 있는 이들 대부분의 머릿속에 든 생각은 하나였다.

운이 좋았다.

별동대로 나온 덕분에 지금 자신들은 이곳에 있을 수 있었으니까.

정파 소속의 무인 하나가 작게 중얼거렸다.

"어쩌지."

"어쩌긴 뭘 어째? 당장 학관으로 돌아가서 이 상황을 알려야지."

죽음이 두렵고 말고의 문제가 아니다.

한눈에 봐도 알 정도로 상대의 숫자가 압도적이다.

살기등등한 그들의 모습에서 이들이 범상치 않은 자라는 것도 알 수 있었다. 이런 상황에서 자신들이 낀다고 해서 뭐가 달라질까?

아니, 마찬가지다.

그저 개죽음에 불과하다.

차라리 살아서 이 사실을 학관에 알리는 쪽이 훨씬 낫다는 판단이 서는 건 당연했다.

냉정하게 말하는 사파 무인과 다르게 방금 말을 꺼냈던 정파 무인은 내심 마음이 불편했던 모양이다.

"아무리 그래도 저기에 우리 동료가 있는데……."

"그래서? 지금 저기 가서 다 같이 죽자는 거야? 이 등신아, 생각 좀 해 봐. 겨우 우리 여덟 명이 저기 간다고 뭐가 바뀌냐고. 그냥 죽는 인원만 늘어날 뿐이야."

다소 격해진 사파 무인의 말투에 정파의 사내가 표정을 찡그렸다.

무슨 말을 하는지도 알고, 그게 맞다는 것도 안다.

그렇지만 이곳에서 죽어 가는 이들을 보고 등을 돌린다는 게 영 탐탁지 않은 것이다.

하지만 그렇게 생각하면서도 그는 강하게 나설 수 없었

다.

사파 무인의 말대로 자신들이 개입한다 해서 대세에 전혀 영향을 주지 못할 거라 생각했으니까.

죽어 가는 동료들에겐 미안하지만 그들의 죽음을 헛것으로 만드는 것보다는 차라리 자신들이 본 모든 것을 상부에 보고하는 게 옳은 선택이리라.

그는 자신과 함께 서 있던 정파 무인들을 바라봤다.

정과 사를 떠나 이곳에서 그냥 도망치고 싶은 자는 단 하나도 없었다.

다만 그 모든 걸 따져 봐도 도망치는 게 맞다는 판단이 선다.

결국 이 상황에 수긍하기로 정했는지 정파 무인들 모두 고개를 끄덕였다. 그렇게 별동대가 이 일을 알리기 위해 빠지기로 결정을 내렸을 때였다.

짧은 시간 동안 나누는 그들의 이야기를 가만히 듣고 있던 혁련휘가 앞으로 걸어 나갔다.

놀란 사파 무인이 혁련휘의 옷깃을 잡아챘다.

"어디 가는 거야?"

혁련휘는 자신의 잡힌 옷깃을 가만히 바라봤고, 그 시선에 놀랐는지 사파 무인이 황급히 손을 뗐다.

혁련휘가 자신을 바라보는 다른 일곱 명을 향해 말했다.

"간다며? 갈 길들 가지."

"너는 어쩌려고?"

혁련휘가 객잔 쪽으로 고갯짓을 하며 말했다.

"난 가려고."

"미쳤어? 저기 간다는 건 그냥 개죽음이라고!"

"그러니까 가라고. 난 내가 알아서 할 테니까."

말을 마친 혁련휘는 몸을 감추고 있던 은폐물에서 빠져나가 모두가 보는 앞에서 사사혈교 무인들을 향해 걸어가기 시작했다.

그런 그의 뒷모습을 바라보는 모두의 얼굴에 당혹감이 서렸다.

"아, 시팔. 저 미친 새끼."

사파의 무인은 자신의 머리를 마구 헝클어트렸다.

상식적으로 저게 무슨 미친 짓이란 말인가.

단신으로 저 많은 숫자의 무인들을 향해 걸어 나가고 있다.

죽을 게 확실해 보이는 저 지옥으로 말이다.

단신으로 백여 명은 되어 보이는 이들을 향해 걸어가는 혁련휘의 뒷모습.

무모해 보였다.

그런데 문제는…….

망설임 없이 적들을 향해 나아가는 혁련휘의 뒷모습이
남아 있는 일곱 무인들의 가슴속에 묘한 울렁임을 주고 있
다는 거다.

정말 자신들이 개입한다고 해서 뭔가가 바뀌지 않는다고
자신할 수 있을까? 아주 운이 좋다면 한두 명 정도는 살릴
수 있는 건 아닐까?

그저 겁이 나서, 죽고 싶지 않아서…… 스스로에게 핑계
를 대고 있던 건 아닐까?

생각이 거기까지 미치자 더는 망설일 필요 없었다.

사파 무인이 검을 뽑아 들었다.

"이런 모습을 보고 어떻게 도망가라는 거야 쪽팔리게."

그 한마디에 주변의 무인들 모두 동감한다는 듯 고개를
끄덕였다.

사파 무인이 정파 소속의 무인 중 하나인 어린 여인에게
말했다.

"그쪽은 돌아가. 우리가 다 죽어도 한 명은 이 사실에 대
해 알려야 할 것 아냐."

"저만 도망칠 순……."

"그렇게 해."

정파 무인이 사파 무인이 한 말에 동조했다.

최소한 한 명은 이 모든 걸 상부에 알려야 한다. 가장 무

공도 떨어지고, 나이도 어린 그녀가 적임자다.

양측에서 모두 그같이 말하자 여인 또한 어쩔 수 없다는 듯 고개를 끄덕였다. 그녀가 곧바로 몸을 돌려 환영학관이 있는 북쪽을 향해 움직이기 시작했다.

그 모습까지 확인한 정파와 사파의 무인들은 서로를 바라봤다.

"갈까?"

"그러지."

말을 마친 여섯 명의 별동대 인원들이 숨어 있던 곳에서 빠른 걸음으로 빠져나와 혁련휘의 뒤로 바짝 따라붙었다.

혁련휘가 뒤편으로 따라와 붙은 이들을 향해 의외라는 듯 말했다.

"겁쟁이들 아니었나?"

"시끄러. 지옥에 가서 두고두고 원망할 테니까."

재빠르게 받아치는 사파 무인의 목소리는 묘하게 떨려왔다.

어찌 무섭지 않겠는가.

자신의 열 곱절은 되어 보이는 이들을 향해 나아가고 있는데. 더군다나 이제 그들 또한 자신들을 발견했는지 무기를 챙겨 들고 다가오고 있었다.

이제 도망치고 싶어도 늦었다.

사파 무인이 양손을 짝짝 치며 소리쳤다.

"젠장! 이판사판이다!"

＊　　＊　　＊

언소유는 눈앞에 쓰러진 네 명을 멍하니 바라봤다.

비설의 말도 안 되는 움직임. 바로 눈앞에서 벌어졌거늘 무슨 일이 벌어졌는지 모르겠다.

비설이 사라졌고, 순간 네 명 사이에서 모습을 드러냈다. 그리고 뽑아져 나온 검이 동시에 네 명을 쓰러트렸다.

직접 보고도 믿기지 않는 광경.

멍하니 서 있던 언소유가 황급히 정신을 차렸다.

비설이 다른 이들을 돕기 위해 몸을 날렸기 때문이다. 그 모습을 본 언소유 또한 마음을 다잡았다.

지금 무슨 일이 벌어진 건지 잘 모르겠지만 그것에 신경 쓸 때가 아니었으니까.

언소유가 검을 들고 옆에 있는 이들을 돕고 있을 때 비설은 가까이 있는 사사혈교의 무인들을 밀어붙이고 있었다.

그녀는 어느 정도 마음을 정한 상태였다.

실력을 드러낼 순 없다.

그랬기에 최대한 은밀하게 움직이며 하나씩 그 숫자를

줄일 생각이었다. 워낙 혼전의 싸움이 벌어지는 곳이다 보니 다른 누군가에게 신경 쓰기도 힘든 상황이었으니까.

물론 그 와중에 조금이나마 실력을 드러내게 될지도 모르지만 그 정도는 감수해야 할 문제다.

'최대한 이상하게 여겨지지 않을 정도로만.'

그 선을 지키는 것 또한 쉽지 않겠지만 그게 지금 비설이 할 수 있는 최선이었다.

비설이 그렇게 뒤쪽에서 백방으로 다른 이들을 돕는 동안 부의민 또한 어떻게든 환영학관의 학생들을 도우며 사막혈신과 싸우고 있었다.

사막혈신은 기분이 나빴다.

'나랑 싸우면서 다른 곳까지 신경을 써?'

자신의 이 독특한 무기인 회령겸은 쇠사슬과 낫이 하나로 이루어진 병기다.

서역에서는 공포의 대상이기도 한 자신을 마주하면서 고작 학관의 교관 따위가 다른 곳에까지 신경을 쓰다니…….

옆을 힐끔거리는 부의민의 옆구리를 사막혈신이 쇠사슬로 후려쳤다.

퍼억!

학생 한 명의 목숨을 구하기 위해 움직이던 부의민이 일격을 허용했다. 하지만 재빠르게 몸을 비튼 덕분에 치명상은 면했는지, 그는 멈추지 않았다.

덕분에 휘둘러진 검으로 학생의 목숨을 구해 낸 부의민은 곧바로 몸을 비틀었다.

뒤편에서 사막혈신의 낫이 날아드는 걸 알고 있었으니까.

부웅! 타앙!

내려쳐진 낫을 검을 수평으로 세워 막아 낸 부의민.

둘은 그렇게 서로의 병기를 대고 강하게 상대를 밀어붙이고 있었다.

손을 위로 든 탓일까? 사막혈신의 긴 소매가 아래로 흘러내렸고, 부의민은 그의 손등에 있는 뱀 문신을 확인할 수 있었다.

뱀 문신을 본 부의민이 놀란 듯 중얼거렸다.

"……사사혈교?"

애초부터 뛰어난 수준의 무공과, 일사불란한 움직임을 보며 산적이 아니라는 건 알고 있었지만 설마 이들의 정체가 사사혈교일 거라고는 생각도 못 했다.

생각보다 상대가 너무나 거물이었다.

자신들의 정체를 눈치채고 놀라는 듯한 부의민을 향해 무기를 맞댄 채로 있던 사막혈신이 웃음기 가득한 목소리로 속삭였다.

"깜짝 놀랐나 보네? 왜? 이제 살려달라 빌고라도 싶어졌어?"

"아니, 그냥 잡종 새끼들 정도로 생각했는데 개잡종들이라서."

"……네 혀는 반드시 내가 뽑는다."

"그 전에 네 손가락이 전부 잘릴 텐데 그게 되겠냐?"

조롱 섞인 듯한 부의민의 말투는 계속해서 묘하게 사막혈신의 신경을 건드렸다.

사막혈신은 여전히 웃는 얼굴이었지만 속은 부글부글 끓었다.

거칠게 검을 밀어내며 사막혈신의 손에 들린 낫이 허공을 베고 지나갔다. 얇은 무형의 기운이 실처럼 날아들었다.

눈으로 보기도 힘들 정도로 미묘한 공격.

하지만 부의민은 빠르게 고개를 숙여 무형의 기를 피해냈다. 그리고 뒤로 날아간 그 기운이 뒤편에 쌓여 있던 탁자들을 깨끗하게 잘라 냈다.

막 사막혈신이 달려들려고 할 때였다.

기회를 엿보던 수하 하나가 황급히 거리를 좁히며 말을 걸어왔다.

"대장. 귀환 명령이 떨어졌습니다."

"치잇."

명이 떨어졌다는 말에 사막혈신은 뒤편에 서 있던 수하들에게 고갯짓을 했다. 가만히 서서 둘의 싸움을 보고 있던 그들이 움직였다.

스으윽.

순식간에 주변을 에워싸인 부의민이 허탈한 듯 웃었다.

사방에 선 사사혈교의 무인들이 각자의 무기를 뽑아 들었다. 무기에 맺힌 서슬 퍼런 검광들이 사방에서 쏟아져 나왔다.

그리고 그런 그들의 선두에 서서 낫을 드는 사내.

사막혈신…….

그가 말했다.

"시간이 없으니 빨리 끝내야겠어. 그래도 빨리는 안 죽일 거니까 편하게 가겠구나 하는 기대는 말고. 며칠 동안 내 말에 매달고 끌고 다닐 거야. 죽지 않게 전신의 뼈를 모두 아작 낼 거고. 그다음엔 가죽을 벗기고, 눈알과 이빨도 모두 뽑을 거야. 그렇게 느낄 수 있는 고통이란 고통은 모두 느끼게 한 다음에…… 죽일 거다. 아주 천천히 고통스럽게 말이야."

"부하들 모두 대동하고 덤비는 주제에 센 척하는 게 부끄럽지도 않냐?"

"마음대로 떠들라고."

사막혈신이 짧게 말했다.

일대일을 즐기는 성격은 아니다.

그저 상대를 꺾고 고통을 줄 수 있다면 뭐라도 상관없다.

생각보다 길어지던 싸움에 내심 짜증도 치밀었다. 그러던 차에 귀환 명령도 떨어졌으니 협공을 한다 해서 무인으로서 수치스럽다거나 할 것도 전혀 없었다.

애초에 정정당당하고는 거리가 먼 인물이었으니까.

이기면 그만이고, 결국 산 사람이 이기는 거다.

순간 뒤편에 있던 사사혈교의 무인들이 달려들었다. 그들의 검이, 도가 동시에 부의민을 향해 쑤시고 들어왔다.

부의민은 뒤로 껑충 뛰며 검을 휘둘러서 날아드는 공격을 받았다. 하지만 그 와중에 뒤편에서 밀려드는 낫이 다리를 노렸다.

촤르륵.

허공에서 다리를 드는 민첩한 행동까지 하며 공격을 피해 내긴 했지만 뒤이어 쇠사슬이 다가오고 있었다.

쇠사슬을 피하려고 하는 찰나 옆으로 다가오는 다른 자의 모습이 보였다. 만약 지금 이 쇠사슬을 피하기 위해 옆으로 움직였다가는 그자의 손에 들린 검에 치명상을 입을 상황이다.

'젠장, 이건 못 피해.'

결국 부의민은 쇠사슬에 몸을 내줄 수밖에 없었다.

촤르륵!

강한 소리와 함께 쇠사슬이 그의 한쪽 팔을 움켜잡았다. 휘감겨 오는 쇠사슬, 그리고 부의민의 살갗이 벗겨지며 피가 터져 나갔다.

"크윽."

쇠사슬에 고정된 채로 부의민이 짧은 비명을 토해 낼 때였다.

쇠사슬을 휘둘렀던 사막혈신이 미소를 지었다.

"잡았다."

쇠사슬에 한쪽 팔이 잡히자 양쪽에서 거구의 무인들이 덮쳤다.

그들의 팔과 발이 순식간에 부의민을 향해 날아들었다. 부의민 또한 검으로 막아 내려 했지만 양쪽, 그리고 정면에서도 날아드는 모든 공격을 받아 내긴 무리였다.

부의민의 몸이 연달아 밀려 나갔다.

하지만 쇠사슬에 한쪽 팔이 잡힌 건 치명적이었다.

황급히 공격을 피하는 부의민, 그러자 사막혈신이 쇠사슬을 잡아당겼다. 당연히 균형은 무너졌고 그대로 부의민의 고개가 휙 하니 돌아갔다.

"쿨럭."

입에서 피가 터져 나왔다. 그렇지만 부의민은 그 와중에도 옆으로 다가왔던 자의 심장에 검을 박아 넣었다.

피가 흩뿌려지며 한 명이 나가떨어지는 그때 부의민이 재빠르게 발로 다른 하나를 밀어냈다.

그러고는 심장에 박아 넣었던 검을 뽑아내며 그자의 목 또한 잘라 내 버렸다.

일격을 당하긴 했지만 부의민은 그 와중에도 두 명을 죽였다.

피를 뒤집어쓴 부의민. 그 또한 일격을 당하면서 피를 쏟아 냈지만 눈빛만큼은 아직도 죽지 않고 살아 있었다.

이런 상황에서도 두 명의 목숨을 가져간 부의민의 모습에 사막혈신의 얼굴에 놀란 듯한 감정이 스쳐 지나갔다.

하지만 이내 입가로 피를 쏟아 내는 부의민의 모습을 보며 안타깝다는 듯이 말했다.

"쯧쯧. 살려고 바둥거리는 모습이 꼴사나워 보이네."

"착각하지 마. 살려고 하는 게 아니니까."

부의민 또한 알고 있다. 이렇게 완벽하게 포위된 상황에서 어찌 살아갈 수 있단 말인가. 처음부터 살려고 싸운 게 아니다.

부의민이 묶인 손을 강하게 잡아당겨 둘 사이에 있는 쇠사슬을 팽팽하게 만들며 사막혈신을 노려봤다.

싸우는 와중에 머리에도 공격이 스쳤는지 이마에서 피가 흘러내렸다. 피범벅이 된 얼굴로 부의민이 말을 이었다.

"한 놈이라도 더 데리고 가려고. 그리고 내가 데려갈 놈들 안에는 너도 있을 거다."

"……."

이런 와중에도 웃으며 말하는 부의민.

사막혈신의 기분이 점점 더 불쾌해졌다.

"대체 뭘 믿고 그렇게 자신 있어 하는 거냐? 내가 누군지는 알고 지껄이는 거냐?"

"사사혈교에서 이런 무기를 쓰는 자라면 아마도 사막혈신이겠지."

"맞아! 그게 바로 나다! 그런데…… 나와 같이 가겠다고?"

"일대일로는 절대 안 질 자신이 있거든."

"환영학관의 교관 따위가 단단히 미쳤구나."

"붙어 봐서 알 거 아냐. 아니면 겨우 그 정도로 치부할 상대한테 그렇게 쩔쩔맨 건가?"

부의민의 말에 사막혈신은 일순 할 말을 잃었다.

그의 말이 맞았으니까.

어찌 환영학관의 교관 따위가 사사혈교 서열 오 위인 자신과 비등한 싸움을 벌였을까? 그리고 과연 그게 비등했던 건 맞을까?

부의민은 수하들을 지키며 싸웠고, 자신은 수하들까지 대동하고 싸웠다.

사실 다섯 수 정도면 끝날 상대라 여겼다.

그런데 끝내지 못하고 계속해서 싸움은 길어졌었다.

그 사실을 깨닫자 사막혈신은 이상하게 패배감이 밀려들었다.

하지만 그는 이내 마음을 독하게 먹었다.

중요한 건 결과니까.

그때 처절한 고함 소리가 흘러나왔다.

"아악! 내, 내 다리."

뒤편에서 들려온 비명 소리에 시선을 돌렸던 부의민의 안색이 찌푸려졌다.

환영학관의 무인 중 하나의 발이 허벅지에서부터 종아리까지 길게 찢겨져 나갔다. 피가 낭자하게 흘러나왔고, 그는 더는 서 있지 못하겠는지 바닥에 쓰러졌다.

돕고 싶었다.

하지만 쇠사슬에 속박된 상황에서 부의민은 움직일 수가 없었다.

이마에서 피가 연신 흘러나온 탓에 뿌옇게 변해 가는 시야.

손을 점점 더 옥죄어 오는 쇠사슬로 인해 팔뚝은 저릿저릿하다.

당장엔 어떻게든 버티면서 싸우곤 있지만 결국 자신의 최후가 어찌 될지는 안 봐도 알 수 있었다.

'이렇게 죽는 건가?'

상황이 이렇게 되니 절로 웃음이 나온다.

'쯧. 이래서 은퇴하려 했던 건데 말이야.'

모든 걸 잃었던 그 날 은퇴를 했어야 했는데 때가 너무 늦었다는 생각이 든다. 그 탓에 이렇게 죽게 되었지만 무섭거나 후회되는 건 아니다.

부의민이 한 말은 사실이었다.

'하나라도 더 데리고 간다.'

그리고 사막혈신 저놈의 목은 어떻게든 가져간다.

자신이 내뱉은 말은 반드시 지킨다. 그게 바로 부의민이다.

부의민이 힘겹게 검을 치켜들었을 때다.

사막혈신이 쇠사슬을 조금 더 강하게 잡아당겼다. 팽팽하게 당겨진 쇠사슬, 그렇게 부의민과 마주한 채로 사막혈신이 말했다.

"큭큭. 너무 억울해하지 말라고. 힘이 없으면 죽는 거야. 그게 무림의 법칙이니……"

웃는 얼굴로 말을 내뱉던 도중 위편에서 누군가의 목소리가 들려왔다.

"무림의 법칙이 그렇다면 억울해할 필요 없겠군. 넌 약해서 이곳에서 죽을 테니까."

갑자기 위쪽에서 들려온 목소리에 사막혈신이 버럭 소리쳤다.

"누구냐!"

뚜벅뚜벅.

발걸음 소리와 함께 객잔 위층에서 한 사내가 천천히 모습을 드러냈다.

사내는 혼자가 아니었다. 사내의 양손에는 사사혈교의 무인들이 옷깃이 붙잡힌 채로 질질 끌려 내려오고 있었다.

무려 네 명의 무인을 아무렇지 않게 끌고 내려오는 모습에는 방금 전까지 피바람이 불던 이 전장과는 전혀 어울리지 않는 평온함이 감돌았다.

혁련휘다.

그가 계단 아래에 있는 이들을 무표정한 눈으로 가볍게 훑었다. 하지만 그 무표정한 시선을 마주하는 순간 좌중은 압도되어 갔다.

모두를 내려다보는 그 시선에 담긴 묘한 힘이 사람들을 짓눌렀다.

잠시 당황했던 사막혈신이 이내 정신을 차렸다.

사막혈신이 말했다.

"이놈들 동료 같은데 객잔 이 층에 숨어 있었던 건가?"

사막혈신의 말을 듣고만 있던 부의민이 자신도 모르게 고개를 저었다.

그럴 리가 없다는 걸 누구보다 잘 알고 있었으니까. 혁련 휘는 분명 별동대로 편성되어 실종된 염흘을 찾으러 가지 않았던가.

그런 그가 대체 왜 객잔 위층에서 모습을 드러낸 것인지 전혀 이해가 가지 않았다.

숨어 있었던 거냐는 사막혈신의 말에 혁련휘가 대수롭지 않게 말을 받았다.

"아니, 뚫고 왔다."

"큭큭. 재미있는 소리를 하는군. 객잔은 이미 내 수하들 로 완벽히 포위된 상태다. 그런데 뚫고 왔다고? 거짓말을 할 거면 그럴싸하게 하지 그래?"

"눈이 있으니 직접 보시든가."

혁련휘가 창 쪽을 향해 고갯짓을 했고, 그런 그의 행동에 고개를 갸웃한 사막혈신이 시선을 돌렸다.

창밖을 바라보던 사막혈신의 얼굴에서 미소가 사라졌다.

"……뭐가 어떻게 된 거야?"

눈으로 보고도 믿을 수 없었다.

수십의 수하들이, 견고하게 이 객잔을 막아서고 있던 그들이 모두 바닥에 널브러져 있었다. 사사혈교의 정예들, 그런 그들이 대체 언제 이렇게 소리도 없이 모두 죽을 수 있단 말인가.

창 쪽을 바라보며 사막혈신이 놀란 듯 중얼거릴 때였다. 그의 귀 바로 옆에서 나지막한 목소리가 흘러들어 왔다.

"어떻게 되긴. 모두 죽은 거지."

소름이 오싹 돋았다.

'대, 대체 언제?'

지금 자신의 바로 뒤, 손이 닿을 정도로 가까운 거리에…… 혁련휘가 있었다.

9장. 압도

— 대체 어디까지이십니까

뒤를 잡혔다는 사실을 눈치챈 순간 사막혈신은 머리 꼭대기에서부터 발끝까지 소름이 돋았다. 상황을 파악하기 무섭게 사막혈신은 앞으로 몸을 날렸다.

　당할지도 모른다는 겁이 왈칵 밀려들어서다.

　하지만 애초부터 혁련휘가 노렸던 건 사막혈신이 아니었다.

　사막혈신과 사사혈교 무인들 중간 지점으로 파고들었던 그가 움직였다.

　혁련휘의 양 손바닥에 힘이 몰려들었다.

　그리고 그 힘은 상대가 방비할 틈도 없이 양쪽으로 뻗어져 나갔다.

쩌엉!

뒤편에 있던 사사혈교 무인 두 명이 그 일격을 맞고 반대편으로 날아가 객잔 벽에 처박혔다. 거기서 끝이 아니었다.

혁련휘의 손이 근처에 있던 사사혈교 무인의 안면을 빠르게 후려쳤다. 동시에 회전하며 발로 인근에 있는 이들을 단번에 휩쓸어 버렸다.

쿠당탕!

순식간에 다섯이 넘는 사사혈교 무인들의 몸이 꺾이며 사방으로 튕겨져 나갔다.

폭풍처럼 휘몰아친 혁련휘의 공격에 객잔 내부에 있던 사사혈교 무인들 일부가 나가떨어졌다.

누가 봐도 기겁할 정도의 무위를 뽐내며 순식간에 주변에 있는 이들을 쓸어버리자, 사사혈교 무인들이 놀라 뒤로 물러났다.

때마침 껑충 앞으로 뛰어 거리를 벌렸던 사막혈신이 황급히 고개를 돌렸다.

몸을 낮게 낮춘 그의 손에 들린 낫이 다가오는 혁련휘를 언제라도 벨 수 있도록 빛을 토해 내고 있었다.

하지만 혁련휘는 주변에 있는 몇몇의 사사혈교 무인들을 제압했을 뿐이지, 정작 혼자 놀라 우스꽝스럽게 행동한 사막혈신에게는 아무런 행동도 취하지 않았다.

뒤에 서 있는 혁련휘는 그저 사막혈신을 내려다보고 있었다.

흡사 겁을 집어먹고 몸을 날린 지금 자신의 행동을 비웃기라도 하는 것처럼.

사막혈신의 얼굴이 붉어졌다.

수치심이 밀려 왔는지 그가 괜스레 소리쳤다.

"시선을 돌리고 뒤에서 기습을 하려 하다니!"

"그럴 생각이었으면 넌 이미 죽었어."

"……."

혁련휘의 대수롭지 않다는 듯한 대꾸에 사막혈신은 일순 할 말을 찾지 못했다.

아무리 시선을 돌리고 있다곤 하지만 그토록 완벽하게 뒤를 점한 상대. 무작정 아니라고 반박하기가 어려웠다.

갑자기 등장해 순식간에 수하 몇 명을 쓰러트린 혁련휘를 향해 사막혈신이 견제 섞인 시선을 보내며 물었다.

"너, 너 대체 누구야?"

"환영학관 학생."

"학생?"

사막혈신은 기가 찼다.

팔환마의 하나인 원사생을 일격으로 불구에 가깝게 만든

사막혈신이다.

물론 원사생이 방심한 탓에 쉽게 제압한 건 사실이었지만 그렇지 않았다 해도 상황은 전혀 바뀌지 않았을 게다.

환영학관의 고수인 그를 그리 쉽게 제압했는데 교관인 부의민이 자신을 막아섰고, 이제 그걸로 모자라 이놈은 학생이란다.

환영학관의 학생이 자신의 뒤를 잡는다는 게 말이나 되는 소리인가?

교두보다 교관이, 교관보다는 학생이…….

이런 상황이 어처구니없었는지 사막혈신이 중얼거렸다.

"환영학관의 놈들은 어떻게 된 게 아래로 내려갈수록 더 날 놀라게 하는군."

"벌써 놀라긴 좀 이르지 않나? 아직 시작도 안 했는데."

짧게 말을 내뱉은 혁련휘는 가볍게 객잔 안을 훑었다.

객잔은 피 냄새가 진동을 했다. 큰 부상을 입은 것처럼 보이는 이들도 있었고, 몇몇은 이미 숨을 거둔 자들도 보였다.

하지만 놀랍게도 죽어 있는 숫자가 환영학관의 학생들보다 사사혈교의 무인 쪽이 많았다.

숫자나 실력 차를 감안했을 때 이건 납득할 수 없는 결과다. 하지만 혁련휘는 그 이유를 알고 있었다.

혁련휘의 시선이 한쪽에 서 있는 비설에게로 향했다. 쌍검을 든 그녀와 혁련휘의 시선이 마주쳤다.

비설의 목소리가 떨려 왔다.

"형님……."

자그마한 목소리로 중얼거리는 그녀, 비설의 멀쩡한 모습을 보자 마음이 놓이면서도 한편으론 당연하다 생각했다.

이곳에 있는 이들이 아직까지 버틸 수 있었던 이유는 비설 때문이었으리라.

비설은 달치와 호각으로 싸웠던 여인이니까.

그런 그녀가 이런 자들에게 무너질 거라 생각하지 않았다. 그랬기에 혁련휘는 바깥부터 정리하며 안으로 들어올 수 있었다.

그녀를 믿었으니까.

혁련휘가 자신을 마주 본 채로 서 있는 비설을 바라봤다. 감추려 하고 있지만 그녀의 얼굴에는 분한 감정이 가득했다.

위험에 처했던 자가 지을 표정이 아니다.

혁련휘는 그 이유를 알았다.

'이번에도 실력을 숨겼겠지. 그렇지 않다면 저들 중 살아 있을 놈은 아무도 없었을 테니까.'

분한 표정으로 서 있는 비설을 향해 혁련휘가 짧게 말했다.

"고생했다."

그 한마디에 비설이 움찔했다. 그녀는 작게 고개를 저었다.

혁련휘의 고생했다는 그 한마디를 듣는 순간 이상하게 마음 한편이 울컥했다.

고생을 했다는 말을 듣기엔 모든 것을 보여 주지 못한 자신의 모습이 마음에 걸려서다.

그런 그녀의 마음을 알아서일까?

혁련휘가 짧게 말했다.

"넌 이제 빠져. 이곳은 내가 정리할 테니까."

"하지만 형님 혼자 감당하기엔……."

혁련휘의 실력이 생각보다 강한 건 안다. 하지만 그렇다고 해도 이곳에 모인 이들은 강했다.

사사혈교의 정예들이었으니까.

어떻게 이 객잔을 포위하고 있는 자들을 모두 제압하고 안까지 들어온 건지는 모르겠지만 혼자서는 무리라 생각한 것이다.

말리려는 비설을 향해 혁련휘가 말했다.

"그 녀석 기억해? 너랑 싸웠던."

"아, 물론이죠."

어찌 잊겠는가.

그 달치라 불리던 이상한 사내를.

말도 안 되는 힘을 자랑했고, 무공 실력 또한 엄청났다. 산에서 내려와 만났던 상대 중 최고의 고수가 바로 그였다.

갑자기 그걸 왜 묻냐는 듯 비설이 바라보자 혁련휘가 잘 들으라는 듯 말했다.

"그런 놈이 내 부하야. 무슨 말인지 모르겠어?"

"……?"

"네가 생각하는 것보다 내가 훨씬 강하다는 거야."

혁련휘는 비설과 달랐다.

그녀는 어떻게든 실력을 숨기고 있었지만 혁련휘는 굳이 그럴 필요가 없었다. 이제 자신의 정체가 드러나도 상관없다 여기고 있는 혁련휘였으니까.

말을 마친 혁련휘가 자신과 마주하고 있는 사사혈교의 무인들을 슬쩍 바라봤다.

그동안 감춰 두었던 혁련휘의 기운이 몸 밖으로 스멀스멀 빠져나오기 시작했다.

몸에서 빠져나온 새카만 기운이 주변을 잠식해 들어갔다. 객잔이 미세하게 흔들렸고, 사방으로 자그마한 바람이 휘날렸다.

투두두두!

널브러져 있던 탁자와 책상들이 가벼운 떨림과 함께 요

란스러운 소리를 토해 낸다.

주변을 집어삼키기 시작한 혁련휘의 검은 기운이 폭풍이 되어 주변으로 휩몰아쳤다.

어마어마한 내력과 투기가 객잔을 집어삼켰다.

쿠웅!

그저 눈을 마주했을 뿐이거늘 사막혈신은 전신의 털이 곤두서는 듯한 느낌을 받았다. 그리고 비단 그런 생각에 휩싸인 건 그뿐만이 아니었다.

사사혈교의 무인들, 심지어 이 객잔에서 아직까지 버티고 있던 환영학관의 학생들의 얼굴에도 놀람을 넘어 경악에 가까운 감정이 피어올랐다.

부의민은 피어오르는 검은 기운을 멍하니 바라보다 이내 정신을 차렸다. 같은 편인데도 불구하고 손가락 끝이 덜덜 떨려 왔다.

부의민은 공포에 젖은 얼굴로 애써 웃었다.

'……이게 진짜 네 모습이냐?'

재밌었다.

이렇게 재미있다는 생각이 든 건 정말 오랜만이다.

비설 또한 생각지도 못한 혁련휘의 엄청난 기운에 두 눈을 부릅뜬 채 그를 응시만 하고 있었다.

매번 생각했다.

예상했던 것보다 강하다고.

그리고 그건 이번에도 마찬가지였다.

여태 몇 번이고 거듭 수정했던 혁련휘에 대한 자신의 생각을 이번에도 다시금 바꿔야만 했다.

그만큼 지금 쏟아져 나오는 기운은 강렬했으니까.

'대체…… 어디까지 절 놀라게 하실 생각이십니까, 형님.'

비설의 얼굴이 놀람으로 물들어 갈 때였다.

모두의 시선이 집중되어 있는 그 순간 혁련휘가 한 걸음 내디뎠다.

동시에 그의 손이 빠르게 거리를 좁히며 날아들었다.

촤악!

곧추세운 손이 향한 곳은 다름 아닌 사막혈신의 낫에 걸린 쇠사슬이었다.

압도적인 기운을 뿜어내는 혁련휘의 모습에 마른침만 삼키던 사막혈신은 급히 정신을 추슬렀다. 그의 눈동자에 이채가 일었다.

'스스로 죽겠다고 들어오다니!'

이건 기회였다.

낫에 달린 쇠사슬은 보통 철로 만든 물건이 아니다. 구하기 힘든 특수한 금속을 이용해 만든 물건으로, 설사 검으로 친다 해도 흠집 하나 나지 않는다.

그런 쇠사슬에 스스로 손을 휘두르며 다가오고 있었다.

압도적인 기운을 뿜어 대는 정체불명의 상대다.

그냥 싸우기에는 아직도 이쪽의 숫자가 많다 해도 찝찝한 건 사실이다. 이 기회에 어떻게든 손 하나를 봉쇄할 수 있다면?

……승산은 이쪽으로 온다.

생각을 정리한 사막혈신은 적당히 혁련휘의 손이 다가오는 그때 쇠사슬을 가볍게 흔들었다.

파도처럼 일렁거린 쇠사슬이 혁련휘의 손을 집어삼켰다.

이대로만 간다면 부의민에 이어 혁련휘 또한 쇠사슬로 한쪽 팔을 제압할 수 있을 거라 믿어 의심치 않았다.

허나 그건 착각이었다.

철컹!

혁련휘의 손이 쇠사슬에 닿는 순간이었다.

투두둑.

쇠사슬의 연결 고리들이 산산조각이 났다. 그리고 그 모든 것이 반대편에 서 있던 사사혈교의 무인들을 덮쳤다.

쇠사슬의 파편은 오히려 날카로운 암기가 되어 날아들었다.

핑핑핑!

파편들은 하나같이 사사혈교 무인들의 급소로 날아들었

고, 재빠르게 피해 내지 못한 자들은 그대로 피를 뿌리며 쓰러져 나갔다.

자신의 무기에 오히려 같은 편들이 죽어 나자빠졌다.

눈으로 간신히 볼 수 있을 정도로 빠른 공격.

암기에 당한 이후 몇 명이 다급히 혁련휘를 향해 이를 드러내며 움직이려고 할 때였다.

혁련휘의 손이 허공을 갈랐다.

촤아악!

날카로운 파공음과 함께 객잔 바닥이 터져 나갔다. 한 걸음 더 내디디려던 이들이 놀란 듯 도리어 뒤로 마구 굴렀다.

땅에는 발목 깊이보다 조금 더 깊은 구멍이 긴 초승달 형태로 갈라져 있었다.

가벼운 손짓임에도 불구하고 땅이 갈라진 모습에 모두가 믿기 어려웠는지 눈을 깜빡였다.

그 틈에 쇠사슬에서 자유로워진 부의민이 빠르게 손을 움직였다.

아직까지 팔목을 감싸고 있던 쇠사슬을 떼어 낸 그가 바닥으로 휙 하고 던졌다.

깊게 파고든 쇠사슬 탓에 살점이 뜯어질 정도의 부상은 입었지만…….

가볍게 손목을 움직여 보던 부의민이 만족스럽게 웃었다.

"다행히 아직 쓸 만하네."

피투성이의 손목을 휘휘 저으며 쓸 만하다 말하는 부의민을 보며 혁련휘가 고개를 저으며 대꾸했다.

"그렇게 너덜너덜해진 팔로 뭘 할 수 있겠소? 그냥 뒤로 가서 쉬는 게 나아 보이는데."

"겨우 이 정도 다친 걸로 송장 취급이냐? 꼴이 이렇게 됐어도 너희들의 인솔자는 나다. 그런 내가 먼저 뒤로 가서 숨어 있을 순 없지."

"뭐 굳이 싸우겠다는데 말리진 않겠소."

알아서 하라는 혁련휘를 바라보던 부의민이 의미심장하게 말했다.

"예상은 했지만…… 실력을 숨기고 있어도 이건 좀 너무한 거 아니냐? 이런 실력으로 지단에 들어가다니."

"숨긴 적 없소. 그저 보여 줄 기회가 없었던 것뿐이니까 말이오."

"그게 그거지 자식아."

혁련휘가 어깨를 으쓱하며 앞으로 나아갔다.

그리고 그런 혁련휘의 뒷모습을 바라보던 부의민의 표정이 묘했다.

기적이 일어나지 않는다면 죽을 거라 생각했다.

기적이란 게 무엇인가? 일어날 확률이 없기에 기적이라 부르는 게 아닌가.

그런데 우습게도…… 그 기적이란 것이 일어나고 있었다.

앞으로 걸어 나가던 혁련휘가 짧게 말했다.

"저놈은 내가 맡을 테니 나머지는 알아서 해 주시오."

"야! 내가 인솔자라니까?"

"그럼 그쪽이 저놈을 맡으시든가."

"그러기엔 손이 이래서."

능글맞게 웃는 부의민의 모습은 평소의 그 모습 그대로였다.

막 긴장하고 있는 사막혈신에게 걸음을 옮기던 혁련휘가 나지막이 중얼거렸다.

"이곳은 너무 좁군."

"……뭐?"

말을 마친 혁련휘의 몸이 번개처럼 앞으로 치고 나갔다. 긴장하고 있던 사막혈신이 황급히 호신강기를 일으키며 쏘아져 나온 혁련휘의 장법을 막아 냈다.

하지만 혁련휘의 장법은 호신강기의 일부를 파고들며 정확하게 사막혈신의 가슴팍에 틀어박혔다.

뻐엉!

소가죽 터지는 소리가 울리며 그의 발이 공중으로 뜬 채로 뒤로 날아갔다. 사막혈신의 몸이 그대로 객잔 벽을 뚫고 바깥으로 튕겨져 나갔다.

바깥으로 밀려 나간 그가 흙먼지를 일으킬 정도로 바닥을 데굴데굴 굴렀다.

간신히 몸을 반쯤 일으켜 세운 사막혈신이 거칠게 기침을 토해 냈다.

"콜록! 콜록!"

내력이 실린 일장이 가슴팍에 틀어박힌 탓에 입에선 피까지 쏟아져 나왔다.

허나 그에겐 숨 돌릴 틈도 없었다.

부서진 객잔의 벽으로 혁련휘가 걸어 나오고 있었으니까.

천천히 다가오는 그의 모습을 본 사막혈신이 자신도 모르게 뒷걸음질 쳤다.

새하얀 달을 등지고 다가오는 혁련휘의 모습이 흡사 지옥에서 올라온 저승사자를 연상케 했으니까.

강인한 기운과 차가운 눈동자에서 느껴지는 소름 끼치는 살기.

이놈은 악마다.

황급히 낫을 앞으로 내민 사막혈신이 공포에 젖은 목소

리로 소리쳤다.

"다, 다가오지 마! 더 오면 정말 죽인다!"

그의 외침에 혁련휘가 조롱하듯 말했다.

"죽일 수 있다면. 그게 네 취미 아니었나? 언제부터 허락받으면서 사람을 죽였다고 그래."

죽은 자의 시신에다가도 칼질을 하고, 여인을 겁탈하고 가죽을 벗기는 끔찍한 짓도 서슴없이 행하던 그다.

누군가에게 고통을 주는 걸 즐기는 사막혈신이었지만…… 자신이 고통받는 건 원하지 않았다.

혁련휘는 사막혈신의 눈동자 깊숙한 곳에서 꿈틀거리는 공포를 읽을 수 있었다.

"우습군."

"뭐, 뭐가 우습단 말이냐!"

"다른 사람들은 아무렇지 않게 죽이는 주제에…… 넌 살고 싶은가 보지?"

"닥쳐라! 그깟 하찮은 놈들하고 사사혈교 서열 오 위인 내 목숨의 무게가 같아 보이느냐? 그런 버러지들이야 얼마를 죽이든……."

밀려오는 공포를 억지로 참아 내며 사막혈신은 소리를 질러 댔다.

악에 받친 듯한 외침, 혁련휘가 차갑게 말을 잘랐다.

"잘됐네. 내 눈엔 네가 버러지거든."

버러지라는 말에 사막혈신의 얼굴에는 수치심이 밀려들었다.

"내가 그깟 놈들과 같다고?"

분노로 인해 손가락이 부들부들 떨려 왔다.

그들은 하찮은 존재였다.

자신의 손짓 한 번에 죽어 나갔고, 살려달라고 매달렸다. 항상 짓밟혀 오던 자들, 그리고 그런 자들을 내려다보며 살아온 자신이 같다니?

분했지만 사막혈신은 섣부르게 달려들지 못했다.

상대가 강하다는 걸 알고 있었으니까.

그냥 싸우기엔 너무나 위험하다.

그랬기에 사막혈신은 머리를 굴렸다.

신경을 분산시켜 어떻게든 빈틈을 만들어야 했다. 그가 혁련휘에게 말했다.

"흐, 흐흐! 내가 없다고 저 안에 있는 놈들이 버텨 낼 것 같더냐? 교관이라는 놈은 팔 하나가 망가져서 제 실력을 못 쓰게 됐고, 나머지 놈들이야 햇병아리. 네놈이 돌아가기 전에 모두가 죽어……."

"아니, 그럴 일은 없을걸."

혁련휘는 확신했다.

저 안에는 비설이 있었으니까.

그녀가 있는 이상 그런 걱정은 할 필요가 없었다.

그런 사실을 모르는 사막혈신으로선 전혀 흔들리지 않는 혁련휘를 이해하지 못했다. 하지만 지금 상황에서 중요한 건 그런 게 아니었다.

어떻게든 혁련휘를 흔들어야 했는데 상대는 미동도 없다.

계획이 실패한 것이다.

'젠장.'

꼼수가 통하지 않는 이상 결단을 내릴 수밖에 없었다. 그가 망가져 버린 자신의 낫을 들어 올렸다. 쇠사슬과 하나가 되어야만 완벽한 병기인데 혁련휘의 손에 부서진 탓에 그 위력이 반감된 상태다.

낫에 불그스름한 기운이 서렸다.

사막혈신이 달려들었다.

땅을 박차고 달려든 그의 몸이 순식간에 거리를 좁혔다. 혁련휘는 누가 쓰던 건지 모를 검을 든 채로 그를 맞았다.

카앙!

사막혈신은 낫을 든 손목을 비틀었다.

고리 모양인 탓에 검날이 아래로 향했고, 그 순간 낫이 위쪽으로 날았다.

피잇!

성큼 뒤로 물러나던 혁련휘의 옷깃을 낫이 아슬아슬하게 스치고 지나갔다. 한 치만 더 깊었다면 치명상이 될 수도 있었던 공격, 하지만 그 조금의 차이가 승패를 갈랐다.

몸을 뒤로 젖히기 직전 혁련휘의 검을 든 반대편 손에서 장력이 쏘아져 나간 것이다. 장력이 사막혈신의 무릎 한쪽 뼈를 으깨 버렸다.

"으악!"

고통과 함께 몸이 무너졌다.

하지만 혁련휘는 쉽게 공격을 끝내지 않았다.

혁련휘의 발과 주먹이 연달아 그의 몸을 후려쳤다. 간단한 주먹질로 보일지 모르겠지만 다르다. 사막혈신은 쓰러지지도 못한 채로 연달아 쏟아져 들어오는 공격을 몸으로 받아야만 했다.

코피가 터져 나왔고, 눈 부위는 퉁퉁 부어 앞을 보기도 힘들 정도다.

몇십 차례 주먹에 격타당하며 뒤로 밀려 나가던 그가 손에 들린 낫을 사방으로 휘두르며 비명을 질렀다.

"으, 으아아!"

눈이 부어 버린 탓에 앞이 보이지 않았다.

마구잡이로 낫을 휘두르던 그는 마치 어둠 속에 빠진 것처럼 한 치 앞도 분간하기 어려웠다.

흥분한 그가 피가 뒤섞인 침을 질질 흘리며 소리쳤다.

"어디냐! 어디야! 죽여 버린다 이 새끼!"

"여기다."

뒤쪽에서 들려온 목소리에 사막혈신은 그대로 몸을 비틀며 낫을 휘둘렀다.

서걱!

뭔가가 베어져 나가는 소리, 하지만 비명이 터져 나온 건 사막혈신의 입에서였다.

"크윽!"

혁련휘가 날아드는 낫을 가볍게 손바닥으로 밀어내며 방향을 바꾼 것이다. 그 탓에 튕겨져 나간 낫이 오히려 자신의 발목을 잘라 버렸다.

발목이 잘리자 사막혈신은 그대로 바닥에 고꾸라졌다.

고통과 함께 밀려든 건 다름 아닌 공포였다. 그가 살기 위해 엉금엉금 기었다.

'이, 이놈은 괴물이야.'

상대가 되지 못한다는 말로도 부족한 상황.

압도적이다.

너무나 강했고, 자신은 이자 앞에서 그저 미약한 존재라는 걸 느꼈다.

있을 수 없는 일이었다. 자신이 누구인가?

사사혈교 내에서도 서열 오 위의 고수, 그리고 중원으로 따져도 백 위권의 실력자가 자신이다. 그런 자신이 이렇게 손도 제대로 못 써 보고 질 정도라면 대체 이자는 얼마나 강한 것이란 말인가?

하지만 채 몇 걸음 도망치지 못했을 때였다.

혁련휘의 발이 쓰러진 그의 턱을 올려 찼다.

빠악!

커다란 소리와 함께 사막혈신의 몸이 용수철처럼 허공으로 튕겨져 올라왔다.

튕겨져 올라온 사막혈신이 자신이 허공을 날고 있다는 걸 느꼈을 때였다.

혁련휘의 손바닥에 뇌기가 몰려들었다.

파츠츠!

그리고 사지를 쫙 펼친 채로 눈앞까지 떠올랐다 떨어지는 사막혈신의 가슴에 정확하게 틀어박혔다.

뇌신의 힘이 혁련휘의 손바닥을 타고 사막혈신의 전신으로 퍼져 나갔다.

"크아악!"

번개에 맞은 것처럼 그는 부들부들 떨었다.

온몸의 감각이 하나씩 사라져 가고 있었고, 그에 맞춰 엄청난 고통이 찾아왔다. 눈과 입, 귀에서는 피가 터져 나왔고 바닥에 쓰러지고도 온몸이 들썩거렸다.

이런 고통은 살아생전 느껴 본 적이 없었다.

아무것도 하지 못한 채로 바닥에 쓰러져 계속 이어지는 고통에 부들부들 떨고 있을 때였다.

흐릿한 시선 너머로 혁련휘의 모습이 들어왔다.

"컥컥!"

"고통스럽나?"

"대체 나에게 무슨 짓을……."

사막혈신은 목소리를 쥐어짰다.

하지만 목소리는 채 끝까지 나오지도 못했다. 연달아 밀려오는 고통에 그의 몸이 덜덜 떨려 왔다. 바닥을 마구 긁어 댄 탓에 손톱마저도 모두 뽑혀져 나올 정도였다.

손이 온통 피투성이가 됐다.

그럼에도 불구하고 사막혈신은 손가락으로 바닥을 마구 긁어 댔다.

그만큼 고통스러웠으니까.

"사, 살려 줘."

너무나 아팠다.

항상 누군가를 아프게만 해 봤지, 자신이 아픔을 느껴 본 적이 없는 사막혈신은 지금 이 고통이 견디기 힘들 정도로 괴로웠다.

숨이 넘어갈 것처럼 헐떡이는 그.

하지만 혁련휘에게 자비는 없었다.

"힘 조절을 해서 쉽게 죽진 않을 거야. 지금 느끼는 고통을 계속해서 받을 테고 그러다 죽고 말겠지."

"제발…… 컥컥!"

그는 계속해서 빌었다.

살고 싶었으니까.

어떻게든 이 끔찍한 고통에서 빠져나올 수만 있다면 뭐든지 할 수 있을 것만 같았다.

고통에 찬 그가 혁련휘를 향해 간곡히 말했다.

"사, 살고 싶습니다. 제발 목숨만 살려 주십시오. 이렇게 비는데 제발 목숨만은……."

목숨을 구걸하는 사막혈신을 바라보던 혁련휘가 입을 열었다.

"아마 이 마을 사람들도 그랬겠지. 너한테 살려달라고 빌고, 또 빌었을 거다. 그때 넌 어떻게 했지? 살려 줬던가? 그랬다면 나 또한 널 살려 주지."

"……."

사막혈신은 대답할 수가 없었다.

혁련휘의 말대로 이 마을 사람들 모두가 자신에게 빌었

다. 살려만 달라고 비는 그들을 사막혈신은 갈가리 찢어 죽였다.

남녀노소 가리지 않고 모두 도륙했다.

힘없는 약자들을 말이다.

혁련휘가 짧게 말했다.

"답은 나온 것 같군."

잔인하게 마을 사람들을 도륙했던 자다.

어린아이고 여자고 가리지 않고 자신의 쾌락을 위해 살인을 저질렀던 자. 그런 자에게까지 아량을 베풀 이유는 없었다.

오히려 그들이 죽어 가면서 느꼈을 고통을 조금이라도 더 느끼며 죽기를 바랐다.

말을 마친 혁련휘는 사막혈신에게 향했던 시선을 돌렸다.

더는 손을 쓸 필요도 없다.

이제 그는 엄청난 고통에 휩싸인 채로 죽음을 맞이하게 될 테니까.

혁련휘가 몸을 돌린 채로 차갑게 말했다.

"지옥 구경 잘 하라고."

*　　　　*　　　　*

객잔 내부의 정리가 끝났다.

부의민이 생각보다 건재했고, 비설의 보이지 않는 활약으로 더 큰 피해 없이 사사혈교의 무인들을 모두 제압하는 데 성공했다.

상황을 끝마친 부의민은 긴 숨을 내쉬었다.

그가 지쳤는지 바닥에 주저앉았다. 그리고 그건 다른 이들도 마찬가지였다. 이런 싸움을 경험해 보지 못했던 환영학관의 학생들 또한 지친 얼굴이 역력했다.

하지만 오래 쉬고 있을 시간은 없었다.

부의민은 잠시 숨만 돌리고는 힘겹게 자리에서 일어났다.

아직 해야 할 일이 있었다.

부의민이 명을 내렸다.

"환자들의 상태부터 살핀다. 힘들겠지만 서둘러라."

그의 명에 사지가 멀쩡한 이들은 황급히 동료들의 상태를 살폈다.

작지 않은 부상을 입은 이들, 그리고 이곳에서 숨을 거둔 동료들까지.

죽은 동료들을 바라보는 환영학관 무인들의 표정은 좋지 못했다. 정파와 사파를 떠나 이 순간만큼은 서로의 목숨을 지켜 주기 위해 싸운 동료였고, 또 지기였다.

팽호연이 죽어 있는 사내를 슬픈 눈으로 내려다봤다.

친하게 지내던 귀여운 동생이었는데 차가운 주검이 되어 있었다. 팽호연 또한 적지 않은 부상을 입긴 했지만 다행히 생명에 지장은 없는 상태였다.

비틀거리는 그를 옆에 있던 누군가가 부축했다.

사파를 이끌고 있던 위지겸이다.

"괜찮냐?"

"고맙다."

"고맙기는 네 덕분에 살았는데."

위지겸은 코를 긁으며 머쓱하게 말했다.

이번 싸움에서 위지겸은 목숨을 잃을 뻔한 순간이 있었다. 그때 도왔던 것이 팽호연이었고 그 덕분에 위지겸은 살수 있었다.

고맙다는 말에 팽호연이 쑥스러웠는지 큰 손으로 그의 등짝을 두드리며 말했다.

"당연한 건데 고맙긴."

등을 두드려 대는 큰 손바닥이 아팠는지 위지겸은 표정을 찡그리긴 했지만 기분이 썩 나쁘지는 않았다. 위지겸이 살짝 퉁명스러운 척 말을 이었다.

"얌마, 기껏 살았는데 네 손에 죽겠다."

"미안 미안. 힘 조절이 잘 안 돼서."

"됐다. 어쨌든 부상도 큰데 저기 가서 좀 쉬고 있어. 뒤처리는 멀쩡한 애들이 할 테니까."

"고맙다."

팽호연은 다리 한쪽이 피범벅이었고, 어깨도 한쪽이 완전히 망가진 모양이었다. 작지 않은 부상이었지만 죽어 있는 동료들의 모습에 마음이 아파 시신 수습에 직접 움직이던 그다.

하지만 위지겸의 말대로 옆에 있어 줘 봤자 도움이 안 된다는 사실을 알기에 그가 시키는 대로 한쪽에서 몸을 추슬렀다.

얼추 시신과 부상자들을 수습한 위지겸이 부의민에게 다가갔다.

슬쩍 눈을 치켜뜬 그가 힘겹게 입을 열었다.

"……사망자는?"

"넷입니다."

"그래? 부상자는 얼마나 되지."

"대부분 다 부상자죠 뭐. 다만 거동하기 힘들 정도로 다친 건 셋입니다. 다행히 당장엔 생명에 위험은 없지만 빠르게 치료를 해야 할 것 같습니다."

"그래? 부상자들은 생각보다 적어서 다행이네."

말을 하는 부의민의 표정은 쓸쓸했다.

사사혈교의 정예들과 격돌했다. 숫자나 실력에서 압도적이었는데 이 정도 살아난 것만 해도 하늘에 감사할 일이다.

그렇지만 부의민은 마음이 편치 못했다.

아직 채 꿈도 펴 보지 못한 젊은 무인들의 죽음이 너무나 안타까웠으니까.

부의민이 잠시 침묵하고 있을 때 위지겸이 조심스레 말을 이었다.

"저 그런데…… 하나 보고할 게 있습니다."

"뭔데?"

"원사생이 살아 있습니다."

"뭐?"

부의민은 원사생이 살아 있다는 말에 어처구니없는 표정을 지어 보였다.

사막혈신에게 양팔이 잘려져 나간 원사생이 아직도 살아 있다는 말에 기가 찰 지경이다.

자신들을 이곳에서 죽이려 했던 자. 일이 꼬여서 고용한 자들이 사사혈교에게 도리어 당하면서 그 모든 속내를 알게 됐다.

더럽고도 추악한 자.

부의민이 이를 갈았다.

"살아야 할 애들은 죽고 그런 새끼가 살다니……."

"어떻게 할까요?"

묻는 위지겸의 얼굴에 살기가 돈다.

당연하다. 이 모든 일을 직접 눈으로 보고도 원사생을 좋게 보겠는가. 아마도 죽어 버린 동료들을 위해 그를 당장이라도 죽이고 싶겠지.

하지만 그래선 안 됐다.

"살려야지."

"교관님! 그 새끼 때문에 우리 애들이……."

"알아. 그러니 더 살려야지. 그냥 이런 일을 벌이지는 않았을 터, 분명 뭔가 목적이 있었을 거고 또 뒤에 다른 놈이 있을 수도 있다. 반드시 살려서 학관으로 데리고 간 다음 배후를 캐내야지. 그래야 이곳에서 죽은 놈들이 덜 억울하지 않겠냐?"

부의민의 말에 위지겸은 고개를 끄덕였다.

당장에 때려죽여도 시원치 않겠지만 부의민의 말대로 목숨을 거둔다 해서 끝날 일이 아니다.

부의민이 말을 이었다.

"반드시 살려. 그냥 이대로 죽게 둘 순 없으니까."

"알겠습니다."

말을 마친 위지겸이 동료들에게 돌아갔을 때다.

"아 참. 혁련휘."

부의민이 혁련휘라는 이름을 부르자 모두의 시선이 한쪽으로 향했다. 객잔 한편에 멀쩡히 서 있는 혁련휘에게 시선이 몰리는 건 당연한 일이었다.

이곳에 모습을 드러낸 이후 보여준 그의 무위는 그만큼 뇌리에 강렬한 인상을 남겼으니까.

모두가 쉽사리 혁련휘의 근처로 가지 못하는 건 당시 느꼈던 그 압도적인 힘을 눈으로 보았기 때문이리라.

자신을 부르는 소리에 혁련휘가 왜 그러냐는 듯 고개를 돌렸다.

부의민이 물었다.

"너랑 같이 나갔던 별동대 애들은 어떻게 된 거야?"

코빼기도 보이지 않는 별동대 인원이 내심 신경 쓰였는지 부의민이 물었고, 혁련휘는 대수롭지 않게 말했다.

"밖에 놈들 정리하는 데 진을 다 썼는지 그 자리에서 다들 쓰러져 있소."

"그래?"

다행히 큰 피해는 없다 여겨졌는지 부의민의 표정이 한결 밝아졌다.

그래도 어느 정도 상태인지 확인하기 위해서 부의민은 혁련휘가 말해 줬던 곳으로 향했다. 객잔과 다소 떨어진 곳. 그곳에는 사사혈교 무인들의 시체가 가득했다.

그리고 그 시체들과 다소 떨어진 곳에 여섯 명의 무인들이 대(大)자로 누운 채로 숨을 고르고 있었다.

부의민이 다가오는 걸 발견했지만 그들은 움직이지 않았다.

아니, 정확하게 말하자면 움직일 수가 없었다.

부의민이 드러누워 있는 그들을 보며 장난스럽게 말했다.

"너희들 여기서 농땡이 피냐?"

농땡이 피우냐는 말에 한 명이 발끈하듯이 말했다.

"농땡이라뇨. 저희 진짜 죽을 뻔했습니다. 정말 손가락 하나 까딱할 힘이 없을 정도입니다."

"그래도 내 말에 바로 반응하는 걸 보니 멀쩡들은 한 모양이네."

부의민이 스윽 주변을 둘러봤다.

별동대는 여덟 명, 그중에 혁련휘를 제하면 일곱이 이 자리에 있어야 했는데 한 명이 빈다. 그런 부의민의 생각을 읽어서일까?

"한 명은 혹시 모를 일에 대비해 학관으로 돌려보냈습니다. 이곳에서의 일을 알리라고요."

"그렇다면 별동대는…… 전원 생존인가?"

말을 하는 부의민의 눈동자에 이채가 서렸다.

아무리 객잔 안으로 들이닥쳤던 자들보다 약한 이들로 구성되었다 해도 그 숫자가 적지 않았다. 그런데 단 한 명의 사상자도 없이 그 모두를 제압했다니…….

부의민의 질문에 누워 있는 자 중 하나가 대꾸했다.

"다 그놈 덕분입니다."

"그놈이라면 혁련휘를 말하는 거냐?"

"예, 그 자식은 인간도 아닙니다. 저희도 같이 싸우긴 했지만 사실 이곳에 있는 사사혈교 무인들 절반 이상은 그놈이 쓸어버렸을걸요."

말이 끝나기 무섭게 다른 자가 말을 받았다.

"더 지독한 건 그렇게 싸우고도 힘이 넘치는지 곧바로 객잔으로 뛰어들어 갔다는 겁니다. 저희는 힘이 다 빠져서 지금 이렇게 골골거리는데 말이죠."

"진짜 저희랑은 급이 다릅니다, 급이. 원래부터 이상한 놈이라 생각은 했지만…… 왜 혁련휘를 건드렸던 놈들이 모두 깨졌는지 이해가 갑니다."

무인으로서 상대가 자신보다 월등히 뛰어나다는 걸 인정하는 건 쉽지 않다.

하물며 동년배에 같은 곳에 몸담고 있는 상대가 아니던가. 하지만 이번 싸움을 본 별동대원들의 생각은 하나같이 똑같았다.

자신들과는 다르다.

너무나 강하니 질투조차도 나지 않는다.

오히려 혁련휘라는 존재에 대한 경외감이 밀려든다.

그리고 부의민은 그런 분위기를 눈치챌 수 있었다. 별동대 안에서 흐르는 혁련휘에 대한 이 묘한 존경심을 말이다.

이들은 무인으로서 혁련휘라는 사내에게 반해 버린 것이다.

대체 무엇을 보았기에…….

부의민은 자리에서 일어나지도 않은 채로 혁련휘에 대해 연신 자랑스레 말하는 별동대의 무인들을 바라봤다.

마치 자신의 일인 것처럼 혁련휘에 대해 자랑하기에 바쁘다.

부의민은 웃음이 흘러나왔다.

'대단하군. 정사를 떠나 모두의 마음을 완벽히 잡아 버렸어.'

그 모든 것을 가능하게 한 것은 아마 혁련휘의 압도적인 무위 때문이었으리라.

부의민은 이 모두의 마음을 훔친 혁련휘에 대해 더 많은 궁금증이 생겼다.

'점점 궁금하네. 네 정체가 뭔지 말이야.'

10장. 욕심

— 가지고 싶어졌어

사사혈교와의 목숨을 건 사투를 끝낸 환영학관 무인들은 환자들을 데리고 빠르게 이동했다. 죽은 동료들을 모두 땅에 묻은 채로 슬픈 발걸음으로 그들을 뒤로해야 했지만 망설이고 있을 틈은 없었다.

환자들의 상태도 좋지 않았고, 그 마을에 있다가 또 언제 사사혈교의 습격을 받을지 알 수 없는 노릇이었으니까.

빠르게 이동한 그들은 인근에 있는 마을 중 커다란 곳으로 향했다.

자그마한 마을이라면 사사혈교가 싸움을 걸기 쉬울 테고, 또 다시금 마을 사람들까지 휘말리게 될 수도 있었으니까.

그렇게 움직인 그들이 저녁 무렵 도착한 곳은 다름 아닌 추현이라는 마을이었다.

추현에 도착한 그들은 가장 먼저 의원을 찾았다.

커다란 마을답게 많은 곳들이 있었고, 개중에 가장 실력이 좋다 소문난 의방으로 부상자들을 안내했다.

이곳 추현에서만 오랫동안 의원 일을 해 오던 노인이 갑자기 밀려든 환자들을 보며 눈살을 찌푸렸다.

선두에서 걸어 들어온 부의민이 나이 든 의원을 향해 말을 걸었다.

"의원이십니까?"

"늦은 시간에 이 무슨……."

한눈에 봐도 상태가 심각한 환자들이 네 명, 그리고 열 명 가까운 이들도 작지 않은 부상을 입은 상태다. 그냥 의방을 찾아온 대부분이 부상자라고 봐야 옳을 정도다.

부의민이 그나마 멀쩡한 이들에게 부축을 받고 들어온 환영학관의 부상자들을 바라보며 말했다.

"부상들이 심합니다. 서둘러 주실 수 있으십니까?"

"거참. 어서들 들어오시지요."

무인과 얽힌 일은 영 내키진 않았지만 이렇게 대규모로 찾아온 환자들을 모른 척할 수도 없는 노릇.

의원은 의방의 안쪽에 있는 곳으로 환자들을 안내했다.

그렇게 환자들이 의방 안에 있는 침상으로 분주하게 옮겨졌을 때다.

나이가 있는 의원은 재갈이 물린 채 바동거리는 뚱뚱한 사내를 내려다봤다. 양팔이 잘려져 나간 큰 부상을 입고 있긴 했지만, 그걸 제하고는 상태가 그리 나빠 보이진 않았다.

팔환마인 원사생이었다.

두 눈이 새빨개진 채로 윽윽거려 대는 원사생의 모습에 의원이 당황한 얼굴로 물었다.

"저기 이 사람은……."

"워낙 시끄러운 놈이라 입에 재갈을 물려 둔 거니 그냥 별 신경 안 쓰셔도 됩니다. 치료할 때 아프게 해도 되니 살려만 주시면 됩니다. 아, 재갈은 절대 풀면 안 됩니다. 그럴 용기도 없겠지만 혹시나 혀를 깨물고 자결하면 귀찮아져서요."

부의민이 딱 잘라 말했다.

놈이라는 말에 원사생이 다시 바동거렸지만 발이 묶이고, 입에 재갈이 물린 그가 할 수 있는 건 한정적이었다.

점혈까지 당해 내공도 못 쓰게 된 그로서는 자신을 묶고 있는 줄 하나 끊기 어려웠다.

처음엔 움직이지도 못하게 점혈을 했었지만 저 커다란

몸을 지닌 원사생을 업고 다니는 것 또한 일이었다.

그래서 시끄럽게 난동을 부리는 걸 감수하면서도 저렇게 점혈을 풀고 데리고 다녔던 것이다.

원사생은 자기 침으로 범벅이 된 재갈을 씹으며 울분을 삼켰다.

'으으으! 내, 내가 이런 꼴이 되다니.'

사막혈신에게 두 손이 잘려져 나갔다.

무인으로서의 삶은 끝났다 봐야 할 것이다. 그런데 그걸로 끝이 아니었다.

자신이 벌였던 모든 것을 들켜 버렸다. 이 사실이 상부에 보고된다면 자신의 목숨 또한 안전할 리가 없었다.

무인으로서의 삶과 그동안 모은 재물, 목숨까지 모두 잃게 되는 것이다.

이런 상황에서 어떻게든 빠져나가고 싶었지만 지금 그는 제대로 거동조차 하지 못하는 꼴이 되어 학관의 학생들에게조차 경멸 어린 시선을 받아야만 했다.

원사생이 벌이려고 한 일을 모두 알아 버린 지금 가뜩이나 그에게 곱지 않은 시선을 보내던 이들의 멸시는 더욱 심해졌다.

그게 분했는지 마구 몸을 흔들어 대자 참지 못한 부의민이 침상을 발로 탁 걷어찼다.

"시끄러 이 새끼야. 확 그냥."

부의민이 험악한 얼굴로 다가오자 원사생은 난동을 부리던 것을 멈추고 조용히 있었다. 그가 침묵한 것을 보자 부의민은 옆에 있는 의자에 걸터앉았다.

부의민에게 의원이 다가왔다.

"부상이 꽤 커 보이는데 치료를 받으시는 게……."

"아, 이거 말입니까?"

손 거죽이 벗겨졌을 정도의 상처. 하지만 부의민은 고개를 저었다. 어느 정도 금창약을 바르고 비틀렸던 뼈도 맞췄다.

자신보다 부상을 입은 학생들이 먼저다.

그들 중에서는 생명의 지장이 있는 이들도 있었으니까.

"전 살 만하니 다른 애들부터 부탁하지요."

"알겠습니다."

의원이 고개를 끄덕이고는 침상에 눕혀져 있는 부상자들을 살피러 움직였다.

혼자 남은 채로 다친 부상자들을 보고 있던 부의민이 퍼뜩 생각났는지 주변을 두리번거렸다.

몸에 상처 하나 없는 두 명이 보이지 않는다.

부의민이 물었다.

"그러고 보니 혁련휘랑 비설 어디 갔어? 다친 녀석들을 옮길 때까지 분명 여기 있었는데."

그 질문에 자그마한 상처를 치료받고 있던 무인 하나가 움찔했다. 그런 미묘한 움직임을 눈치챘는지 부의민이 다가갈 때였다.

그가 조심스레 말했다.

"……배고파서 밥 먹으러 간답니다."

"뭐야? 이놈의 자식들이!"

꼬르륵.

방금 전까지 아무렇지 않았거늘, 두 명이 밥을 먹으러 갔다는 말을 듣자 부의민의 배에서 갑자기 천둥 같은 소리가 흘러나왔다.

부의민이 어색하니 자신의 주린 배를 움켜잡았다.

*   *   *

혁련휘와 비설은 인근 객잔에 자리한 상태였다.

비설은 탁자에 얼굴을 묻은 채 허기진 배와 싸움을 벌이고 있었다.

비설이 기어들어가는 목소리로 중얼거렸다.

"아, 배고파."

탁자에 상체를 눕힌 채로 말하는 비설을 향해 혁련휘가

말을 받았다.

"우리 둘만 나온 걸 알면 교관이 잔소리해 댈 텐데."

"에이, 그래도 형님이 활약한 게 있는데 혼내기야 하겠습니까? 어차피 저희는 치료를 받을 것도 없어서 의방에 있을 필요도 없잖아요. 그 정도 활약했으면 밥 정도 먹어도 됩니다."

"그 활약은 내가 했는데 왜 네가 날 끌고 다녀?"

"하하. 형님 좋은 게 뭡니까? 그리고 혼자 드시면 심심할 것 아니에요. 그래서 이 아우가 같이 온 거고요."

"말이라도 못 하면."

혁련휘가 팔짱을 낀 채로 고개를 저었다.

그런 그를 보며 비설이 웃고 있다가 이내 다가오는 음식을 발견하고는 한결 표정이 밝아졌다.

김이 모락모락 나는 고기만두가 탁자 위로 올라왔다.

비설이 만두 하나를 집어 입에 욱여넣었다.

자신의 머리 반만 한 만두를 열심히 먹는 비설을 혁련휘가 가만히 바라볼 때였다.

얼추 반 정도를 먹고 나서야 비설이 생각난 듯이 만두를 가리켰다.

"형님도 좀 드세요."

"그건 만두 귀신인 네가 다 먹어. 난 다른 거 나오면 먹을 테니까."

"뭐 형님이 그러시다면야 이건 제가."

접시를 자기 앞으로 아예 가져다 놓고 비설은 만두를 먹기 시작했다. 행복한 미소를 머금은 채로 만두를 먹는 그녀를 혁련휘는 신기한 듯이 바라봤다.

혁련휘가 손에 든 젓가락으로 만두를 가리켰다.

"그게 그렇게 좋냐?"

"그럼요."

"더 비싸고, 더 맛있는 음식이 그렇게 많은데 왜 하필 만두인지 모르겠군."

혁련휘는 이해가 가지 않았다.

딱히 음식을 가리는 건 아니지만 또 그렇다고 해서 뭔가를 크게 좋아하는 것도 아니다. 최대한 간단하게 배를 채울 수 있을 정도로만.

그것이 혁련휘의 식사다.

비설은 이해가 안 간다는 듯한 혁련휘의 말에 젓가락으로 마지막 남은 만두를 든 채로 말했다.

"보세요. 이 조그마한 만두 안에 갖은 맛이 들어 있잖아요. 고기, 그리고 수많은 야채들이요. 그리고 그 버무려진 맛이 또 확 당기잖아요?"

"그렇게 생각해 본 적은 없는데."

"흠흠. 원래 저 같은 미식가나 알 수 있는 맛이죠."

은근 뽐내는 듯이 말하는 비설의 얼굴을 가만히 바라보던 혁련휘가 슬그머니 입을 열었다.

"그래?"

획.

혁련휘의 젓가락이 빠르게 움직이며 비설이 들고 있던 만두를 가로챘다. 놀란 그녀가 두 눈을 크게 치켜뜬 채로 입을 열었다.

"앗! 그거 마지막 만두인데……."

말이 채 이어지기도 전에 혁련휘가 만두를 입에 넣었다. 그러고는 아무렇지 않게 우물거리다 삼키고는 짧게 말했다.

"느끼해서 난 별로군."

말을 마친 혁련휘는 막 날아든 자신의 소면을 먹기 시작했다.

비설이 울상을 지은 채로 중얼거렸다.

"마음의 준비도 못 했는데 그걸 뺏어 드시다니 형님 너무하세요."

그리고 비설은 마지막 만두를 먹지 못한 게 못내 아쉬웠는지 빈 자신의 접시 위 허공을 향해 애꿎은 젓가락질만 해 댔다.

그렇게 두 사람이 객잔에서 식사를 하고 있을 때였다.

마을의 입구와 다소 떨어진 지점에 일련의 무리가 모습을 드러냈다. 세 명의 사내와 한 명의 여인. 다름 아닌 사사혈교의 무리였다.

여인은 일전에 사막혈신과 함께 있었던 백귀야녀였다.

도발적인 미소를 머금은 그녀의 입꼬리가 올라갔다.

"저 마을로 들어갔다고?"

"예, 대장. 어떻게 할까요? 그냥 건드리기엔 마을 크기도 그렇고 사막혈신께서 당하신 게 마음에 걸립니다."

"너 지금 나랑 그 멍청이를 비교하는 거야?"

"아, 아닙니다."

수하가 놀라 말을 더듬거렸다.

웃고 있는 얼굴로 백귀야녀가 손가락을 뻗어 사내의 가슴팍에 가져다 댔다. 손가락에서 내력이 흘러나왔다.

터엉!

몸이 떨리는 것과 동시에 사내가 주저앉으며 토악질을 했다.

"우웩!"

"항상 내 앞에선 말조심하는 거 기억해야지?"

나긋나긋한 목소리지만 그 목소리에 함께 있던 세 사내가 뻣뻣이 굳었다.

그들이 한목소리가 되어 말했다.

"죄송합니다."

아름다운 외모에 부드러운 목소리. 하지만 세상 그 누구와 견주어도 모자라지 않을 잔혹함을 지닌 여인이다.

천천히 시선을 마을 쪽으로 돌린 백귀야녀가 불만스레 중얼거렸다.

"하여튼 그런 멍청이가 왜 나보다 서열이 위였는지 모르겠단 말이야."

서열 오 위인 사막혈신, 그리고 서열 칠 위인 그녀.

무공 실력에서 큰 차이는 없긴 했지만 분명 사막혈신이 더 강한 건 사실이었다.

종이 한 장 차이일지는 몰라도 그 조그마한 차이가 승패를 가르는 게 무인들의 세계니까.

그녀가 눈웃음치며 물었다.

"인원은 어느 정도?"

"저희도 지나가는 이들에게 정보를 얻어 낸 거라 확실하진 않지만 스무 명 미만이고, 대부분이 부상자라고 합니다."

"뭐 확실한 게 하나도 없네?"

"죄, 죄송합니다. 바짝 붙어서 추적을 하다가는 들킬지도 모른다고 생각돼서……."

놀란 수하 한 명이 더듬거리며 사정을 설명했다.

그리고 다행스럽게도 그 의견이 받아들여졌는지 백귀야녀는 별다른 행동은 하지 않았다. 그런 그녀의 모습에 수하들이 안도의 한숨을 내쉬고 있을 때였다.

"짜증 나네."

웃음기가 묻어 있긴 했지만 기분 나빠 보이는 말투에 세 사람은 놀란 듯 움찔했다.

백귀야녀가 긴 손가락을 뻗어 자신의 턱을 어루만졌다.

사막혈신의 원수 따위를 갚아 주러 온 것이 아니다.

그렇게 서로를 위하는 관계도 아니었고, 굳이 번거롭게 죽은 상대를 위해 싸워 줄 마음도 없다.

백귀야녀 그녀가 이렇게 사막혈신을 죽인 환영학관의 무리를 쫓아온 이유는 자신들을 위해서였다.

'멍청한 놈. 죽을 거면 곱게 죽지, 왜 쓸데없이 단서를 주고 죽어서는 사람을 귀찮게 하는지 모르겠네.'

정황상 사막혈신과 싸운 이들은 이번 일에 사사혈교과 개입된 것을 알았을 것이다. 그리고 그 사실이 마교에 들어간다면 사사혈교 입장에서도 곤란했다.

제아무리 교주가 병상에 누운 이후 마교의 기세가 예전보다 약해졌다 한들 그들의 힘은 천하제일이다.

전면전은 피해야만 했다.

그리고 그러기 위해서 가장 편한 방법은 역시나 이번 사건에 대해 아는 놈들의 입을 막는 거였다.

'전부 죽여야 하는데 무슨 방법이 좋을까.'

사막혈신처럼 전면전을 펼치는 건 그녀가 원하는 방식이 아니다.

그가 고작 학관의 어린아이들에게 진 것이 이해는 안 가지만 분명 그 같은 일이 벌어진 데에는 어떠한 이유가 있을 거라 짐작한 탓이다.

다리가 훤히 드러나는 쭉 찢어진 옷을 입은 그녀가 색기 넘치는 붉은 입술을 오물거렸다.

"너희들 뭐 괜찮은 생각 없어?"

질문이 자신들에게 돌아오자 세 명의 수하들이 움찔했다. 서로의 눈치를 살피던 셋, 그런 모습에 백귀야녀가 손가락을 뻗을 때였다.

"도, 독이 어떻습니까!"

수하 중 하나가 퍼뜩 생각난 듯이 소리쳤다.

그의 말에 백귀야녀가 눈을 동그랗게 떴다.

"독?"

"예, 독을 이용한다면 여러 가지 번거로운 일들이 벌어질 확률이……."

"너, 이리 와 봐."

갑자기 수하의 말을 자르며 백귀야녀가 손가락을 까닥였다. 그녀의 모습에 수하가 긴장한 얼굴로 다가왔을 때다.

손을 뻗은 그녀가 손바닥으로 얼굴을 쓰다듬으며 볼에 입술을 맞췄다.

아름다운 여인의 입맞춤, 하지만 그는 소름이 돋았다.

백귀야녀라는 여인이 얼마나 무서운 자인지 잘 아니까. 수하임에도 불구하고 이 여인은 언제라도 자신을 아무렇지 않게 죽일 수 있는 인물이라는 것도 안다.

백귀야녀가 말했다.

"잘했어. 잘했으니까 선물을 하나 줘야겠는데 말이야."

"서, 선물이라뇨. 괜찮⋯⋯."

하지만 사내는 말을 잇지 못했다.

입을 여는 순간 백귀야녀의 입이 그의 입술 쪽으로 향했고, 동시에 몸 안에 있는 기운이 쭈욱 빨려 들어가기 시작했다.

"커, 컥컥!"

수하는 움직이지도 못했다.

전신이 마치 쇠사슬에 묶인 것처럼 부들부들 떨기만 할 뿐 아무런 반항도 하지 못했다. 그렇게 기운이 빨려 나가기 시작했던 수하가 이내 피골이 상접한 시체가 되었다.

빨아들이던 기운을 거두자 사내의 몸이 실 끊어진 인형

처럼 툭 하고 쓰러졌다.

정기를 빨아먹는 무공인 흡정공(吸精功)이다.

수하의 정기를 모두 빨아먹은 백귀야녀는 기분 좋은 얼굴로 입가를 가리며 웃었다.

"넌 영원히 내 몸 안에서 함께 살게 될 거야. 내 최고의 선물인데 마음에 들지? 호호호!"

웃는 그녀를 바라보는 두 수하는 덜덜 떨었다.

그런 수하들을 향해 백귀야녀가 웃음을 거두며 말했다.

"최근 손에 넣었던 그 물건 가져와."

"그 물건이라면 구음정향(九陰停香)을 말씀하시는 겁니까?"

"응, 바로 그거."

그녀가 웃는 얼굴로 멀리에 떨어져 있는 마을을 바라봤다.

구음정향은 아홉 가지의 음기를 지닌 풀들로 만들어 낸 독이다. 그것을 먹게 되면 몸 안에 있는 모든 수분이 타들어 간다.

심지어 피까지 모두 증발시킨다고 알려진 극독으로 중독되고 한 시진 안에 해독약을 먹지 못하면 죽음에 이르게 되는 무서운 독이다.

수하가 조심스레 물었다.

"어떤 식으로 먹여야 할까요? 아무래도 직접 먹어야 하는 독이라 쉽지가 않을 것 같은데……."

"무슨 소리 하는 거야? 제일 쉬운 방법 있잖아."

"제일 쉬운 방법이라면 무엇을 말씀하시는 건지……."

"답답하게 꼭 말로 해 줘야 알아들어?"

백귀야녀가 눈을 치켜뜨자 수하들은 움찔했다.

죽어 버린 동료의 몰골이 눈앞에 있는데 어찌 긴장하지 않을 수 있겠는가.

백귀야녀가 말을 이었다.

"우물에 풀어."

"우, 우물에요? 하지만 그렇게 되면 저 마을 사람들도 모두 죽을 텐데요?"

"그래서?"

오히려 되묻는 백귀야녀의 모습에 수하가 다급히 고개를 끄덕였다.

너무 멍청한 질문을 해 버렸다는 걸 알아차렸으니까.

수하들의 목숨조차도 벌레처럼 여기는 그녀다. 그런 백귀야녀에게 저 마을 사람들의 안위 따위가 어찌 중요하겠는가.

백귀야녀가 색기 넘치는 미소를 흘려보냈다.

마을을 향해 유쾌한 시선을 보내며 그녀가 말했다.

"재밌잖아. 다 죽여 보자고."

배가 아직 안 찼다며 만두를 비롯해 몇 가지 음식을 더 시킨 탓에 식사 시간이 생각보다 길어졌다.

차를 마시며 기다리던 혁련휘는 비설의 식사가 끝나자 자리에서 일어났다.

자리에서 일어난 비설이 그제야 걱정스레 말했다.

"부 교관님이 엄청 성질내겠죠?"

"그걸 걱정하는 놈이 밥 먹으러 몰래 오자고 했어?"

"그때야 워낙 허기가 지니 눈이 뒤집혔죠."

비설의 당당한 말에 혁련휘가 채 말을 잇지 못할 때였다. 비설은 챙겨 가기 위해 미리 주문해 두었던 만두들을 건네받으며 이내 걱정 없다는 듯 크게 고개를 끄덕였다.

"뇌물도 준비했으니 그래도 아주 조금의 잔소리 정도로 넘어가 주시겠죠? 거기다 형님이 하신 것도 있는데……."

"나 좀 그만 팔아."

"이제 막 팔기 시작했는데 팔 수 있을 때까진 팔아야죠. 어차피 좀 지나면 먹히지도 않을걸요."

비설이 단호하게 말했다.

그렇게 비설은 양손에 만두가 든 통을 잔뜩 든 채로 혁련휘와 함께 객잔 문을 향해 걸어갔다. 그리고 두 사람이 막 객잔의 문가에 도착했을 때다.

바깥에서 누군가가 객잔의 문을 밀며 모습을 드러냈다. 갑자기 들이닥친 그들로 인해 혁련휘와 비설이 슬쩍 옆으로 비켜섰다.

누군가가 안으로 들어서자 객잔 안에 진한 향기가 진동했다.

후욱 밀려드는 향기에 비설의 시선이 그쪽으로 향했다. 들어온 이들의 선두에 있는 것은 색기가 넘치는 여인, 백귀야녀였다.

자신을 바라보는 시선에 백귀야녀 또한 그쪽으로 가볍게 눈길을 줬다.

비설과 시선이 마주치는 순간 백귀야녀가 움찔했다.

'이 녀석 뭐야?'

처음엔 뭐하는 놈들이 길을 막는 건가 하는 짜증이 슬쩍 밀려들었다. 하지만 비설의 얼굴을 보는 순간 백귀야녀는 넋을 잃을 수밖에 없었다.

아름다웠다.

세상에서 보았던 그 어떠한 것보다 지금 눈앞에 있는 상대의 외모는 감탄을 자아냈다. 그 정도로 완벽한 얼굴이다.

기다란 속눈썹에, 오똑한 콧날. 너무 고운 피부와 함께 별을 담은 듯한 눈동자까지.

하나씩 떼어 놓고 보아도 너무나 아름답거늘, 하나로 그 모든 걸 합쳤을 때는 더욱 치명적인 아름다움이 뿜어져 나온다.

문제는 그 모든 아름다움을 지닌 게 사내라는 것이다.

말없이 백귀야녀가 비설을 바라만 보고 있었고, 옆에 서 있던 혁련휘가 입을 열었다.

"들어올 거면 오고, 비킬 거면 비키지?"

혁련휘의 일갈에 백귀야녀는 비설에게 향했던 정신을 추슬렀다. 비설의 외모에 놀란 탓에 자신도 모르게 길목을 막고 서 있었던 것이다.

그녀가 황급히 웃으며 손으로 입가를 가린 채 말했다.

"어머, 실례."

눈웃음치며 슬쩍 옆으로 물러난 백귀야녀를 향해 비설이 아무렇지 않게 스쳐 지나갈 때였다.

들려져 있는 팔이 아래쪽으로 내려가며 옷소매 속으로 들어가는 그 짧은 틈에 비설의 시선에 무엇인가가 발견됐다.

다름 아닌 검은 뱀의 문양이었다.

'저건……!'

비설은 깜짝 놀랐지만 전혀 내색하지 않았다.

중요한 사실을 알아차렸지만 비설은 그 생각을 속으로만 삼켰다.

'이 여자 사사혈교야.'

못 본 척 비설은 혁련휘와 함께 객잔을 빠져나왔다. 그녀의 머리가 복잡하게 움직였다.

과연 이 마을에 사사혈교가 나타난 이유가 무엇일까?

둘 중 하나일 것이다.

이 마을 또한 그들의 표적이거나, 그게 아니라면…….

'사사혈교가 개입한 걸 아는 생존자들의 제거겠지.'

그리고 아마 후자일 가능성이 컸다.

제아무리 사사혈교라도 이렇게 큰 마을에서까지 소란을 피웠다가는 감당하는 게 쉽지 않았을 테니까.

알면서도 비설은 아무런 말도 하지 않았다.

'목표는 우리야.'

사사혈교가 자신들을 노리고 이 마을로 잠입해 들어왔다. 그 사실을 알았지만…….

갑자기 말수가 줄어든 비설을 향해 혁련휘가 말을 걸었다.

"무슨 생각을 그렇게 하지?"

"아, 별거 아닙니다, 형님."

비설이 웃으며 옆에 서 있는 혁련휘를 올려다봤다. 만두를 든 그녀가 발걸음을 빠르게 하며 말했다.

"어서 가자고요! 부 교관님이 더 화내시기 전에요."

자연스럽게 화제를 돌리며 앞장서서 걸어 나가는 비설. 그리고 그런 그녀를 혁련휘는 뭔가 알 수 없는 시선으로 바라보고 있었다.

혁련휘와 비설이 빠져나간 객잔.

객잔에 들어와 자리에 앉은 백귀야녀가 도도하게 다리를 꼬았다.

그런 백귀야녀의 건너편에 수하 두 명이 조심스럽게 앉았을 때였다. 웃는 얼굴로 그녀가 입을 열었다.

"방금 그 사내놈 피부 봤니?"

물어 오는 백귀야녀의 모습에 수하 둘이 바짝 긴장했다.

오랫동안 옆을 지켜 온 탓에 알 수 있었다. 지금 자신들의 상관은 무척이나 기분이 좋지 않았다.

웃고는 있지만 이 미소는 짜증 났을 때 짓는 종류의 것이다.

긴장한 얼굴로 수하 하나가 되물었다.

"무슨 문제라도 있으십니까?"

"사내새끼가 뭐 저렇게 곱상하고 피부가 야들야들한지……."

말을 마친 백귀야녀는 동경을 꺼내 자신의 얼굴을 바라봤다.

사내들을 홀릴 아름다움이 가득한 미모다. 그리고 그 증거로 지금 객잔 안에 있는 모든 사내가 자신을 바라보고 있지 않은가.

옆으로 트인 탓에 드러난 다리를 사내들은 넋을 잃고 보고 있었다.

그런데 이상하게 만족이 되지 않았다.

비설을 보고 난 이후에 이상할 정도로 자신의 얼굴에 있는 흠만 눈에 들어오기 시작했다.

눈도, 코도, 입도. 얼굴 모든 게 맘에 안 든다.

동경에 비친 자신의 얼굴을 바라보던 백귀야녀는 짜증이 치밀었다.

방금 전까지 배가 고팠는데 이제 밀려드는 짜증 때문인지 허기마저 느껴지지 않았다. 자리에 앉아 있던 백귀야녀가 벌떡 일어났다.

그녀는 아무런 말도 없이 객잔을 걸어 나왔다.

그런 백귀야녀의 뒤를 황급히 수하 둘이 뒤쫓았다.

먼저 객잔 밖으로 나온 그녀는 여전히 들고 있는 동경으로 자신의 얼굴을 확인했다.

동경에 비치는 자신의 얼굴과, 방금 사라졌던 그 곱상한 사내의 얼굴. 항상 자신이 있던 스스로의 얼굴이 이상할 정도로 초라하게 느껴졌다.

동경에서 시선을 떼지 않은 채로 백귀야녀가 말을 이었다.

"방금 나간 그 녀석 누군지 알아봐."

"어느 쪽 말입니까?"

"여자처럼 곱상하게 생긴 녀석 말이야."

"지금 말입니까?"

"그럼 지금 알아보지 나중에 알아볼 거니? 그놈이 이 마을에서 사라져서 전 중원을 뒤지는 게 더 편하다면 그렇게 하고."

"아, 아닙니다. 바로 알아보겠습니다. 저 그런데 정체를 확인한 후에 어떻게 할까요? 죽일까요, 아니면 잡아 올까요?"

"아무것도 하지 말고 그냥 알아만 와."

"그냥 오라는 말씀입니까?"

"그래."

백귀야녀가 동경을 품 안에 넣으며 중얼거렸다.

"그 녀석 얼굴이 가지고 싶어졌어."

*   *   *

예상대로 두 사람이 의방으로 돌아오자 부의민이 두 눈

에 불을 켜고 몰아붙였다.

"드디어 왔군! 이 자식들이 나 몰래 밥이나 먹으러 가?"

"치료할 곳도 없는데 이곳에 있어 봤자 방해만 돼서 잠시 주변 확인도 할 겸 나갔다 온 겁니다."

비설이 미리 준비한 말을 내뱉자 부의민이 기가 차다는 듯 물었다.

"밥 먹으러 간 거 아니고?"

"에이, 설마요. 밥을 먹긴 먹었지만 정확히 말하자면 모두가 먹을 음식을 사러 간 거죠."

비설이 손에 들고 있던 만두가 든 통을 앞으로 쭉 내밀었다. 통 사이에서 밀려드는 고소한 냄새에 부의민이 움찔했다.

잠시 말문이 멈춘 걸 확인한 비설이 자연스럽게 말을 이어 나갔다.

"부상이 심한 환자들이야 죽을 먹어야겠지만 다른 분들은 그거로는 배가 고프실 거 아닙니까. 그래서 가서 챙겨 왔죠."

"흠흠."

부의민은 헛기침을 했다.

처음부터 밥을 먹으러 간 게 문제가 아니었다.

자신을 빼고 밥을 먹으러 간 게 문제였지.

그런 부의민의 마음을 눈치채서였을까 비설이 만두가 든

통을 더욱 강하게 밀어붙였다.

"이거 드세요, 부 교관님. 맛이 아주 좋더라고요."

일부러 살짝 열어 둔 통에서 새어 나오는 만두 냄새가 의방 안을 가득 채웠다. 침을 꼴깍 삼키는 부의민을 가만히 보고만 있던 혁련휘가 고개를 가볍게 저었다.

'끝났네.'

그리고 혁련휘의 예상대로였다.

부의민이 못 이기는 척 만두가 든 통 하나를 받아 들고는 탁자에 가서 앉으며 마음에도 없는 소리를 내뱉었다.

"이번 한 번만 봐주는 거다. 먹을 걸 사 와서 봐주는 거라 생각하면 큰 오산이라는 것도 명심하고."

"물론이죠."

비설이 웃는 얼굴로 다른 통들을 탁자 위에 올려 두곤 다른 이들에게 어서 오라는 듯 손짓했다.

그러자 주변에서 눈치를 보고 있던 이들도 우르르 탁자로 몰려들었다. 그들도 말을 안 했을 뿐이지 엄청나게 허기가 진 상태였으니까.

부의민이 밀려드는 환영학관 학생들을 향해 다급히 소리쳤다.

"천천히들 먹어! 방금 전까진 손 하나 꼼짝 못 하겠다고 죽는소리하던 놈들이 뭣들 이렇게 빨라?"

부의민이 그렇게 달려드는 인원들을 진정시키며 만두를 빠르게 먹어 대고 있을 때였다. 그런 그들을 바라보던 비설이 슬그머니 창밖을 확인했다.

그녀는 알고 있었다.

자신을 쫓아왔던 누군가가 이 인근에 있다가 방금 막 사라졌다는 사실을.

비설이 아무런 말도 없이 뒷걸음질로 의방을 빠져나가려고 할 때였다.

"어디 가려고?"

"헉!"

비설은 뒤에서 들려온 소리에 화들짝 놀라 고개를 돌렸다. 그곳에 서 있는 혁련휘를 확인한 비설이 가슴을 쓸어내리며 말했다.

"형님, 깜짝 놀랐잖아요. 기척 좀 내시라고요."

분명 방금 전까지만 해도 반대편에 있었던 것 같은데 어느새 뒤로 다가온 것일까?

하지만 비설은 지금 그게 중요한 게 아니었다.

막 사라진 그자를 그냥 놓칠 수는 없었으니까.

그녀가 황급히 말을 이었다.

"잠시 뒷간 좀 다녀오려고요. 급해서 그런데 잠깐 나가 보겠습니다."

말을 마친 비설은 황급히 혁련휘를 지나쳐서 의방을 빠져나갔다.

뒷간을 가는 척하며 황급히 걸음을 옮기던 비설.

하지만…….

걸어가던 비설이 갑자기 발을 멈췄다. 그리고 그 순간 그녀의 신형이 하늘로 솟구쳤다.

휘익!

인근에 있는 가장 높은 건물 위로 날아오른 비설의 시선이 빠르게 주변을 훑었다.

'분명 저쪽으로 갔어. 아까 만났던 객잔 쪽이랑은 조금 다른데.'

놓쳐선 안 됐다.

사사혈교의 무리가 또 무슨 짓을 하려는 건지 몰라도 이번엔 자신이 막을 생각이었으니까.

비설의 몸이 지붕 위에서 흐릿하게 변한다 싶더니 순식간에 수십 장을 화살처럼 쏘아져 나갔다.

비설의 뒤를 쫓았던 사내는 그녀가 의방으로 들어가는 걸 확인하고는 금세 정체를 알아차릴 수 있었다.

추현이라는 마을이 큰 마을이긴 했지만 무인들이 자주 드나드는 곳은 아니다.

그런 곳에 무인이 있었다는 사실만으로 어느 정도 비설의 정체를 예상하고 있었다.

'환영학관의 무인이었군.'

그걸 확인했으니 더 이곳에 있을 필요는 없었다.

사내는 곧바로 몸을 돌려 자신의 상관인 백귀야녀가 있는 장소로 움직였다.

저녁 시간을 훌쩍 지나 이미 어둑어둑한 밤이 된 지금.

시간이 그리 넉넉지 않았다.

사내는 약속된 장소로 빠르게 움직였고, 그곳에서는 이미 백귀야녀와 다른 수하 한 명이 기다리고 있었다.

자리에 도착한 그가 부복을 하며 보고했다.

"환영학관의 무인입니다."

"흐음. 귀찮게 됐네."

백귀야녀가 중얼거렸다.

환영학관의 무인이라면 구음정향을 이용해 죽일 생각이었다. 문제는 구음정향에 중독되면 수분을 잃으면서 죽는 탓에 피부나 얼굴 또한 망가질 공산이 컸다.

가능하면 그 얼굴 가죽부터 벗기고 싶었는데…….

'별수 없지. 얼굴 상하기 전에 빠르게 벗겨 내는 수밖에.'

어차피 이 마을에 있는 이상 모두 죽일 생각이었다. 중독되고 벗길지, 벗기고 나서 중독되는지 정도의 차이일 뿐이다.

처음부터 죽기 전에 얼굴 가죽을 벗길 생각이었다.

그게 피부가 더 상하지 않으니까.

백귀야녀가 다른 수하에게 말했다.

"우물은 알아봤어?"

"예, 마을에 우물이 두 개 있긴 한데 대부분이 마을 밖에 있는 곳을 쓰는 듯싶었습니다."

"그럼 그곳부터 가지."

"모시겠습니다."

말을 마친 수하가 먼저 선두에 서서 걸어 나갔다.

밤이 깊어서인지 마을은 한적했다. 사사혈교의 셋은 그렇게 목적지인 우물이 있는 마을 밖으로 걸음을 옮겼다. 그리고 이내 도착한 우물이 있는 장소.

멈추어 선 백귀야녀가 손을 내밀었다.

"내가 풀 테니 이리 줘."

수하 사내가 품 안에 준비해 두었던 자그마한 호리병을 꺼내어 들었다.

장정 사내의 약지 정도 크기의 호리병 안에는 수천 명의 목숨을 한 시진 안에 앗아 갈 수 있는 극독인 구음정향이 들어 있었다.

뽕.

그녀가 소리 나게 뚜껑을 열었다.

뚜껑이 열리자 호리병 안에서는 구음정향의 냄새가 흘러 나왔다.

지독한 악취에 수하 둘은 미간을 찡그렸지만, 백귀야녀 는 그 향에 오히려 미소를 지었다.

이 냄새가 몰고 올 지옥도가 머리에 그려졌으니까.

짜릿했다.

이 호리병에 담긴 액체를 우물에 부어 넣는 것만으로 수 천 명의 사람들을 죽일 수 있다는 사실이. 그리고 그런 힘 을 지닌 자신이 너무나 자랑스러웠다.

백귀야녀가 우물 위쪽으로 손을 뻗었다.

그러고는 열린 호리병을 천천히 기울이며 중얼거렸다.

"얼마나 죽을까나? 많을수록 좋겠는데 말이야."

그때였다.

휘리리릭!

허공을 가르며 날아든 것은 가느다란 실이었다.

그리고 그 실은 백귀야녀의 손 안에 있던 호리병을 잡아 챘다.

후욱!

호리병이 빠르게 백귀야녀의 손을 떠나 어둠 속으로 빨 려 들어갔다. 갑작스러운 상황에 놀란 그녀가 실이 날아온 쪽으로 시선을 돌리며 소리쳤다.

"누구냐!"

백귀야녀의 외침에 어둠 속에서 낭랑한 목소리가 돌아왔
다.

"먹는 거에 장난치면 안 된다는 거 못 배웠어요?"

투욱.

소리가 들림과 동시에 나무 위에 숨어 있던 누군가가 뛰
어내렸다. 정체를 알 수 없는 인물의 등장에 수하들이 황급
히 백귀야녀의 앞을 막아섰다.

그리고…….

다가오던 이가 천천히 말했다.

"나이도 드실 만큼 드신 것 같은데 그걸 모르다니 혼이
좀 나셔야겠네요."

어둠 속에서 호리병을 쥔 채로 비설이 걸어 나오고 있었
다.

〈다음 권에 계속〉